# 1

Mía sale de casa dando un portazo fuerte y seco, algo bastante habitual en ella. No lo hace por miedo a que quede abierta, ni mucho menos, sino porque una voz en su interior siempre le dice que la fuerza que utiliza nunca es suficiente. ¿Debería decodificarla? Últimamente escucha mucho a esa voz y no sabe por qué, ya que se considera una mujer muy afortunada. Tiene un trabajo que le gusta, una familia que la adora y unas amigas incondicionales. En fin, lo que se podría denominar una vida cómoda y feliz, sin embargo, siente que todo eso no es suficiente. Esa voz, que cada vez entiende un poco mejor, fue la que la animó a que se apuntara a clases de cerámica. Al principio iba sin mucha fe, tan solo para intentar distraer ese sentimiento que la ahogaba, pero ya lleva dos años *non stop* y sin intención alguna de dejarlas.

De camino a clase va en este preciso momento. Como cada martes y jueves, recorre la distancia que separa su piso del taller de Nunchi con la ilusión de una niña pequeña. A ratos acelera el paso porque no puede esperar a reencontrarse con sus compañeras, que son tremendas, y también con ella misma. Desde luego, para ella no hay mejor terapia que la cerámica. Trabajar con las manos y concentrarse para que la pieza salga bien son sensaciones increíbles. No siempre sucede, claro, pero ella al menos pone todo de su parte. Como con todo lo que hace en esta vida.

Mía no quiere restarles valor a las terapias tradicionales. De hecho, no le vendría nada pero que nada mal ir al psicólogo durante una temporada, pero es que cuando sale de cerámica se siente tan liberada y ligera que los problemas desaparecen de un plumazo. El peso con el que entra al taller parece esfumarse nada más tocar el barro húmedo, y no sabe si la terapia la aliviaría de igual modo.

Llega con tiempo de sobra, cosa poco habitual en ella, así que aprovecha esos minutos extra para pedirse un café en un Starbucks mientras piensa en lo poco cafetera que es si es capaz de beberse la mierda que venden allí. A los pocos minutos sale por la puerta con una sonrisa de oreja a oreja y abrasándose los labios con la lava volcánica sabor *latte* con canela.

Hoy se encuentra genial. Luce el sol, no tiene temas de trabajo pendientes con los que amargarse el día y una pieza que le encanta está esperándola en el taller para continuar esa pequeña historia de amor que arranca cuando comienza a darle forma a algo nuevo. Todo es perfecto. Como ha tenido que tomar un pequeño desvío para ir a por el café, pasa sin querer por delante de un restaurante que la traslada de nuevo a ese infierno emocional que se empeña en no dejarla en paz. Con lo contenta que estaba ella, oye. En la puerta, con la persiana medio cerrada, hay una chica limpiando. Mira el reloj, son las seis de la tarde. «Se estarán preparando para el turno de noche», piensa.

Mía nunca ha tenido suerte con sus parejas. Cada hombre que ha llegado a su vida ha seguido alimentando la inseguridad que ya de por sí siente cada vez que se enfrenta al amor. Desea encontrar a un hombre que la quiera, con el que construir una relación sana y que no desaparezca en cuanto ella pronuncia la palabra compromiso. Con todo, ella nunca pierde la esperanza.

# Nubes de arcilla

Estefanía Herranz
Miss Cavallier

# Nubes de arcilla

Papel certificado por el Forest Stewardship Council®

Primera edición: enero de 2025



*Printed in Spain* – Impreso en España

ISBN: 978-84-19835-94-9
Depósito legal: B-19.299-2024

Compuesto en Mirakel Studio, S. L. U.

Impreso en Liberdúplex
Sant Llorenç d'Hortons (Barcelona)

SL35949

*A las amigas que son refugio.*
*En especial a las mías que han inspirado esta historia*

*A mi padre, que mientras escribía esta novela se fue,*
*pero volvió para darme un ratito más*

Se sacude los pensamientos intrusivos justo cuando llega a su destino. Toca al viejo timbre del portal del barrio de Gracia y, tras empujar la pesada puerta de madera con el hombro, se dirige hacia el ascensor. En vez de llamarlo, decide subir por las escaleras.

Entra a clase, saluda a las chicas de forma cantarina y casi sin aire por haber subido los dos pisos a pie. Estas responden con un aplauso espontáneo, ya que les había dicho que quizá hoy no pudiera venir por un problema en el trabajo, pero al final lo ha solucionado.

—¿Y Paula? —pregunta Mía al ver que solo falta ella, que suele llegar tarde por algún tema con los niños o el marido—. No ha dicho nada en el chat, ¿no?

—Estará solucionando algún problema en Casa Manicomio —contesta Alicia con una carcajada, mezcla de ironía y maldad.

Casa Manicomio es cómo llaman a la casa de Paula, que, según ella, siempre está patas arriba por culpa de dos gremlins que arrasan con todo y de un marido que, la verdad, participa entre poco y nada en las tareas del hogar.

—Pero bueno, eso es lo de menos ahora mismo —dice de nuevo Alicia con cierto tono burlón justo antes de girarse hacia María—. Lo que queremos es que nos cuentes tu cita de ayer ahora que estamos casi todas.

—¡Buf! A eso iba... Dejadme que saque mi bol y os lo cuento todo —contesta María mientras se agacha para coger su recipiente a medio modelar de la estantería de madera donde colocan las piezas después de clase.

—Dejá, que te ayudo —le dice Nunchi, y entre las dos sacan la pieza de una bolsa en las que meten las obras aún sin terminar para que no se sequen.

Nunchi siempre está dispuesta a ayudar. Ninguna de las chicas entiende cómo no se cansa de ellas después de tener que aguantar dos días a la semana ese gallinero anárquico que han montado. Soporta sus malos días con una sonrisa en los labios y encima sigue poniendo todo el amor del mundo en cada pieza que hacen. Les guste o no el resultado a sus alumnas (cada pieza tiene sensaciones y procesos muy diferentes), ella siempre le ve el lado bueno. ¿Que no les gusta como lámpara? Pues se reconvierte en jarrón. Ningún problema. Y así con todo. Ella es lo que viene siendo un ser de luz.

—Os juro que os lo quería adelantar por WhatsApp, pero es que prefería contároslo en persona. De verdad, no se puede tener más mala suerte con los tíos… —adelanta María.

—A ver, ¿qué ha pasado ahora? —pregunta Julia algo incrédula—. Seguro que no es tan malo. Si total, era una cita sin demasiadas expectativas.

—¿O no? —tercia Alicia, de nuevo con tono burlón.

—A ver, un poco de silencio, por favor, que empieza mi novela. —Mía las manda callar de una vez.

—Bueno, os cuento —comienza María—. Resulta que el tío me invita a su casa. Yo acepto porque ya nos habíamos tomado un par de cervezas el otro día. Me dice que me prepara la cena y no sé qué rollos…

—¡Por lo menos te salvaste de cocinar ayer! —Mía se salta su propia norma de no interrumpir.

—Eso es verdad, la cena estuvo de muerte. Hizo en la parrilla diferentes tipos de cortes de carne. Se notaba que el tío sabía lo que hacía. Abrió un vinito, y empezamos que si copa va, copa viene… Unos besos tontos y, bueno, al final me entregué a la causa.

—Uy, qué raro… —suelta Alicia riéndose entre dientes.

—No sabéis lo bien que besaba… —María ignora el comentario de su amiga—. O sea, un dios del beso. Hacía tiempo que no me encontraba con un tío tan entregado. Pero, claro, ese fue el principal motivo por el que caí en la trampa…

—Pero ¿qué trampa? —pregunta Julia y levanta la vista de su pieza.

—A ver, estábamos en el sofá más calientes que la parrilla de la cena. De pronto se saca la ropa, me quita el jersey... Vamos, lo típico. Y cuando eso está a punto de empezar... —Suspira profundamente—. Pues la nada misma, chicas.

—¿Cómo que la nada misma? —pregunta Nunchi inocente.

—¡Pues que la tenía pequeña! —contesta Alicia adelantándose a María.

—Qué desgraciada sos...

—Pequeña, no... —puntualiza María, que deja de trabajar en el bol y mira a las cinco—. Micropene. O sea, mi-cro-pe-ne. No me había pasado eso en la vida. —Luego baja de nuevo la mirada y continúa trabajando en la pieza.

—Pues a mí sí —dice Alicia—. Y es un desastre, lo confirmo.

—A eso voy —retoma María—. Es que no podía ser un tipo más ideal. Divertido, cocinitas, *good kisser*... ¿Qué malo podía pasar? Pues eso, el peor polvo de mi vida. Y, claro, eso ya no lo remonta ni la grúa más grande del mundo... No hay manera.

—Desde luego que no, confirmo de nuevo —añade otra vez Alicia.

—Me da rabia porque, joder, con lo que cuesta conseguir un hombre completo... Qué digo completo... ¡Normal! Y resulta que, cuando encuentro uno, ¿tiene que tener un *cheeto* de polla? Me niego. O sea, nunca podría tener una relación así, vosotras me conocéis.

—Está claro, te entendemos —dice Mía sin dejar de lijar el jarrón que tiene entre las manos.

María resopla indignada antes de continuar.

—Y nada, no me quedé a dormir, le dije que tenía que madrugar. Hoy me ha escrito, y yo, cri-cri. Lo he dejado en visto. Luego le tendré que responder porque la verdad es que, en el fondo, me sabe fatal.

—Pero pobre chico... —dice Nunchi haciendo alarde de su inagotable empatía—. ¿Le pasará lo mismo con todas?

—Pues, hombre, no sé... Habrá a alguna a la que le compensen las demás cosas. En mi caso..., pasopalabra.

—Creo que son muy drásticas, chicas... —insiste Nunchi—. ¿No creen que podrían enamorarse de un pibe así a pesar de *eso*?

—¿Sinceramente? No —responde Alicia de forma categórica.

—Nunch, por favor... —replica María.

—A ver, yo creo que es un sesenta-cuarenta —interviene ahora Julia—. Sesenta emocional, sentido del humor, carácter..., y cuarenta atracción física y sexual. Si ese cuarenta no va..., para mí es imposible que funcione nada.

—Totalmente *agree*, hermana —dice Mía soltando la pieza con una mano y haciendo el signo de la victoria con la otra.

—Hombre, es que ya os digo que, aunque lo fuerces, a la larga no sale bien —insiste María.

—Pero así, en global, opino que no es de tus peores citas... —Mía intenta aguantarse la risa—. ¡Por lo menos cenaste!

A Alicia se le escapa una sonora risotada.

—Con el de las manos pequeñas ni eso... ¡Que te recuerdo que te fuiste en mitad de la cena y ahí lo dejaste desamparado, al pobre!

—¡Un momento, un momento! —interrumpe Julia—. Yo me perdí la historia del de las manos pequeñas... ¿Qué cojones pasó?

—Pues nada, que tenía las manos pequeñas —resume Alicia entre risas.

—A ver, a ver, que no era solo por las manos..., pero es que era como si no correspondieran con su cuerpo. Las veía agarrando los cubiertos y os juro que me entraban escalofríos. Y no me digáis que soy exquisita porque me he comido cada cosa... que telita. Tan solo pido un poco de proporción corporal, por favor.

Todas estallan en una carcajada con las ocurrencias de María, aunque en realidad están bastante de acuerdo con ella. Sobre todo Mía, que siempre ha pensado que hay cosas que sí o sí bajan la libido o el *sex appeal* de golpe, y eso ya no hay forma de remontarlo. Con la atracción sexual es o blanco o negro, sin medias tintas. Y seguramente por este lema tan maravilloso a la par que manido acaba metiéndose siempre en esos jardines sentimentales.

Mientras están riéndose de los problemas de proporción corporal de las citas de María, Paula abre la puerta y entra sofocada.

—Madre mía, ¡qué follón, qué follón! —dice quitándose el abrigo y poniéndose el delantal—. He venido de milagro...

—Qué raro... —canturrea Julia entre dientes mientras alisa un pedazo de barro con un rodillo para hacer una nueva pieza.

—Ya sé que siempre vengo con la misma cantinela, pero es que por favor... Llego de la farmacia molida y lo único, lo único —remarca señalando la mesa donde están todas al tiempo que se acomoda el delantal con la otra mano— que pido es que les prepare una mísera merienda y los duche. ¿Y qué me encuentro cuando llego? A dos niños con el uniforme del cole sentados en el sofá comiendo Doritos. —Suspira desesperada—. ¿Es o no es para llamar a los servicios sociales? ¿Eh?

—Es huevón huevón... —replica Alicia.

—Ya no sé ni lo que estaba haciendo el jueves pasado. —Paula intenta calmarse un poco mientras va en busca de su pieza.

—¿El jarrón con apliques? —intenta recordarle Nunchi.

—¿No era un candelabro? —Se lleva las manos a la cabeza como si se le estuvieran escapando las ideas por ella—. ¿Lo veis? Es que estoy loca perdida. Alzhéimer prematuro llamando a mi puerta.

Mía, como buena amante del humor negro, se ríe entre dientes del chiste de mal gusto.

—¿Viste? Era el jarrón. Te falta acabar estos detalles. —Nunchi le señala la parte superior de la pieza—. Y luego ya le hacés los apliques.

—¡Es que no me gusta!

—Alguien está de muy mala leche hoy… —murmura Julia con retintín.

—No, en serio, es feísimo —se defiende Paula—. ¿No lo veis? No se parece en nada al que vi en Pinterest. Vamos, igual que un huevo a una castaña.

—Yo no lo veo mal… —sale al rescate Nunchi—. Podés afinar la parte de arriba para que quede más esbelto y le hacés unas ondas tipo elemento marino…

—Nada, es que no lo veo… —se revuelve de nuevo Paula—. Es grande, tosco… ¡Es que tiene hasta forma fálica!

—¡Ojalá! —interviene de pronto Alicia—. ¿Verdad, María?

Todas estallan en una carcajada y centran sus miradas en la afectada a la espera de una réplica que no llega, ya que su única respuesta es una risa sarcástica.

—¿Qué me he perdido? —pregunta Paula, confundida.

—La verdad…, no mucho —responde María con la esperanza de aparcar el tema.

—En fin, le doy una oportunidad para intentar afinarlo y, si no…, pues pasará a mejor vida —concluye Paula—. ¿Nunca os rendís con las piezas? Siento que solo soy yo. Para unas cosas tanta paciencia y para otras tan poca…

—No seas tan dura contigo misma. —Nunchi vuelve a consolarla—. No pasa nada si no tenés el día. Arrancá un nuevo proyecto y verás que la energía cambia.

En eso Nunchi tiene razón. Cada pieza se hace con una motivación particular, para hacer un regalo, para decorar un rincón de la casa o para replicar una idea que se ha visto en internet. También cuentan mucho la emoción y la sensibilidad con la que se le va dando forma hasta hornearla. Hay todo un universo de opciones en función de la predisposición que nuestro cuerpo y nuestra energía vital tengan.

Nunchi saca del horno algunas piezas que tenía pendientes, entre ellas una jarra de María.

—Mery… —dice Nunchi—. No lo puedo creer…

—¿Qué pasa? —grita María, que se teme lo peor.

En el horno se corre el riesgo de que las piezas se dañen, se rompan o se resquebrajen, por lo que el horneado siempre se vive con ansiedad a la espera de que la pieza salga sana y salva. Pero en ocasiones no es así…

—Se ha quebrado un poco la parte de la base —anuncia Nunchi—. No creo que se rompa más, pero ya no te sirve de jarra porque seguramente pierda agua.

—Uy, uy, drama —dice Alicia.

—No me jodas… —se queja María—. Con lo ideal que me había quedado.

—No pasa nada, seguro que le encontrás en casa un rincончito y le ponés flores secas —la anima Nunchi.

Ella, como siempre, contagiando al mundo con su positivismo. No es fácil canalizar las frustraciones cuando se lleva un tiempo trabajando en una pieza que no sale bien. Quizá la jarra le ha traído a la cabeza sus relaciones fallidas o le habrá jodido haber invertido tantas horas en una pieza que no acababa siendo lo que ella proyectó.

Las dos horas de clase pasan, como siempre, volando. Recogen y limpian todo y guardan las piezas en bolsas de plástico para que no se sequen.

Cuando terminan, Alicia invita a Mía a casa, pedir algo de cena y acabarse el vino que abrió el domingo. Son casi vecinas y muchas veces vuelven juntas y alargan la charla que han iniciado a la salida del taller. A Mía le gusta hablar con Alicia porque siempre le ofrece una opinión sincera y una visión muy práctica para resolver los problemas. Luego, por supuesto, no le hace ni caso. Pero lo importante es que su amiga da los mejores consejos del mundo.

Van caminando sin mucha prisa por las calles de Gracia cuando Alicia pregunta:

—¿Y qué? ¿Lo has visto esta semana?

—Sí, hija, sí... Lo veo todos los días. Es que es imposible no cruzarse con él. Y mira que intento no pasearme mucho por la ofi, pero tengo mil reuniones y siempre tiene que estar en alguna.

—Qué putada, tía... Pero tú con la cabeza alta y a lo tuyo. No te olvides de que él es el cabrón y el mentiroso en esta historia. Así que tú a lo tuyo y a seguir triunfando. Ya verás que en dos días te has olvidado de esta historia.

—Ya sé que siempre vuelvo al mismo tema, pero, en serio, de todas las conversaciones que tuvimos, ¿en ningún momento, pero en ninguno, se le ocurrió decirme que tenía novia? ¡Y novia desde hace vete tú a saber cuánto! —Alicia saca las llaves del bolso y abre la puerta de casa—. Oliver, mi compi, dice que a él le han dicho que lleva como dos años, pero, claro, como no tiene conocidos en la ofi tampoco puedo ponerme a investigar.

—No te preocupes, yo me encargo de eso. ¡Soy experta en el *stalkeo*!

—Buf, en realidad me da igual que sean dos meses o dos años. La misma mierda es. Es un mentiroso, y punto.

—¡Así se habla! ¡Y punto! Venga, vamos a ponernos un vinito y cambiamos de tema, que, si no, entramos en depresión en 3, 2, 1...

Alicia saca la botella de vino blanco de la nevera y dos copas del armario mientras Mía deja la chaqueta y el bolso en la mesa, y se sienta en el sofá con la confianza de quien ya se ha tomado muchos vinos entre estas paredes.

—Bueno, ¿y tú qué tal? —contraataca Mía—. ¿Sigues viendo a Julián?

Julián es un fiscal en la cincuentena que está totalmente prendado de Alicia. Ella, en cambio, todo lo contrario. Quedan de vez en cuando para cenar y pasan la noche juntos, ya que el hombre es una máquina en la cama, pero siempre en casa de él. Alicia ni siquiera lo invita a quedarse a dormir.

—Sí... —contesta sin mucha emoción—. Como siempre, a veces. Todo sigue igual. El pobre se emociona cuando nos vemos y me da un poco de penica. Aunque qué quieres que te diga, para un rato sí, pero para tener algo serio... No lo veo, la verdad...

—Gordi, he pensado que lo de la cena lo dejamos mejor para otro día —dice Mía de repente mientras se levanta y se pone la chaqueta—. Me acabo de acordar de que mañana tengo follón a primera hora en la ofi y va a ser un día muy largo.

Alicia trata de convencerla para que se quede un rato más, pero, como no lo consigue, se despiden después de intentar arreglar el mundo en lo que dura una copa de vino.

Cuando Mía sale a la calle, Alicia se asoma a la ventana:

—¡Eh! —le grita—. ¡Que le den al gilipollas ese! —Y luego hace un gesto obsceno con la mano y la boca imitando una felación.

Mía le responde con una carcajada mientras niega con la cabeza.

María ha vuelto a casa en bici recordando con una sonrisa la conversación sobre su última aventura. Una vez en la cocina, saca el jarrón de la *tote bag* y lo llena de agua. Efectivamente, el líquido se filtra por la base, unas gotas caen al fregadero. Así que lo vacía, friega unos cucharones de madera y los coloca dentro del jarrón. Se apoya en la encimera de la cocina y se queda apreciando su obra imperfecta. La verdad es que no sirve como jarrón, pero no por eso la iba a desechar, ¿no?

# 2

Mía lleva semanas escuchando que está a punto de entrar un jefazo nuevo en la oficina. No se ha anunciado formalmente, los directivos han preferido aprovechar el *afterwork* que ya tenían programado para que el equipo lo conozca en un ambiente más relajado. Cosas del Departamento de Personal, como siempre. En una de las salas del restaurante de moda del centro de Barcelona se han reunido unas veinticinco personas. Están todas de pie, con algo de comida en las mesas y una copa de champán o cerveza en la mano. Poco más.

Mía llega tarde, para variar, cuando ya se han hecho los corrillos. A lo lejos ve a Gloria, una compañera de despacho, que le hace señas con la mano para que se acerque al tiempo que dibuja una serie de muecas extrañas en la cara. Muy poco discretas, dicho sea de paso. En ellas se puede leer perfectamente: «Menudo fichaje ha hecho la empresa». No se refiere a la mejora de los balances del próximo mes, sino al tiarrón que tiene al lado y al que está a punto de presentarle.

—Mía, te presento a Jorge —le dice su jefe, que también se encuentra en el grupo—. Se incorpora la próxima semana.

Las miradas de ambos se cruzan durante un microsegundo, y a Mía el corazón le da un vuelco. En ese brevísimo instante tiene tiempo de darse cuenta de que el jefe nuevo es una mezcla perfecta entre ejecutivo de traje impoluto y *teenager* pícaro. Será por la falta de barba, que ella siempre ha estado con hombres más peludos y no está acostumbrada a esas caras angelicales que te pueden llevar al paraíso. Es guapo hegemónico, o sea, imposible que todas las chicas de la oficina, y algún que otro chico, no estén locas por el recién llegado. «Menudo cabrón debe de ser», piensa nada más estudiarlo. Y es que su lema siempre ha sido que no se puede tener todo en la vida, así que un carácter de mierda compensará esa cara y ese cuerpo.

—Encantada y bienvenido —le saluda ella, cordial, intentando disimular el rubor que siente ante la avalancha de pensamientos que le cruzan la mente.

—¡Muchas gracias! —responde él de forma despreocupada—. Es un placer ir conociendo poco a poco a todo el equipo.

Al darle los dos besos, la agarra por la parte superior del brazo con suavidad, pero con la firmeza suficiente como para que Mía se estremezca. A espaldas de Jorge, Gloria le hace otra mueca que también se puede interpretar a la perfección. Quiere remarcar lo bueno que está y cuánto disfrutarán de su presencia en la oficina cada día. Les alegrará mucho la vista y seguro que alguna podrá disfrutar de ese cuerpo que Mía imagina tallado como el mármol de las estatuas de Miguel Ángel. Si es que está soltero, claro.

Es en este momento exacto, y sin ni siquiera sospecharlo, cuando Mía comienza una inesperada y frenética caída a los infiernos.

# 3

Nada más llegar el lunes a la oficina, Mía se prepara un café para llevárselo a su puesto, que está en una zona con muchos ventanales donde entra una luz cegadora desde las nueve de la mañana. Deja el vaso sobre la mesa y baja la persiana un poco. A su lado se sienta Claudia, su mano derecha, aunque hoy todavía no ha llegado. Enfrente hay dos mesas más, que suelen ocupar otra compañera del equipo y la asistente de marketing. Los jefazos tienen despachos individuales acristalados al otro lado del edificio, que es muy diáfano y luminoso. Es un espacio relativamente nuevo, de diseño, y siempre con mucho movimiento de gente.

Mientras da el primer sorbo al café abre la bandeja de entrada del correo; como todas las mañanas, está a punto de explotar. «¿La gente no descansa ni de noche?», piensa. El primer email es de su jefe: la convocatoria de una reunión. Miedito.

Al abrirlo, enseguida comprueba que se ha organizado para hacer la presentación oficial y el *recap* de temas con la nueva incorporación, el director comercial. Pánico. El nuevo bombón de la oficina ya no solo es un jefazo, sino que encima le va a tocar trabajar con él. Terror absoluto.

Le vuelve a dar otro sorbo al café y sigue revisando mensajes hasta que Claudia llega ahogada.

—¿Perdona? —dice su compañera jadeando mientras deja a toda prisa el bolso en la silla—. ¿Quién es el chulazo que está con el jefe?

La falta de disimulo de Claudia, que no deja de mirar al despacho con los ojos abiertos como naranjas, es igual de sutil que un elefante entrando en una cacharrería. Mía se concentra en la pantalla para evitar una pillada con la que se le caería la cara de vergüenza.

—Es el nuevo director comercial —le responde sin apartar la vista del ordenador—. Me lo presentaron en el *afterwork* del otro día y en media hora tengo reunión con él y con Julio.

—Me encantan sus patillas. Es una mezcla entre señorito andaluz y malote de película para adolescentes.

—Menuda combinación...

—No me digas que no te has fijado...

Por supuesto que Mía se ha fijado. Ya se fijó en el bar, cuando lo escaneó de arriba abajo. Otra cosa no, pero ella es muy discreta y disimulada a la hora de fisgar con el rabillo del ojo.

—Luego te cuento cuando lo vea de cerca en la reunión.

Se levanta de la silla para recoger unas fotocopias y, ya que está de pie, aprovecha para subir a Contabilidad y entregar los tíquets de los gastos del mes pasado, que ya los lleva con retraso. Una vez en el ascensor, y justo cuando la puerta está a punto de cerrarse, una mano la bloquea y se vuelve a abrir. La mano es la de Jorge, que entra en el ascensor con el traje perfectamente planchado y el pelo impoluto con el toque exacto de gomina. Mía enseguida se pone nerviosa, pero se controla y sonríe con disimulo profesional.

—Mía, ¿verdad? —le dice mirándola a los ojos.

—Sí, qué memoria...

—Yo soy Jorge, nos conocimos el otro día en...

—Sí, me acuerdo. —Le corta con una sonrisa tímida mientras abraza los papeles con ambas manos. En realidad es un mecanismo de defensa para protegerse de la vergüenza que la ha invadido al estar encerrada en ese minúsculo ascensor con él.

—¿Vas al sexto? —le pregunta—. Contabilidad, ¿no? Todavía estoy conociendo el edificio.

—Al principio es un lío de pisos y departamentos, pero en dos días te sentirás como en casa. Sobre todo por las horas que pasamos aquí... Te lo digo por experiencia.

—Bueno, podrías hacerme un tour, así no me pierdo...

Mía se queda cortada por la propuesta tan directa, pero enseguida piensa que seguro que no irá con segundas intenciones y que tan solo es una frase de cordialidad. Aun así, ella, que se encuentra totalmente prendada desde que lo vio, no puede evitar tomárselo como una propuesta indecente.

—Sí, claro, cuando quieras —le contesta intentando mostrar naturalidad—. ¿Bajas aquí también?

—No, yo voy al séptimo.

—Bueno, ¡pues suerte en tu primer día!

—Muchas gracias, Mía.

Mía sale del ascensor y se encamina hacia los despachos de Contabilidad, al fondo de la planta. Se cruza con una compañera y se detiene a saludarla. En ese momento aprovecha para mirar hacia atrás y se topa con la mirada de Jorge, que se la mantiene con una sonrisa picarona hasta que se cierran las puertas del ascensor. Todo esto ocurre en menos de diez segundos, y a Mía se le va a salir el corazón por la boca. No sabe qué le está pasando, aunque tiene muy claro que no es ni medio normal.

Cuando termina en Contabilidad, vuelve a su despacho para imprimir los documentos que necesita para la reunión con su jefe y con Jorge. Las piernas todavía le tiemblan, mezcla de inseguridad y de una extraña excitación ante el desafío que acaba de entrar en la oficina.

—¿Y? —le pregunta Claudia impaciente en cuanto Mía vuelve de la reunión.

—Vale, sí, está muy bueno.

—¡Hombre que si está bueno! ¡Eso ya te lo he dicho yo! ¿Sabes si está casado? ¿Tendrá novia?

—Hemos hablado del primer trimestre, no le he hecho un tercer grado. ¡Mujer, que es su primer día! Si quieres, luego le preguntamos a Sole, la de Recursos Humanos. Pero que no se te vea el plumero, que te conozco.

—¿A mí? Si yo soy la discreción en persona. —Y hace el gesto de cerrarse la boca con una cremallera.

—Sí, ya... La reina de la discreción eres tú —sentencia Mía.

# 4

Para Alicia hoy se presenta un día completito, con tropecientos pacientes y consultas externas. Además, ayer no salió del quirófano y eso la deja agotada. Solamente piensa en pasar consulta de los posoperatorios cuanto antes e irse pitando a cerámica para desconectar un rato. En estas clases ha encontrado un bálsamo para la vorágine que es su vida. Un vinito, cerámica, alguna noche con juguetes sexuales —a los que se ha aficionado no hace mucho— y alguna otra con Julián, su fiscal madurito al que ella considera solo un follamigo, aunque él no pueda decir lo mismo.

Alicia es médico mastólogo, es decir, se dedica al tratamiento de patologías mamarias.

Su carácter fuerte y seguro a veces puede confundirse con falta de tacto, pero poco a poco y a base de dar alguna que otra mala noticia se le va ablandando el frío corazoncito que le late en el pecho.

Por fin consigue despedir al último paciente y, sin perder un solo segundo, se dirige a la recepción de la clínica, al otro lado del hall donde se encuentra su despacho.

—Pues nada, ¡listo! —le dice a la secretaria—. Ya está todo cocinado... ¡Me voy!

—Doctora, disculpe, pero le queda un paciente que lleva más de una hora esperando... —le anuncia la mujer con cierto apuro.

—¿Cómo? ¿Quién es? Yo no lo tengo agendado —replica sorprendida mientras le quita de las manos la carpeta con la lista de pacientes.

—¿No está en su agenda? Qué raro. De todas formas, ¿le podría atender antes de marcharse si no es mucha molestia para usted?

—¿Perdón? —Otra de las secretarias interrumpe la conversación—. ¿Alguien sabe quién es ese Top Gun?

Lo dice mientras hace un gesto con la cabeza señalando a la sala de espera. María y la recepcionista miran hacia esa dirección y se encuentran con el perfil de un chico alto, fuerte, de unos cuarenta años y vestido con uniforme militar.

—Madre mía, tiene al personal revolucionado. ¡Está buenísimo!

La verdad es que en una planta especializada en ginecología y mamas no es muy habitual ver a hombres, y mucho menos vestidos con uniforme, por lo que en cuanto aparece uno se convierte en la comidilla del personal.

—¿Y nadie lo quiere atender? Debe de estar de una mala gaita después de haber esperado tanto... En fin, ¡al lío! Hazlo pasar —dice Alicia mientras se gira y hace el camino de vuelta a la consulta.

A los pocos minutos entra por la puerta el apuesto uniformado. Se llama Alejandro y, efectivamente, tiene cuarenta y tres años. Lleva unas semanas con un dolor de pectorales que se acentúa cuando tiene relaciones sexuales. Esto último lo dice bastante ruborizado. Alicia toma nota en el ordenador mientras lo escucha un poco nerviosa. Primero, por la falta de experiencia con pacientes masculinos, y segundo, por estar hablando de sexo con semejante bombón militar.

El hombre luce el uniforme impecable y completo, a excepción de la boina, y le llama mucho la atención que parezca recién planchado. Tiene un tono de voz dulce y cercano, y Alicia ha querido entrever un ligero flirteo cuando le ha remarcado que tiene relaciones sexuales esporádicas. Es decir, que no hay pareja estable en ese momento. Una información que podría haber obviado sin ningún problema.

Tras las preguntas rutinarias, le pide a Alejandro, alias Top Gun, que se desabroche la camisa y se siente en la camilla. Él obedece. Primero se quita la chaqueta y la deja sobre la silla. Luego se desabrocha los botones de la camisa y se queda sentado con el pecho al descubierto a la espera de que Alicia se acerque para palparlo.

Es alto y corpulento, pero subido a la camilla queda a la altura perfecta para trabajar de forma cómoda, a pesar de lo tenso de la situación. La doctora se coloca entre las piernas del hombre para tocarle bien los pectorales y debajo de las axilas. Sus cuerpos se acercan bastante y Alicia puede sentir ese olor a limpio que ya intuía cuando vio el uniforme impecable.

Se mantienen unos segundos en silencio en los que solo se escuchan las respiraciones mientras los dedos de Alicia tocan firmemente pero con cuidado el duro pectoral de Alejandro.

—Se trata de un quiste cerca del pezón de la mama izquierda —diagnostica Alicia—. No es peligroso, pero hay que sacarlo.

—Pero nada de lo que me deba preocupar, ¿no?

—No, tranquilo, todo normal. Lo único es que te seguirá doliendo cuando tengas relaciones sexuales. Así que tú decides.

—¿Y cuándo cree que podrían quitármelo?

Alicia, antes de contestar, le indica que ya puede vestirse. Él se abrocha la camisa aún sentado en la camilla y, al levantarse, se pone la chaqueta y se la abrocha. El uniforme le sienta como un guante.

—Pues nos vemos si quieres la semana que viene y ya empezamos con el preoperatorio. ¿Te parece?

—Me parece perfecto.

Alicia de pronto siente que se está muriendo de vergüenza con la conversación, a pesar de lo echada p'alante que es, pero este tipo de situaciones en la consulta la sacan de su zona de confort. Y encima a él se le ve tan seguro de sí mismo y tan directo que todavía se cohíbe más.

—Y... ¿me daría su número por si tengo una urgencia o me duele mucho? —le pregunta Alejandro mientras extiende la mano para recoger las recetas que la doctora le acaba de firmar.

Alicia se queda petrificada por el comentario tan directo, pero haciendo un alarde de valentía lo mira a los ojos y se le escapa una sonrisa tonta.

—Eres tremendo tú, ¿eh? —le dice a la vez que apunta su número en una de las hojas del recetario—. Cuídate mucho y nos vemos pronto.

—¡Nos vemos, doctora!

El militar se levanta en dirección a la puerta. Antes de salir, se gira para regalarle una última sonrisa picarona a Alicia, que se derrite. En cuanto cierra, comienza a abanicarse con la mano para enfriar los sofocos que le han entrado.

—Qué calor hace aquí —se dice.

Se acerca entonces a la mesa para apagar el ordenador, organiza un poco el escritorio, cuelga la bata y sale del despacho. Llegará tarde a cerámica, algo que le jode mucho, pero al menos va con un chisme recién salido del horno que, sin duda, amenizará la clase de hoy.

Cuando Alicia entra en el taller, ve que ya están todas, menos Mía, que ha tenido un lío en el trabajo. La doctora saluda de forma apresurada y cuelga el bolso en la percha.

—¡No sabéis, no sabéis! —anuncia con una risa tonta.

—¡¡¡Que trae chisme, chicasss!!! —se emociona Nunchi.

Todas levantan la mirada de sus piezas y centran la atención en la recién llegada.

—Un momento, que me acicalo y os cuento. Pero menuda tarde... Vengo hasta con sofocos.

—Pero ¿has estado con Julián? —pregunta Julia—. ¿No tenías consulta hoy?

—¡Qué Julián ni qué ocho cuartos! Esto es mucho más interesante. Resulta que estaba acabando y de repente me dicen que tengo otro paciente.

Mientras habla saca de la bolsa la jarra que está haciendo y la coloca en la plataforma giratoria para seguir trabajando en ella.

—¡Un tío bueno! —vaticina María.

—Uuuh —lanza Paula a modo de adolescente.

Todas gritan a la vez cual colegialas y la animan a que siga.

—Buenísimo. Y ya no solo eso, es que me aparece en la consulta vestido con un uniforme militar impoluto. Vamos, como un pincel.

—No me jodas —grita María—. ¡Igualito que Top Gun!

Todas vuelven a reír.

—Eso mismo ha dicho una de las secretarias de mi planta.

—¿Y cómo es? ¿Alto? ¿Guapo? —pregunta Paula.

—Altísimo y fortísimo. A ver, de cara no es que sea ultraguapo, pero tiene como mucha personalidad. Una nariz muy particular, una mirada profunda... Y bueno, el uniforme..., qué queréis que os diga.

—¡Claro, le da el puntazo! —añade María—. A mí la verdad es que me ponen muchísimo los uniformes. Y los de hospital ni te cuento.

—Bueno, ¿y qué pasó? —quiere saber Nunchi.

—Pues nada, que el tío entra en la consulta y me cuenta que le duele un pecho cuando tiene sexo.

—¡Nooo! ¡Me muero! —grita Paula emocionada—. Hablando de sexo con el soldado a los cinco minutos de conocerse. Eso sí es una cita exprés.

—¡Pero qué cita! ¡Si era una consulta! —se defiende Alicia con una risa nerviosa que la delata.

—¡Boluda, si te brillan los ojitos! —le dice Nunchi.

—Total —continúa Alicia—, le digo que se abra la camisa y se queda con todo el torso descubierto. Bueno, no sabéis qué torso... Así que empiezo a palparle y veo que tiene un quiste tras el pezón.

—¡Ay, pobre! —se lamenta Julia.

—Bah, lo importante es saber si se puede solucionar para concretar algo con este bombón. —María no se anda con chiquitas.

—Sí, se opera y listo —contesta Alicia—. Pero lo más fuerte es que tuve que acercarme un montón a él y meterme entre sus piernas para poder tocarle bien el pecho y los laterales. No sabéis lo bien que olía y, ¡uf!, su respiración. Chicas, no sabéis lo sexy del momento.

—¡Ufff! —Julia no acierta a decir nada más cuando se imagina la tensión sexual de la escena.

—Y yo nerviosita perdida porque no estoy acostumbrada a tocar a hombres en la consulta.

—Pero fuera eres una experta, perrilla —bromea María.

—¡Calláte, bruta! —la corta Nunchi con su inconfundible acento argentino.

—No, en serio, estaba atacada, con el corazón a mil. Encima a él se lo veía tan seguro. O sea, solo por cómo me miraba ya sabía yo que estaba soltero y que intentaba flirtear.

—Oye, pues tú a fluir —le aconseja Julia—. Si te escribe, perfecto. ¡Cita al canto con el militar buenorro!

—¡Pero si lo tengo que operar en dos semanas! ¿Qué cita ni que cito?

—Oye, quién sabe, ¡amor entre catéteres! —se cachondea María—. La próxima serie de Netflix, ¡lo veo!

Todas estallan en carcajadas mientras continúan trabajando en las piezas, cada una a su ritmo.

La clase pasa volando entre risas y bromas, aunque también ha habido alguna queja entre dientes, a veces el proceso creativo se les hace cuesta arriba. Limpian la mesa, guardan las piezas, cuelgan los delantales y salen del taller. Es decir, la misma rutina de siempre.

—¿Alguien para una birra o algo antes de ir a casa? —pregunta Alicia.

—Uy, yo estoy muerta —dice Julia.

—Yo igual, tengo la casa que parece un campo de batalla —contesta Paula.

—Venga, yo voy un rato —se anima María—. Pero una cerve y me voy, que luego me lías.

—¡Sí! Una y para casa. Prometido.

Las dos amigas se encaminan en dirección al bar Santos, donde suelen reunirse para los encuentros poscerámica. No es precisamente el bar más bonito del barrio, pero tiene una terracita coqueta y el dueño, Santos, es un señor adorable que siempre las trata fenomenal.

—¡Hola, Santos! —saluda Alicia con efusividad.

—¿Qué tal todo, chicas? —las recibe el camarero—. ¿Qué os pongo?

—Dos cervecitas —contesta María—. Y no dejes que pidamos más, que mañana hay que madrugar.

—¡Claro, como siempre! —responde el hombre con cierta ironía—. ¡Marchando esas cañas!

Mientras esperan las cervezas, charlan sobre cosas banales. Como es abril ya se puede estar afuera, pero a esa hora de la tarde empieza a refrescar. Además, las sillas de la terraza son de metal, así que al poco Alicia se pone la chaqueta y María se acomoda la suya con un gesto de querer taparse más.

—Oye, ¿qué planes tienes para el finde? —pregunta Alicia.

—Había quedado con el frutero el sábado, pero me está dando un poco de pereza —contesta María.

—Madre mía, pero ¿todavía te ves con el frutero?

—De vez en cuando... —Hace un gesto con la mirada, como quitando importancia a esas citas—. Los dos sabemos lo que hay y nos llamamos para lo que nos llamamos. Eso me gusta porque hay cero presión.

El frutero es un follamigo de María que nunca ha llegado a nada más porque fuera de la cama no le atrae lo más mínimo. Es raro que a veces las parejas funcionen a la perfección en una habitación (o en varias), pero que fuera de ellas no haya ningún tipo de *feeling*. Y a María le pasa eso con el frutero. Es un tipo con el que no tiene ni buena conversación ni les interesan los mismos temas, pero en el sexo... es un diez. Así que de vez en cuando le escribe y él aparece como una pizza, calentito en la puerta. No suele fallarle porque el tío es un soltero de la vida. Con todas y con ninguna. En realidad no es frutero, sino abogado. Pero en las primeras citas, cuando intentaba conocerlo algo más quedando a cenar u organizando alguna cita que no fuera única y exclusivamente para sexo, él siempre pedía una fruta de postre. Naranja, mandarina, pera... Una pieza de fruta sin pelar. Da igual cómo fuera el restaurante. De lujo, de barrio o con estrella Michelin. La pieza de fruta no fallaba. A María siempre le pareció curioso, así que cuando se lo contó a las chicas lo apodaron el frutero y así lleva ya unos cuantos años.

De vuelta en casa, María enciende unas velas y se sienta en el sofá para responder algunas conversaciones pendientes de WhatsApp. Una vez que ha terminado, le escribe a Paula un escueto pero directo «¿Cómo estás?».

María y Paula son amigas desde el colegio y, pese a que la vida las ha ido llevando por caminos muy distintos, separándolas más o menos dependiendo de la época, siempre vuelven a unirse en algún punto. Esta vez ha sido gracias a la cerámica.

María conoce bien la relación de Paula. Sabe que no está bien y que no es feliz. Pero también sabe que Paula no piensa hacer nada para remediarlo hasta que todo explote por los aires. No comulga con su tipo de vida, pero en honor de su larga amistad María no comete un sincericidio: no opinando sobre su marido y su matrimonio más de lo necesario. Aun así, no puede dejar de preocuparse por ella como si fuera una hermana mayor.

María ve en el chat de Paula un «escribiendo…», pero luego parece que lo borra y no llega a contestar. Bloquea el móvil y se queda mirando al techo. A veces en la amistad, como en cualquier historia de amor, hay que respetar los tiempos.

Cuando tenía dieciséis años, su madre falleció, y ella vivió una adolescencia muy tóxica. Paula estuvo siempre presente, se convirtió en el gran apoyo de una jovencita inestable y rota. Y una nunca se olvida de las personas que fueron refugio en los peores momentos.

# 5

Han pasado unos días desde la llegada de Jorge a la oficina, y Mía siente algo más de confianza para acercarse a él. Está dispuesta a luchar contra su bloqueo a la hora de entrar a los hombres, cosa a la que no está muy acostumbrada, ya que su belleza le ha permitido conseguir a los chicos que le han interesado sin necesidad de mover un solo dedo. La pena es que casi siempre elige mal y el príncipe acaba saliendo rana.

Está convencida de que hay algo, que entre ella y Jorge ha saltado la chispa. Esas cosas se notan en el momento, y con él lo siente así. Pero, claro, necesita una confirmación, por pequeña que sea, antes de lanzarse a la piscina.

Aparte de las reuniones en las que han coincidido, la comunicación que han tenido hasta el momento se ha limitado a un intercambio de mensajes de trabajo cordiales con algún que otro chascarrillo y, por supuesto, a una colección de miradas furtivas y subidas de tono por los pasillos que dicen mucho más que cualquier palabra.

Pese a la gran cantidad de trabajo, de reuniones y de correos, el runrún de «cómo le entro al nuevo jefe buenorro de la ofi» sigue dándole vueltas en la cabeza. Pero, una vez más, el día acaba y no es capaz de lograr su objetivo.

Cuando llega a casa se da una ducha relajante, se sirve una copa de vino blanco y se calienta un táper con lo que quedó del almuerzo del día anterior. Mía es muy perezosa para cocinar, así que siempre confía en Uber Eats, en sobras o, por supuesto, en el más que confiable huevo cocido con una lata de atún.

Se come su triste plato recalentado para finalizar un día agotador y algo desmotivador. No son ni las diez de la noche, cuando Mía se mete en la cama y cae rendida.

A la mañana siguiente se despierta sin alarma gracias a las nueve horazas que hacía tiempo que no dormía. Se viste improvisando un look. Mía es la típica chica con una gracia innata que no necesita seguir las tendencias para llamar la atención, ya que derrocha estilo y elegancia con prendas simples y atemporales. La suerte de las mujeres de belleza natural: buena piel, buen pelo, buen cuerpo... Hasta un saco de patatas le quedaría bien, como siempre le dicen sus amigas. Pese a que no se ha esforzado lo más mínimo al elegir la ropa, está más estilosa que nunca. Y, por supuesto, eso se nota en la actitud con la que una chica se enfrenta al día. Como buena apasionada de la moda, aunque no se obsesiona con las tendencias, cree que sentirse bien por fuera la hace brillar más si cabe.

Con esa confianza Mía arranca el martes, devorando el día con cada paso. Al llegar a la oficina, hoy antes de lo previsto, se dirige a su mesa para colgar la chaqueta y el bolso. Hay mucho silencio, dadas las horas, y decide abrir el chat antes de desayunar. Tiene un mensaje:

Esas dos palabras de Jorge escritas en la pantalla la estremecen. Esto sí que no se lo esperaba. Y menos a las ocho de la mañana, todavía con la legaña pegada al ojo.

«Te veo en la máquina», le contesta de forma casi inmediata y con un nudo en el estómago.

Jorge, que también ha madrugado hoy, la ha visto entrar en el edificio cuando estaba aparcando el coche y ha aprovechado la *intimidad* de la oficina para romper el hielo con este primer acercamiento.

Mía se levanta de la silla y se queda de pie unos segundos delante de su mesa. Le tiemblan un poco las piernas, así que intenta reunir las fuerzas y la confianza suficientes para enfrentarse a esa *primera cita* con Jorge. En su cabeza ya es una cita oficial. Hay una propuesta, aunque sea por correo. Hay bebidas, aunque sea un café de máquina —llamado así porque «dame veneno que quiero morir» ya está cogido por Los Chichos—. Y hay una pareja. O, en este caso, una potencial pareja. Ella ya lleva la quinta marcha puesta.

Cuando llega, Jorge está sacando el segundo café. Él levanta la vista y con una sonrisa le alarga la mano para ofrecerle el vaso.

—Guau, qué eficacia —se sorprende Mía.

—¿Has visto? Te lo he pedido con leche —contesta mientras le da un sorbo a su café americano.

—¡Gracias!

—¿Te gusta así? Tienes pinta de chica *café con leche*.

—¿Y cómo son las chicas *café con leche*? —Al momento se arrepiente de haber hecho esa pregunta—. Es igual, mejor no me lo digas...

—Pues sí que empiezo bien...

—Me lo tomo solo y sin azúcar. Por lo menos a esta hora... —Hace una mueca con la boca que dice que no le gusta el sabor de la leche.

—Bueno, para la próxima ya lo sé...

—No sé si me vas a encontrar todas las mañanas tan temprano por aquí...

—¿Me tengo que considerar un tipo con suerte entonces?

Mía sonríe y baja la cabeza mientras sujeta su vaso con las dos manos.

—Para la próxima, también tenemos Nespresso en la cocina, que el café de máquina tiene sus riesgos.

Jorge mira hacia la cocina haciendo un gesto de derrota, como si hubiese perdido una batalla. Luego se ríe mirando al techo.

—¡Eso se avisa, mujer!

—¡No me has dado tiempo! —le replica ella con una sonrisa benevolente.

—¿Ves cómo claramente necesito ese tour por las instalaciones? —le apunta Jorge, entrando a matar.

—Sin duda alguna.

—Entonces espero que me mandes día y hora en Calendar.

—De momento ya te llevas la primera lección del día gratis. —Levanta el vaso como si quisiera brindar en el aire y añade—: ¡Gracias por el café!

—¡Yo diría que perdón por el café, más bien!

Mía sonríe y se aleja hacia su mesa mientras Jorge le da un último sorbo al suyo, que le provoca un escalofrío. Tira el vaso a la papelera y se mete las manos en los bolsillos. Luego se dirige a su despacho con ese aire altivo y de cierta superioridad que desprende con ese traje recién planchado y la cantidad perfecta de perfume.

Mía se sienta a su mesa y deja el café junto al teclado. Apoya los codos en la mesa y se tapa la cara con las manos mientras suelta un gran suspiro. «¿Qué acaba de pasar? ¡Eso era un tonteo en toda regla! ¿O me estaré haciendo la película?», piensa para sí misma.

No. No es la imaginación soñadora de Mía. Claramente se respira flirteo en el ambiente cuando están cerca. Era algo mutuo. Y ambos lo han notado.

Lo bueno de todo es que no hay trabas en ese tonteo, ya que Jorge no es jefe directo de Mía, sino el director comercial.

Su jefe, en realidad, es el director de Marketing y Comunicación.

Al cabo de un rato llegan Claudia y las otras dos compañeras.

—¡Buenas, buenas! —dice Claudia colgando la chaqueta en la silla—. ¿Nos tomamos un café?

—Yo ya me lo he tomado… —contesta Mía misteriosa.

—Uy, ¿y eso?

—He llegado temprano y el nuevo jefe me ha invitado a uno…

—¿Per-do-na? —Claudia remarca su sorpresa enfatizando bien las sílabas—. ¿Me puedes contar que está pasando? —No la deja contestar y añade—: ¡Le has molado! ¡Si es que lo sabía! Estáis los dos buenísimos, era de cajón.

—Pero ¿qué dices? —replica Mía con una sonrisa socarrona—. No había nadie en la ofi y me ha ofrecido un café. Nada más. —Intenta quitarle importancia para convencerse a sí misma.

—¿De la máquina? —le insiste mientras señala el vaso encima de la mesa.

—Sí, hija. El pobre no sabía que estaba la Nespresso.

—Ay, qué mono. Bueno, pues nada, como ya tienes novio me tomo sola mi café. ¡Adiós! —Le sonríe de forma burlona y deja sobre la silla el pañuelo que llevaba al cuello. Luego se aleja hacia la cocina.

—¡Shhh! —Mía hace un gesto con las manos para que baje la voz.

Mía vuelve a centrarse en el ordenador mientras niega con la cabeza sin dejar de sonreír.

# 6

Cuando acaba la clase, Nunchi es la que siempre se queda la última para asegurarse de que todo queda ordenado y cerrar el taller. María y Paula, que hoy andan algo rezagadas, después de despedirse de Nunchi, se quedan hablando un rato en el portal.

—Pau, espérame un momento que me fumo un cigarro —dice María mientras saca el paquete de tabaco y el mechero.

—Pero ¿no lo habías dejado?

—Sí, como todos los meses...

Paula niega con la cabeza y suelta un gran suspiro.

—Bueno, ¿y tú qué? No me contestaste el otro día. —La arrincona María.

—¿Qué quieres que te cuente? —le responde sin mirarla.

María suelta el humo del cigarro al tiempo que gesticula negando con la cabeza.

—Está todo mal —resume Paula—. No puedo con los niños y no soporto a Alonso. Estoy todo el día en la farmacia y cuando llego tengo la casa del revés y él no mueve ni un solo dedo. Y ni hablar del sexo, que ya ni recuerdo la última vez que lo hicimos. Alberto se sigue metiendo en nuestra cama todas las santas noches y, bueno, yo tampoco le pongo mucha actitud al asunto... Cuando acabo el día me planto el pijama, me hago un moño y me pongo la mascarilla. Como comprenderás, tengo menos *sex appeal* que mi madre en tanga.

—Madre mía, tenemos el combo completo...

—No sé qué decirte, Mary. Está claro que no estoy bien. Debo sentarme con él y hablarlo, pero te juro que se me hace bola.

—Totalmente. Lo primero que tenéis que hacer es hablar y ver cuáles son los principales problemas para empezar a buscar soluciones. ¿Y la terapia de pareja?

—No es muy fan de esas cosas, pero al final es eso o esto acaba conmigo.

—Pau, lleváis mil años y hay mucha historia detrás, pero sinceramente no creo que te merezca. No es porque seas mi amiga, ojo, que también te digo que tú tampoco has sido una esposa de premio Nobel, pero le has metido muchos huevos a esta familia. Cosa que él no ha hecho. Esto no es la primera vez que lo hablamos. El tema es que no te interesa verlo...

—No es eso... Pero es un follón si decido remediarlo...

—Tú siempre en la zona de confort... —María suelta el humo del cigarro con aire de indignación—. Así es imposible cambiar las cosas. Mira, vamos a hacer una cosa. Habla tranquilamente con él. Yo me quedo con los niños si hace falta. Te lo digo en serio.

—Sí... A ver qué dice, porque lo típico es que le saque el tema y ni siquiera sepa de lo que le hablo... Para él, lo más normal del mundo es ser un marido ficus.

María acompaña su última calada con una media carcajada.

—Me voy, gordi —le dice Paula para terminar—. Ya te contaré los avances...

—No te agobies, amiga. Todas las relaciones tienen rachas y mucho más la vuestra, que lleváis juntos desde los dieciséis años. Y si ves que este matrimonio no es el lugar en el que eres feliz, ya sabes qué hay que hacer. Aunque cueste al principio, ser feliz de verdad tiene que merecer la pena.

Se dan un beso y un abrazo que dura más de lo normal. María se dirige a su coche y Paula comienza a caminar en sentido contrario, exactamente igual a los pensamientos que cada una tiene ahora mismo en su cabeza.

# 7

Cuando están a punto de dar las seis de la tarde, justo antes de cerrarlo todo e irse pitando a clase de cerámica, Mía recibe un mensaje de Jorge:

**Jorge**
No me ha llegado todavía la invitación para el tour. Debe de haber un error en el servidor... ☹

Mía, después de soltar una risilla tonta, le contesta al instante:

**Mía**
Ahora mismo me quejo al departamento de Informática. 😉

Mía, que se siente empoderada porque no cabe la menor duda de que Jorge está claramente interesado en ella, apaga el ordenador sin esperar su respuesta. No se trata de ninguna táctica, sino de que llega tarde a cerámica. Y contra eso los hombres no compiten, aunque sea un proyecto de futura relación.

Se pone la chaqueta y pasa por delante del despacho de Jorge sin mirar a su interior. Él, que ya está escribiendo la respuesta, levanta la cabeza y justo la ve pasar. Hace una mueca a caballo entre la sorpresa y la media sonrisa tonta.

Cuando llega a clase, esta vez puntual, Mía saluda a Paula y Nunchi con dos besos. Ya tienen los delantales puestos y están organizando sus piezas.

—¿Qué tal todo, chicas? —pregunta.

—Eso tendríamos que preguntártelo nosotras —contesta Paula—. ¡Que no se te ve el pelo!

—¿Qué te cuentas? —insiste, de forma más directa, Nunchi.

—Ahora nos ponemos al día, que hay mucha tela que cortar —dice misteriosa Mía.

En ese momento entran juntas Alicia y María.

—¡Genteee! —saluda Alicia feliz.

—¡Buenas, buenas! —responde Nunchi.

—¿De qué habláis? —quiere saber María—. No habréis empezado ningún cotilleo sin nosotras, ¿no?

—¡Justo estaba empezando el *speech* ahora mismo! —argumenta Mía.

—¡No me digas! ¿Qué novedades tienes? —se interesa Alicia.

—Chico nuevo en la oficina... —anuncia con una sonrisa pícara mientras se mueve hacia ambos lados con el cuerpo, como si quisiera bailar.

Todas lanzan al unísono un «¡¡¡quééé!!!» tan fuerte que se escucha hasta fuera del taller. Nunchi, que en un primer momento se une a los gritos, se calma rápido para hacer callar a las demás y así no molestar a los vecinos.

—Muy fuerte, muy fuerte —continúa diciendo Mía—. Es el nuevo jefe de Comercial.

—Pero ¿está encima de ti? —pregunta María.

—Todavía no..., pero ¡dale tiempo! —interrumpe Alicia socarrona.

—¡Qué bruta eres, Alicia! —la interpela Paula riéndose.

—En realidad, no. Mi jefe es el de Marketing, pero trabajamos bastante juntos, sobre todo para los eventos y nuevas aperturas de tiendas.

—Aquí hay tema... ¡Ya te lo digo yo! —afirma Julia categórica.

—A ver, todavía estoy tanteando el terreno porque todo es supernuevo y no sé nada de él.

—Bueno, está claro que casado no está... —dice Nunchi.

—Eso nunca se sabe... —avisa Alicia.

—Hombre, si Mía dice que hay tonteo..., sería muy descarado, ¿no? —se pregunta Julia en voz alta.

—En peores plazas he toreado yo —se lamenta Alicia.

—¡Uy, uy, uy! ¡A Moisés le vas a hablar de lluvia! —dice María señalando a Alicia con la mano llena de arcilla.

—Bueno, menos refranes y al hueso. Cuenta qué te dice o qué habéis hecho... —Julia está impaciente por saber.

—Hacer, lo que se dice hacer, nada. Solo nos hemos tomado un café e intercambiado algunos mensajes. Pero no sé, noto algo. O sea, el tonteo es evidente.

—No son imaginaciones, está bien empezar por ahí —resuelve Nunchi.

—No, no, hay tensión. Lo noté desde el minuto uno en que nos cruzamos. Siento que la cosa es más física, pero no sé..., tampoco lo conozco de nada. Es una sensación. Por ejemplo, cuando paso por delante de su despacho me busca con la mirada y, si lo miro, él no aparta la suya. También entró a una reunión y mientras escuchaba a mi jefe vi que me observaba. No sé, cosas...

—¿Confirmamos que está buenísimo? —pregunta María.

—¿Algún novio de Mía no lo ha estado? —recalca Paula.

—Mira que sois exageradas, ¿eh?

—Ahí les tengo que dar la razón —se suma Julia.

—Perdonad, pero Gonzalo... guapo guapo... —recuerda Mía.

—Uy, a mí me ponía muchísimo... —confiesa Alicia—. Ese pelo, esa nariz... Tenía mucho rollo.

—Rollo sí, pero guapo no era —insiste Mía.

—Es que a veces cuando conocés mejor a un hombre le vas viendo cosas que van más allá del aspecto y como que le acabas encontrando cosas que en un primer vistazo no te habían entrado por los ojos... —reflexiona Nunchi—. Yo tuve un novio feíto en el colegio, pero tenía tanta personalidad que las traía a todas locas.

—Un clásico —responde Julia mientras asiente con la cabeza sin dejar de hacer churros.

El churro es una técnica que a Julia le encanta especialmente. Consiste en hacer, como su propio nombre indica, churros con arcilla. Deben tener más o menos el mismo tamaño para luego colocarlos uno encima de otro de forma circular e ir dando altura. Cada churro se va uniendo con el anterior hasta que al final queda una única pieza. A Julia le gusta tanto porque no le exige mucha creatividad y a la vez sacia su toc de colocarlo todo a la perfección, un churro encima del otro. Controla la situación, algo que a ella le encanta. No salirse de la norma ni de lo establecido y no tomar riesgos. Hace una montaña de churros y consigue la pieza ideal, que, encima, le da paz mental. ¿Por qué querría cambiar de técnica?

—Y poco más que contar, chicas... —retoma Mía—. Vamos viendo. Eso sí, guapo es un rato.

—¿Edad? —pregunta Paula.

—Ni idea, pero yo creo que estará rozando los cuarenta y uno o cuarenta y dos.

—¿Estará divorciado? —apunta Alicia.

—Es que ya os he dicho que tengo poca info... Como el tonteo es tan superficial no hemos hablado de nada personal.

—¿No tenemos foto? —Nunchi quiere verle la cara.

—Lo he buscado en Instagram, pero lo tiene cerrado y no me atrevo a agregarlo todavía...

—Busquemos en LinkedIn —se le ocurre a María.

—Con mi cuenta no, ¡que lo ve! —les advierte Mía levantando la cabeza de la mesa.

—¡Yo lo busco! —se ofrece María. Deja encima de la mesa la taza que estaba moldeando y va corriendo a lavarse las manos para poder sacar el móvil de su bolso—. ¿Nombre completo?

Todas se acercan a María para así poder conocer de primera mano, aunque sea por foto laboral, al nuevo *crush* de Mía.

—¡Hostia! —suelta María—. Sí que está bueno, sí...

—No es mi estilo, tan repeinado y con tanta patilla, pero no se le puede negar que es un bombón —reconoce Paula.

—Y el cuerpo no sale en la foto, pero, vamos... —Mía mira hacia arriba intentando calmarse—. Es altísimo y con una pinta de tener unos abdominales como para rallar parmesano.

—Está buenísimo... —concluye Alicia—. ¡*Well done*, Mía! ¡Vamos a por él!

—Yo creo que tiene más de cuarenta, ¿eh? —avisa Julia—. Le echo cuarenta y cinco.

—¡Mirá el año en el perfil! —sugiere Nunchi.

—¡Eso! —apostilla Julia.

—Es del 78 —informa María.

—Mmm..., ¡entonces tiene cuarenta y tres! —Alicia hace un cálculo rápido mirando al techo.

—Pero eso no es lo malo... —María se pone misteriosa.

Todas la miran con cara de asombro. Esta levanta la cabeza del móvil con una expresión de miedo y mira a Mía, que le devuelve la mirada esperando escuchar algo desgarrador.

—Es escorpio —concluye.

Todas se ríen y hacen gestos de rendición y aspavientos con las manos sucias.

—¡Que tengas suerte, amiga! —le desea Alicia.

El carácter y comportamiento de los hombres escorpio es de sobra conocido, sobre todo para ellas, que son aficionadas al horóscopo y la astrología. Los nacidos bajo este signo tienen una personalidad que suele ser muy oscura y hermética. No dejan salir nada ni tampoco muestran sus emociones. Son decididos y no tienden a rendirse con facilidad. Eso sí, se esfuerzan por alcanzar sus objetivos y conseguir que su punto de vista sea el más aceptado. También suelen tener miedo al fracaso, aunque no lo demuestran fácilmente. Vamos, unas joyitas estos escorpianos.

—Bueno, es que, claro, algo malo debía tener —se lamenta Paula.

—Pero eso no es lo peor... —continúa María con sus malas noticias—. ¡Lo peor es que Mía es cáncer!

—Sin duda alguna, esto va a ser una aventura... —anuncia Nunchi.

—¿Por? ¿Qué tiene de malo? —pregunta Paula.

Paula no tiene ni idea de horóscopos ni de lunas ni de astros, así que siempre que salen estos temas tiene que consultar al grupo para no perderse.

—Son dos signos explosivos cuando están juntos —le informa María—. Se adaptan a la perfección si todo encaja, pero, si no..., puede arder Troya. Bueno, que cuente Nunch, que controla mucho más que yo...

—Total, son signos muy apasionados y les gusta vivir las emociones fuertes en la intimidad —toma la palabra la argentina—. Con comprensión mutua pueden durar para siempre, pero para llegar al *happy end* no puede haber ni una sombra de duda entre ambos.

—Madre mía... —susurra entre dientes Paula.

Mía se queda pensando en la descripción de pareja que implican sus signos, pero ¿quién es ella para ponerse en contra de los astros...? Quiere cambiar de tema, así que le pregunta al grupo:

—¿Y vosotras qué os contáis?

—Yo pasopalabra —dice Paula.

—Qué raro... —susurra María. Luego añade—: Yo tuve una cita fallida de Tinder. Os juro que los hombres están muy mal... Esta semana la niña estaba con mi ex, así que aproveché para concretar una cita con un chico con el que llevaba un par de semanas chateando.

—¿Y? —pregunta Nunchi.

—Flipante cuando os lo cuente.

—¿Flipante de mal o flipante de bien? —quiere saber Alicia.

—Acojonante.

—¿Y por qué me has dejado hablar tanto si tú tenías esta joyita que contar? —dice Mía.

—Porque seguro que a ti la relación te dura más de dos horas.

—¡Ale, ya nos ha desvelado el final! —se queja Alicia.

—A ver, quedamos para cenar y me llevó a un japonés. Era muy mono. Más joven que yo, eso sí...

—¿Cuánto más? —pregunta Paula.

—Treinta y un años.

—Cómo le gustan los pendejos... —Se ríe Nunchi.

—Bueno, ¡tampoco es tanto! —Alicia intenta echar un capote a María, que tiene cuarenta.

—¡Oye, que son ellos los que hacen *match*! Yo, por supuesto, disfruto del colágeno.

—Bueno ¿y qué pasó? —A Mía la tiene intrigada.

—Total, que el chico era encantador. Bastante maduro, debo decir, y con una conversación interesante. Es emprendedor, tiene una marca de ropa así rollera con un amigo y parece que le va bien.

—Bueno, de momento todo bien, ¿no? —vaticina Mía.

—Espera, espera..., que ahora viene lo bueno. Nos montamos en el coche para ir a tomar una copa a un bar que estaba relativamente cerca y antes de bajarnos me besa. Empezamos a enrollarnos y la cosa comienza a subir de tono.

—Ya sé cómo acaba la historia —interrumpe Paula—. Hacerlo en un coche es cero higiénico, además de incomodísimo.

—No, no va por ahí el tema —retoma María—. Total, que empieza a meterme mano y cuando la cosa está ardiendo me susurra: «Me pone mucho que seas madre».

—¿Perdona? —pregunta Alicia indignada.

—Buaaah, menudo pervertido —añade Paula.

—Es coña, ¿no? —se enfada Mía—. ¿Me juras que te dijo eso?

—Y no una vez, sino dos. Le quise dar una oportunidad porque pensé que igual estaba nervioso... Pero no. Claramente le ponía cachondo que fuera madre.

—Pero onda: ¿«Se corrieron dentro de ti»? —pregunta Nunchi.

—O tipo: ¿«Ha salido un niño de tu vagina»? —complementa Alicia.

—Ay, chicas, yo qué sé. No me quedé para preguntárselo. Le dije que estaba cansada y me llevó a casa. Adiós muy buenas.

—Esto es muy fuerte —sentencia Julia—. Deberías escribir un libro con tus historias de Tinder. ¡Sería un best seller seguro!

—¡Lo que me faltaba!

—Pero ¿es que ya no hay tíos normales? —pregunta Alicia.

—Libres, no... —puntualiza Paula.

—Siempre tienen alguna tarita... —Mía se muestra especialmente pesimista.

—A ver cuál es la del jefe, porque con este panorama... poco puede sorprendernos ya —dice Alicia.

—¡Uyyy, tú no tientes a la suerte! —replica María.

La verdad es que Mía no ha tenido mucha suerte con los hombres. Desde hace unos años trabaja en terapia el motivo por el cual suele elegir mal a sus parejas y acaba convirtiéndose en emocionalmente dependiente de ellos. Y por lo visto todo se remonta a su infancia. Cuando tenía doce años, su padre se separó de su madre y volvió a Argentina, su país de origen. Llevaba varias décadas viviendo en España, pero en Argentina seguían sus padres, que fallecieron tiempo después. Al separarse, su padre le prometió que estaría presente en su vida, pero poco después, como casi siempre, el tiempo hizo el olvido. Así que aquí se quedó una preadolescente resentida y llena de odio hacia el hombre que la abandonó en su momento más vulnerable. Quizá a día de hoy y después de intentar sanar la herida con muchas sesiones de terapia, ella sigue buscando el amor en los hombres equivocados. Su madre nunca habló mal de él, simplemente le contó que su relación no era buena y decidieron poner tierra de por medio. Él era un alma libre, un artista de mente abierta al que le costaba mucho aceptar los estándares de una sociedad que se movía en un trabajo de ocho a seis, un polvo los sábados y el apartamento en la playa los veranos. Enamorada hasta las trancas, su madre nunca pudo olvidarlo a pesar de los años. Poco más sabía de la historia, excepto algunas pinceladas que de vez en cuando los abuelos le soltaban en alguna de sus visitas. De todos modos, Mía preguntaba poco. Sentía que cuanto menos supiera de él, más fácil sería olvidarlo. Cosa que, según parece, no ha ocurrido.

# 8

Hoy Paula está algo distraída en clase. A pesar de participar en las risas se la nota muy metida y concentrada en la pieza. A veces, depende del estado de ánimo, de cómo haya ido el día o de cómo esté vibrando la energía personal, es normal concentrarse más en el trabajo. Para eso sirve también la cerámica, para ayudar a evadirse del mundo y de la realidad. Incluso de los sentimientos, porque consigues focalizarte solo en el barro.

La cerámica aumenta la concentración porque afecta a los niveles de atención. Aleja de la mente muchos pensamientos negativos y contrarresta el estrés. Al trabajar el barro con las manos te desvinculas de la constante sobreestimulación, algo que Paula tiene de sobra, sobre todo en casa. Por eso nunca suele saltarse la clase de cerámica, porque le hace muy bien, aunque casi siempre llega tarde. Cuando vuelve a casa suele encontrarse con los restos de lo que parece un tsunami. Alonso, su marido, no se caracteriza por ser muy colaborativo ni en las tareas del hogar ni con los niños. Trabaja mucho, sí, pero desde siempre se ha desvinculado de ese rol que ha tomado Paula y que debería ser de los dos, así que ella acaba exhausta al final del día, tanto física como emocionalmente.

Paula y Alonso se conocieron y enamoraron en la universidad, cuando estudiaban Farmacia. Han construido toda una vida juntos. Al principio la relación estaba llena de proyectos compartidos, pero con el paso del tiempo y la llegada de los niños la dinámica entre ellos comenzó a transformarse. Ahora, después de dieciséis años de relación, una brecha considerable los separa.

Alonso trabaja en un laboratorio, y Paula, en una farmacia, pero siempre van justos de dinero. Hacen unas vacaciones al año y una niñera los ayuda los días que se les complican los horarios, pero pocos lujos más se permiten. Siempre viven con el cinturón ajustado por culpa de los gastos.

Él siempre ha sido distante y se ha desvinculado del día a día en el hogar. En un principio era algo que no molestaba demasiado a Paula, que, debido a su toc por el orden y la limpieza, siempre ha preferido hacer las cosas a su manera antes de que alguien las haga mal. Desde niña es así de obsesiva y siente placer en ello, pero últimamente la casa no luce tan impecable como le gustaría, ya que los niños no colaboran en ese menester y a ella no le dan las horas. Así que vive con el «ay» en la boca desde hace mucho.

Alonso está cada vez más ausente, y ya no solo en cuanto a las labores domésticas, sino también a nivel emocional. Sobre Paula cae casi toda la responsabilidad en cuanto al cuidado de los niños y de las necesidades del hogar. La situación ha evolucionado de tal manera que siente a Alonso más como un compañero de piso que como un esposo o un padre participativo. Esta desconexión no solo ha afectado a la logística de su vida diaria, sino también al vínculo emocional de la pareja. Las conversaciones profundas y los momentos de intimidad han dado paso a intercambios funcionales sobre tareas y horarios. La pasión parece haberse extinguido y, en su lugar, haber dado paso a un vacío lleno de rutina y obligaciones.

Paula reflexiona sobre la falta de apoyo y compañerismo de su esposo. Alonso, por su parte, parece no darse cuenta de la gravedad del problema o no sabe cómo abordarlo. Él anda sumido en su rutina y posiblemente lidiando con sus propias luchas internas, que lo mantienen más alejado si cabe.

La situación entre ellos plantea preguntas sobre la sostenibilidad de la relación en su estado actual y lo que sería necesario para reconectar, si eso es lo que ambos desean. A Paula no le gusta exteriorizar sus sentimientos, ya que es bastante introvertida en cuanto al tema sentimental, pero con María, que es con la que tiene más confianza, ha comentado la situación en varias ocasiones. Su amiga siempre le da la misma respuesta, quizá la que no quiere escuchar…

Paula nunca ha sido de tener muchas amigas. Al estar en pareja buena parte de su vida adulta no ha mantenido el vínculo con muchas personas, y la falta de tiempo tampoco ha ayudado. María es la que siempre ha estado a su lado, y quizá por eso, por conocerse desde hace tiempo y por el nivel de confianza que han alcanzado, son casi hermanas. A pesar de ser muy diferentes, una siempre está para la otra. Luego están también las clases de cerámica, donde ha encontrado ese grupo de contención que la acompaña desde hace ya cinco años. Pese a que no suele abrirse en cuanto a sus cuestiones personales, todas ellas conocen su situación y la respetan cuando no quiere hablar o contar según qué cosas.

Escaparse, literalmente, a cerámica es el recurso más fácil para ella. Le permite salir un rato de su rutina, trabajar con las manos y sacar a través de la arcilla toda la frustración que acumula desde hace mucho. El taller es su lugar de paz para poder crear con total libertad, no pensar durante un rato y compartir charlas más o menos profundas con sus personas favoritas. La verdad es que, dadas las circunstancias, ahora mismo no podría pedir más.

# 9

Empieza un nuevo día para Mía. Al llegar a la oficina, se toma el café con sus dos compañeras de equipo y con Claudia mientras charlan acerca de la última serie que están viendo en Netflix. De pronto, Jorge hace su aparición en el rellano con su traje impecable y la mochila sobre uno de los hombros. Se dirige a su despacho, pero cuando pasa delante de ellas interrumpe su conversación con un «buenos días», saludo al que las cuatro responden casi a la vez.

—Madre mía, es que me sudan las manos cada vez que pasa cerca... —dice Marta, la mayor de las cuatro.

—Totalmente. ¿Estará casado? ¿Tendrá novia? —pregunta Luisa con la esperanza de que alguna lo sepa.

—Estamos investigando el terreno, pero yo creo que novia no tiene —se aventura Claudia.

—¿Cómo estás tan segura? —Luisa suena algo escéptica.

—¡Porque le está tirando los tejos a Mía!

—¡Qué dices, loca! —Mía la corta dándole un golpe en el brazo y Claudia se echa hacia atrás para no derramarse el café encima—. Nos tomamos un café aquí el otro día. Eso es todo.

Las chicas la miran con cara de cierta envidia mezclada con incredulidad.

—¡Y venga! Al lío, que tenemos mucha plancha.

Mía vuelve a su mesa y, en cuanto se sienta, recibe un email de Jorge. Claramente se nota que le está siguiendo la pista y no se pierde ninguno de sus movimientos en la oficina. De forma inmediata comienza el intercambio de correos:

J **Jorge**
Al final ayer te fuiste volando y me dejaste sin el tour.

**Mía** M
Perdón… ☹. ¡Jejeje! Es que llegaba tarde a cerámica…

J **Jorge**
¡Anda! ¿Haces cerámica? Qué sexy, ¿no?

**Mía** M
Mmm… No te creas, que no es como en las pelis…

J **Jorge**
Sigo soñando, entonces… Por cierto, el viernes nos vamos a Madrid. ¿Lo has visto?

**Mía** M
Sí, ahora tengo que responder y mover cuatro cosas, porque ya es día perdido si salimos tan temprano.

J **Jorge**
¿Qué tal el equipo de Madrid? ¿Me preparo para lo peor?

**Mía**
Ármate de paciencia, pero no son los peores… Yo ya estoy agobiada porque con solo un día fuera de la ofi se me acumulan los pollos.

**Jorge**
Adelantaremos temas en el AVE, así aprovechamos el viaje y vemos juntos lo de Segovia y Palma. Yo encima estoy aterrizando y todavía ni me sé ningún nombre…

**Mía**
Hombre, alguno te sabes… Mi email lo has encontrado rápidamente…

**Jorge**
Uno se busca la vida…

A Mía le suena el teléfono y deja de escribir. Es su jefe, que la llama al despacho para ver unos temas, por lo que deja la conversación y a Jorge a medias.

Dos días más tarde, Mía se dirige a la estación de AVE en taxi a primera hora de la mañana para coger el tren que los llevará a Madrid. Nada más bajarse del coche, va directa a la cafetería de la estación porque necesita urgentemente un café. Allí se encuentra a Jorge sentado a una mesa con dos compañeros más que viajarán con ellos. Mía los saluda desde la distancia, indicando con la mano que va a la barra a pedir un café.

Los nervios ya empiezan a recorrerle el cuerpo, antes siquiera de sentarse a su lado, pero respira hondo y decide mantenerse firme y profesional. Es un viaje de trabajo, aunque ella ya está maquinando cómo quitarse de encima a Luis y a María José, los compañeros de viaje, para estar un rato a solas con Jorge y así investigar algo más sobre él. No es habitual que un jefe comercial haga ese tipo de viajes, ya que los acostumbra a hacer Luis, pero al ser nuevo en la oficina, Jorge quiere conocer a los representantes y franquiciados de España.

Cuando por fin Mía consigue su café tamaño XL, se dirige hacia la mesa.

—Buenos días... —saluda resoplando con pocas ganas mientras los tres le devuelven el saludo—. Deberíamos ir yendo a la puerta, ¿no?

—Sí, sí, que vamos justos de tiempo —advierte Jorge.

Los cuatro, bolsos y maletines en mano, se encaminan hacia la puerta de acceso al tren.

—¿A qué hora llegamos al final? —pregunta María José.

—A las 9:30 —contesta Mía.

—Y la primera reunión la tenemos a las diez, ¿no? Pues iremos pillados de tiempo como haya lío con los taxis...

—Tranqui, que ya les he avisado —la calma Mía.

—¿Son muy pesados los de Madrid o qué? —se interesa Jorge.

—El director es un poco especial, pero trabajan muy bien. —Mía da un sorbo a su café—. Ya verás que son serios.

El grupo baja al andén y entra en el vagón. El tren está a punto de salir, así que toman sus asientos, situados al fondo, en una mesa de cuatro.

—¿Os importa si me pongo de cara? —pregunta Luis—. Tan temprano me mareo...

Mía y Jorge se sientan uno enfrente del otro, en el lado de la ventana. Sacan sus ordenadores para ir avanzando algo de trabajo, aunque María José prefiere relajarse y dormir un rato.

Durante la primera hora de trayecto Mía y Luis ponen al día a Jorge que, al ser nuevo, no conoce todavía muchas cosas acerca de los procesos y del funcionamiento de la empresa. Al rato, Mía recibe un mensaje:

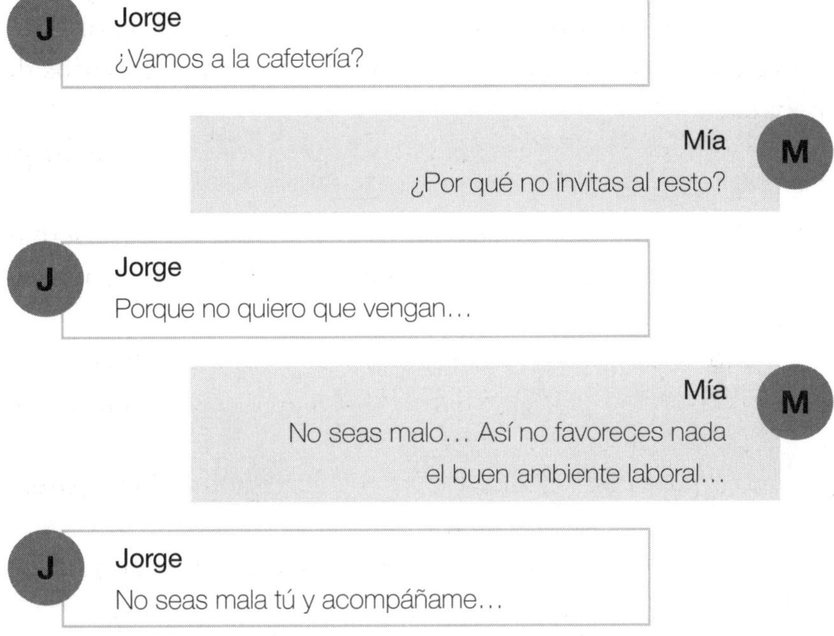


Antes de que Mía pueda responder al último mensaje, Luis dice:

—Voy a la cafetería. ¿Alguien quiere algo?

—¡Yo voy! —suelta María José, que se ha despertado al oír a Luis y rápidamente se ha activado para acompañarlo—. Ahora ya tengo el cuerpo para un café... ¡Es que a mí tan temprano no me entra nada!

—¿No quieres ir? —le pregunta Mía a Jorge con una sonrisa pícara, intentando fastidiarle el plan de quedarse solos y así continuar con el juego.

—No, no, gracias. Ya me he tomado uno.

Luis mira a Mía y ella le dice que no con la cabeza para indicarle que tampoco se apunta.

Luis y María José se van al vagón cafetería y dejan solos a la fugaz pareja que se mira detrás de sus respectivas pantallas con cierta timidez.

—Ahora no hace falta que escribas, me puedes hablar, ¿no? —le dice Mía.

—Oye, que yo también te hablo. Me gusta escribirte... porque soy tímido —se defiende Jorge riéndose entre dientes.

—Qué mentiroso... —lo acusa juguetona, aunque sin poder aguantarle la mirada.

—Solo quería invitarte a un café de los malos para seguir con nuestra recién estrenada costumbre.

—Y... ¿es imprescindible que sea malo? —le pregunta abriendo un poco los ojos. En sus conversaciones hablan siempre mucho más los gestos y las miradas—. Acepto también café de especialidad...

—Cuando quieras...

Mía sonríe, sigue escribiendo en el ordenador e intenta esconder tras la pantalla la vergüenza que siente en este momento. Sus gestos son sutiles pero cargados de significado: una sonrisa nerviosa, un toque fugaz en el brazo o un juego de miradas prolongadas que comunican más de lo que las palabras podrían expresar.

A medida que pasan más tiempo juntos, ambos notan que su conexión física se intensifica con cada encuentro. Las conversaciones son escasas y breves, incluso intrascendentes, pero están impregnadas de tensión sexual. Sus interacciones se convierten en un delicado equilibrio entre el deseo de acercarse y el miedo a la confusión, sobre todo por parte de Mía. Pero ya sabe que es imposible que esto sea imaginación suya. El flirteo está al máximo nivel posible para dos compañeros de trabajo que se acaban de conocer y que no saben prácticamente nada el uno del otro. Aunque ella anhela profundizar su conexión más allá de las miradas y los gestos, la incertidumbre y el miedo a la vulnerabilidad la mantienen cautiva en un juego de seducción silenciosa y de frases irrelevantes y vacías.

Luis y María José vuelven con sus cafés en la mano. Mía apoya la cabeza en la ventana, intenta reprimir el sueño. En esta situación es inadmisible para ella quedarse dormida frente a Jorge y arriesgarse a que se le abra la boca o incluso que babee. Así que se incorpora en el asiento, se retoca un poco y se centra en la presentación para mantenerse despierta hasta llegar a su destino.

# 10

Tras su jornada laboral en la consulta, Alicia ha quedado para tomar algo con Julián, el fiscal entradito en años. A veces se van directamente a casa para follar. Sin miramientos ni preliminares. Llevan tanto tiempo con esta pseudorrelación que ya tienen la confianza suficiente como para ir directos al grano si les apetece. Hoy toca copa. Van a un bar del Born especializado en cócteles de autor. Julián es mayor, así que conoce los mejores lugares de la ciudad. La experiencia es un grado, sin duda. De él a Alicia le atrae su seguridad, su pelo canoso y su intelecto. Otra cosa no, pero sexo y conversaciones con Julián nunca faltan. Pero hay algo que no le cuadra del todo como para ponerse la cosa más seria, y no es la edad. Es cierto que nota las miradas de la gente cuando salen juntos, como diciendo: «Dónde irá con ese abuelo» o «Mira, Romeo y su nieta». Ella no es precisamente una adolescente, eso está claro, pero su cuerpo, su actitud y su estilo de vestir colorido y desenfadado la hacen bastante llamativa, y más al lado de alguien que le saca veinticinco años.

A pesar de las miradas, Alicia se siente bien con él en público, pero en el fondo a veces no puede evitar pensar si no estará perdiendo el tiempo con ese señor con el que no va a llegar a nada. O si la gente la verá como una puta con su *sugar daddy*. Son preguntas que lanza al aire y que se disipan en cuanto acaban en la cama, como esta noche. Y es que el fiscal es bien fogoso y mucho más «*agradecido* y generoso con ella a nivel sexual que cualquiera de sus otros amantes. Esto, sin duda, es un punto a favor.

A la mañana siguiente, María le propone a Alicia desayunar juntas. Tiene una visita de obra en su barrio y Alicia no tiene consulta hasta las 10:30. Así que a ambas les viene bien.

Se han sentado en la terraza de un bar para que María pueda fumarse un cigarro con el primer café y están charlando de todo un poco: del trabajo, de nuevas ideas para cerámica, de lo locos que están los hombres y de... Julián.

—¿A ti Julián te parece muy mayor? —le pregunta Alicia.

María levanta la cabeza de su café y la mira.

—Hombre, es mayor...

—Pero ¿en plan desubicado de mayor?

—A ver... —María intenta no juzgar de forma precipitada—. ¿Cuántos años tiene?

—Pues... la verdad es que no lo tengo claro. Estará cerca de los sesenta.

—Hombre, es mayor. Yo lo he visto en directo y no parece tanto, pero... ¿por qué lo preguntas? ¿Te estás planteando algo serio?

—Creo que no...

—¿Cómo que «creo que no»?

—O sea, no, pero no sé... —Alicia expresa sus dudas en voz alta—. Entre pitos y flautas creo que es mi relación más larga desde Marcos...

Marcos es el único novio largo y serio que se le conoce a Alicia. Fue hace cinco años y ella se quedó completamente destruida, aunque resurgió cual ave fénix para volverse más dura que nadie y poder enfrentarse a cualquier hombre que se le pusiera delante gracias a su nueva coraza posruptura. Desde entonces no ha vuelto a hablar de él casi nunca.

—Así que te lo estás planteando... —indaga María.

—Creo que como pareja estable no tendríamos futuro, pero estoy a gusto con él. Es interesante, atento, el sexo es genial, tiene buena conversación...

—¿Y cuál es el problema entonces? —María da una última calada al cigarro y lo apaga en el cenicero—. ¿La edad?

—Yo digo que no me importa, pero creo que no me da tan igual, ¿sabes? Veo que la gente nos mira y odio parecer una puta. Te lo juro.

—Pero ¿qué más te da?

—Pues me da... Yo no soy así. Por eso pienso que hay algo más que me hace no estar convencida del todo. Y encima yo creo que él está a *full* conmigo por ese mismo motivo.

—Sí, ¿no?

—Desde siempre ha sido un sol conmigo, pero yo siempre le pongo mil excusas para todo. Por ejemplo, para escaparnos juntos un finde.

—Pero sí te has quedado a dormir en su casa y todo, ¿no? —María le da un sorbo al café y se lo aparta al quemarse los labios.

—La noche entera, nunca... Siempre me voy antes. Siento que no quiero darle falsas esperanzas porque lo veo enganchado y me sabe mal.

—Animalico... —se compadece María mientras ladea la cabeza hacia un lado en un gesto de pena—. Pues creo que no vas a tener más remedio que tomar cartas en el asunto, amiga. O para bien o para mal.

—Eso es lo que me temo. —Alicia le da un último trago a su café, que había pedido con la leche fría, y levanta la mano para pedir la cuenta al camarero.

# 11

Nuevo día en el taller, y Mía, antes de preguntar por las novedades del grupo, toma la decisión de iniciar un nuevo proyecto, un regalo con broma incorporada para Jorge. Y es que hacer una pieza para alguien implica que durante el proceso de creación se está pensando en esa persona, por lo que se ponen las manos en el barro, pero también un poquito el corazón. Y ahora mismo eso le apetece.

Se le ha ocurrido hacerle una taza con esta inscripción: SOLO CAFÉ DEL MALO. Le parece que una taza, pese a la broma, no la expone mucho, ya que puede considerarse un regalo de bienvenida a la oficina. Aunque, por supuesto, la taza va cargada de segundas intenciones, dada la relación no profesional que, parece, están empezando a entablar. Desde luego, no hay mejor forma de dar un salto con red.

—¿Qué tal, chicas? ¿Qué novedades hay esta semana? —pregunta Nunchi mientras se pasea entre las mesas y observa cómo van avanzando los proyectos de cada una—. Contanos, Mía. ¿Cómo va tu nueva conquista?

—Uy, pues la verdad es que me tiene un poco confundida. Se nota que hay algo, pero no identifico bien qué es. O, mejor dicho, no sé interpretarlo. —Mía duda e intenta explicarse un poco mejor—. O sea, el flirteo es total, pero tenemos muy pocas conversaciones profundas. Es decir, no sé casi nada de él. ¿Y si es un imbécil y me estoy colgando solo por su físico?

—Bueno, pero habláis, ¿no? —pregunta María.

—Sí, aunque es todo muy superficial. Me da la sensación de que ninguno de los dos quiere ir más allá... Y yo ya me estoy volviendo adicta a la tensión sexual no resuelta. Lo confieso.

—¡Pero entonces lánzate, mujer! —se arranca Julia.

—No quiero lanzarme hasta que no tenga más seguridad. Primero, porque es un jefazo; segundo, porque lo tengo que ver todos los días en la ofi; y tercero, porque no sé si estoy mentalmente preparada para aguantar otro rechazo o fracaso emocional. Y menos de un tío al que casi ni conozco.

—Entonces ¿vas a esperar a que él mueva ficha? —pregunta Alicia.

—Bueno, le estoy haciendo una taza. Una tontería relacionada con una broma que tenemos entre nosotros...

—¡Anda! Bromitas y todo... —María suelta la frase con cierto retintín—. Luego dices que no habláis...

—Sí hablamos, pero siempre son cosas de trabajo o conversaciones muy tontas... O sea, realmente no sé nada de él. Si tiene hijos, si está casado, dónde vive...

—Pues, hija, como la mayoría de mis citas —dice María—. Y yo me los tiro sin todos esos datos. Cuanta más información, más limitaciones.

—Anillo no lleva porque se lo habrías visto, ¿no? —señala Alicia.

—No lleva, no... En fin, el próximo paso es darle la taza y ya voy tanteando el terreno.

—¿Y qué tal ustedes, Julita? —Nunchi cambia de tema de forma radical, algo muy habitual en ella—. ¿Van a hacer algún plan familiar el finde?

—El domingo tenemos almuerzo en casa de mis suegros y el sábado Roberto me ha dicho que tiene que trabajar. Un coñazo patrio. Otra vez sola con los niños, que se me suben por las paredes.

—Y yo que me quejo de mis horarios, pero... ¿trabajar un sábado? —pregunta de forma retórica Alicia.

—¡Y más! —responde un poco enfadada Julia—. Menos mal que tengo a Normita en casa. Sin ella estaría muerta, porque Roberto llega día sí y día también a las tantas, y yo no puedo con todo...

—Me suena mucho esto... —interviene Paula, que hasta ese momento ha estado concentrada en su pieza—. Pero encima yo sin Normita.

—No sé cómo sigues en pie, sinceramente. —María se sorprende de la fortaleza de su amiga.

—Tener a una chica todo el día en casa tampoco es lo más común del mundo —replica Paula—. ¿Sabéis lo que cuesta? Y encima que sepa limpiar y que cuide a los niños... Es casi una especie en extinción.

—Yo creo que es lo único que no me duele pagar, su sueldo —reconoce Julia—. Literal que me soluciona la vida.

—¿Por qué no le planteas a Alonso la idea de meter a alguien que te ayude? —le propone María.

—Me va a decir que no... Si ya vamos más justos que la ley de Dios. Estamos viendo si vamos a poder irnos de vacaciones este año, así que imagínate...

—No, si yo lo entiendo... —insiste María—. Pero a veces es mejor eso y poder mantener la salud mental y física. Y ya de camino tener algún rato para vosotros para conectar de nuevo...

—Tus padres sí te echan una mano, ¿no? —pregunta Nunchi.

—Sí..., a veces se los dejo, pero ellos ya son mayores. Se cansan mucho, les tengo que hacer venir a mi casa... Solo recurro a ellos si no hay tutía.

—Yo, en cambio, lo que necesito es un manual para entender a los hombres —salta de pronto Julia—. El poco tiempo que veo a Roberto está superdecaído, como un zombi, y siempre con la cabeza en otra parte. Lo tienen loco en el trabajo. Os juro que yo creo que tiene depresión.

—¿Me estás jodiendo? —pregunta Nunchi exaltada.

—Pero si está tan mal tendría que ir a terapia —sugiere Mía—. No puede seguir así porque va a acabar enfermo.

—¡Qué va! Si no tiene tiempo ni para ver a sus hijos despiertos. ¿Cómo va a sacar tiempo para ir al psicólogo?

—Insisto, yo ya no me quejo más de mi trabajo —vuelve a decir Alicia.

—De qué te vas a quejar, ¡si hasta te proporciona soldaditos calientes! —bromea María.

Todas se ríen de la referencia a *Top Gun*. A Alicia, en cambio, se le dibuja una sonrisa tímida y luego baja la mirada para centrarse en su pieza.

Mía de repente se ha concentrado mucho en la taza que está haciendo para Jorge, así que no participa demasiado en la conversación, prefiere disfrutar del proceso en solitario. Ella a solas, con sus manos en el barro y con su cabeza en otro lado.

Paula, mientras tanto, reniega del asa de una jarra que no logra que quede sujeta a la pieza. Ya lleva un rato así cuando Nunchi decide acercarse y echarle una mano.

—Tienes que raspar más la pieza y colocarle más barbotina para que se suelde bien la arcilla —le explica.

La barbotina es el pegamento de la cerámica, una especie de barro con agua que funciona para unir las diferentes piezas. Aunque en este caso concreto las piezas se resistan a quedarse unidas. Igual que ocurre con muchas relaciones.

—Creo que el asa pesa mucho y no se sostiene —opina Paula.

—El barro también está hoy más blando, que hay mucha humedad.

Nunchi toma la pieza y, de pie junto a Paula, la ayuda a quitar la arcilla sobrante del asa. Luego la pega a la jarra con barbotina.

—Ahí mejora la cosa…

Paula vuelve a centrarse en su pieza mientras las palabras parecen querer gritar desde su interior. Siente la necesidad de compartir su drama personal con ellas, pero hay algo que la frena. ¿Quizá la vergüenza de estar atrapada en un matrimonio fallido? ¿De sentir que ha fracasado en la vida? ¿De mostrarse vulnerable frente a sus amigas empoderadas? Un montón de factores la mantienen con la cabeza gacha, en silencio. En realidad sabe cuál es la solución, por mucho que se resista a pronunciarla en voz alta.

Es fascinante cómo, a veces, cuando estamos inmersos en nuestros propios problemas, nuestra visión se nubla y nos quedamos ciegos ante las respuestas que tenemos justo frente a nosotros. Y eso es así tanto en la cerámica como en la vida real. Los pedazos rotos de la relación de Paula ya no hay barbotina que los arregle.

## 12

Una vez que termina la clase, las chicas se despiden y cada una se marcha a su casa. Paula llega a su piso y suspira después de cerrar la puerta. Todavía le queda un mundo por hacer y son casi las nueve de la noche. Se quita la chaqueta y se dirige a la cocina, donde Alonso y los niños están cenando. Los saluda con un beso mientras se mueve arrastrando casi los pies.

Se pone a recoger. Cuando los niños terminan de cenar, Alonso los manda a lavarse los dientes y a dormir.

—¡Vamosss, que ya vais tarde!

Los pequeños salen disparados empujándose entre ellos mientras Alonso pone los platos en la encimera.

—¿Podemos hablar? —le pregunta Alonso.

—Sí, claro. ¿Qué pasa?

—Pues la verdad es que no sé muy bien cómo decírtelo. —Alonso lanza un suspiro—. A ver, es que he estado pensando en muchas cosas y se me ha ocurrido… —Se calla durante unos segundos y luego añade—: No sé cómo lo ves tú…

—Pero ¿cómo veo el qué? —Paula lo mira con cierta sospecha mientras friega uno de los primeros platos que hizo en cerámica, hace ya unos años—. Déjate de tanto misterio, anda, que estoy muy cansada.

—Que podríamos... —Vuelve a callarse.

—Que podríamos... ¿qué?

—Pues que quizá podríamos vernos con otras personas...

—¿Cómo? —Paula ni siquiera mira a Alonso, no aparta los ojos del fregadero—. No sé dónde quieres llegar a parar...

—Mucha gente lo hace y he oído que va muy bien para mantener la chispa en la pareja...

—A ver si te estoy entendiendo... —Paula frota con fuerza un pegote de tomate reseco—. ¿Me estás diciendo que quieres follarte a otras?

—No. Bueno, sí. —Alonso titubea—. Abrir la relación...

A Paula se le resbala el plato de las manos, que se rompe en el fregadero. Luego, sin decir nada, apaga el agua, se seca las manos con un trapo y sale de la cocina en dirección al salón. Alonso la sigue después de lanzar un sonoro suspiro.

—Vamos, Paula... No exageres... —le dice casi a modo de súplica—. Mucha gente lo hace, pero no lo cuentan... Por eso te parece raro.

—No me parece raro... ¡Me parece mal! —Se sienta en el sofá—. Y no me sigas, Alonso, por favor.

La idea de abrir la relación introduce un giro nuevo en la dinámica ya tensa entre la pareja. Esta propuesta puede interpretarse de varias maneras y, lo que es peor, desencadenar una serie de emociones y preguntas incómodas para ambos. Sobre todo para Paula.

Abrir la relación despertaría en ella sentimientos de preocupación, inseguridad y rechazo. De pronto se ha sentido como un animal herido si la solución a sus problemas radica, según su marido, en involucrarse con otras personas. Quizá Alonso está buscando una salida fácil a sus problemas matrimoniales en lugar de enfrentarlos juntos como una pareja madura. Además, esto podría conducir a un sentimiento de abandono, ya que supondría la posibilidad de perder lo poco que le queda de Alonso.

—O sea, ¿en serio me estás proponiendo que abramos la relación? —pregunta Paula.

Están sentados uno al lado del otro, con los cuerpos en tensión y una incomodidad que corta el ambiente.

—Sí, lo sé, suena loco, pero… ¡escúchame! Creo que podría ayudarnos a recuperar la chispa que hemos perdido.

—¿Recuperar la chispa? —repite incrédula—. Alonso, ¿de verdad crees que eso resolvería nuestros problemas? ¿Me puedes decir quién te ha metido semejante idea en la cabeza? Porque esto no creo que se te haya ocurrido a ti solo.

—Nada… —titubea, pero decide soltarlo todo—. Un compañero me ha comentado que él lleva así un tiempo con su mujer y les está yendo bien.

—¿Un compañero? Vamos, hombre… —le corta indignada mientras se levanta del sofá y hace un aspaviento con el trapo de cocina que tiene en la mano.

Alonso la agarra del brazo y la convence para que vuelva a sentarse.

—Pero escúchame por lo menos… —suplica.

—Es que no sé qué quieres que escuche… —Paula está al borde de las lágrimas—. ¿Qué pasa con nosotros? ¿No crees que deberíamos tratar de arreglar las cosas primero?

—Sí, quizá tengas razón y tal vez solo esté buscando una solución rápida. Pero siento que estamos atascados, ¿sabes? Necesitamos hacer algo para cambiar esto.

—No sé, Alonso. Es difícil de procesar. ¿Y si solo empeora las cosas entre nosotros?

—Lo entiendo, Paula. Y no pretendo presionarte. Solo quiero que sepas que estoy dispuesto a hacer lo que sea necesario para que lo nuestro funcione.

—Pues lo primero sería que colaboraras más en casa. —Paula decide, por primera vez, soltar lo que lleva dentro—. Es que no es solo la relación, Alonso, es todo. Nuestra vida es un castillo de naipes que se desmorona. Bueno, la nuestra no, la mía. Porque por lo que veo, tú quieres ir por tu cuenta y dejarme a mí el tema de la casa y los niños.

Alonso le coge la mano para intentar calmarla, pero ella lo aparta con un gesto brusco y se levanta.

—¡Y tú mientras a conocer a otras y lo que surja!, ¿no? ¡Venga ya!

—Paula... —Alonso le alarga el brazo, pero ella vuelve a la cocina y lo deja sentado en el sofá.

En el fregadero se encuentra con los trozos del plato rato, los recoge con cuidado y los tira a la basura. Luego se seca la lágrima que le resbala por la mejilla. A veces es muy complicado arreglar una pieza de cerámica que se rompe, porque unir los pedazos no es nada fácil. Algo parecido siente ella ahora mismo con su vida. Y darse cuenta de ello le está doliendo mucho. Quizá demasiado.

# 13

Hoy Mía ha llegado a la oficina con una actitud más empoderada de lo normal. Esta vez sí ha pensado cuidadosamente el look que quiere lucir, a ver si de esta forma vuelve loco a Jorge y se decide a dar el paso de una forma más seria. Qué menos que le pida una cita de verdad, ¿no? La tensión que existe entre los dos, y que es más que palpable, tiene que materializarse de una vez por todas. Y lo antes posible, además.

Entre reunión y reunión, Mía se dirige al ascensor para subir a la sexta planta. Cuando se abren las puertas, comprueba que va bastante lleno, pero se sube de todas formas. Hasta que no está dentro no ve a Jorge apoyado en uno de los laterales del ascensor, al lado de los botones. Ella, con un gesto apenas perceptible, presiona el botón justo donde él tiene el brazo, por lo que acaba rozándole con la mano. Luego acerca el cuerpo al de él por la falta de espacio. La atmósfera, ya de por sí cargada, se vuelve aún más tensa cuando, de repente, a una de las compañeras que lleva un café en cada mano y unos documentos debajo del brazo se le resbala un vaso dejando caer parte del contenido y los papeles al suelo.

El caos repentino desata una serie de movimientos apresurados de parte del resto de los ocupantes del ascensor para intentar limpiar el café del suelo con los papeles. La chica, avergonzada, no deja de pedir disculpas. En medio del tumulto, los cuerpos de Mía y Jorge se ven obligados a rozarse, casi juntarse, como si fueran atraídos por una fuerza invisible.

Por un momento el aire se llena de una electricidad palpable, quizá debido a que se encuentran en una proximidad inusual para ellos. Mientras los demás se ocupan de la situación, ellos han quedado suspendidos en una intimidad improvisada y disfrutando de esa conexión efímera al tiempo que cruzan miradas nerviosas. La situación dura apenas unos segundos y enseguida todos vuelven a acomodarse después del lío de los cafés. En el cuarto piso se baja la mayoría. En el ascensor apenas queda un leve olor a café y una fuerte tensión sexual que solo Jorge y Mía notan.

Mía se da cuenta de que por primera vez el jefe chulazo está nervioso. Ella cree que se debe a que hoy se siente más segura que nunca y se lo ha comido con su actitud empoderada.

Una vez que llega a su destino, Jorge se despide tímidamente. Sale del ascensor, respira hondo, se acomoda la americana del traje y se dirige hacia uno de los despachos. Antes de que se cierren las puertas, Mía lanza una última mirada furtiva a Jorge y piensa en el buen culo que le hacen esos pantalones.

La mañana transcurre tranquila hasta que, un par de horas más tarde, Mía recibe un nuevo chat de Jorge.

J
**Jorge**
¿Qué pretendes hacer conmigo?

M
**Mía**
¿Yo? ¡Dios me libre!

J
**Jorge**
No me hagas sufrir así, que me hace daño…

Mía
Pues deja de sufrir... ¡Mira qué fácil!

Jorge
Ahora en serio. Me jode muchísimo decirlo "en voz alta", pero... tengo pareja.

Mía, que se disponía a continuar flirteando, se queda atónita frente al ordenador sin saber qué decir, muerta de la vergüenza y con una rabia interior que le quema por dentro. Siente que va a explotar, aunque no se le puede notar lo más mínimo porque está en la oficina, rodeada de gente y con Jorge a pocos metros, en su despacho. Se separa un poco del escritorio deslizándose con la silla hacia atrás para tomar un poco de distancia y no aporrear el teclado con cualquier frase de la que después se pueda arrepentir. Así que mantiene como puede la cordura mientras clava la mirada en el suelo.

«¿Cómo he podido estar tan ciega? ¿Cómo no lo he notado? —se mortifica—. Y qué hijo de puta por no haberme dicho nada antes. Me siento la tonta del barrio...».

A los pocos minutos de recibir la bomba, le llega un nuevo mensaje:

Jorge
Ya veo que te has quedado muda...

Mía
Es que no tengo nada que decir... Justo lo contrario que tú, que veo que sí lo tenías.

Jorge
Nunca surgió la oportunidad de decirte que tenía pareja.

**Mía**
Creo que esa es una información que no se puede obviar. Tampoco se debe tontear con otra persona teniendo novia, pero, bueno, eso ya va según la conciencia de cada uno.

**Jorge**
Bastante mal me siento ya...

**Mía**
Nada. Gracias por ponerme sobre aviso para que no haga más el ridículo.

**Jorge**
¿Qué ridículo? Si sabes perfectamente que esto es mutuo...

**Mía**
Dejémoslo así, ¿vale?

En este preciso instante, a Mía le encantaría acabar la conversación, teletransportarse a su casa, abrir una tableta de chocolate, poner una película dramática y llorar a moco tendido hasta quedarse dormida.

**Jorge**
Yo no quiero dejarlo así...

Mía no puede responder a ningún mensaje más. Le queman las yemas de los dedos de las ganas de escribir, por supuesto, pero se siente tan vulnerable y dolida que prefiere mantenerse firme y digna, por lo que opta por cortar la conversación de raíz. Durante las dos horas siguientes hace su trabajo como si de una zombi se tratara, con la cabeza en otro lugar y deseando que llegue la hora de finalizar la jornada para ir a cerámica y poder desahogarse con las chicas.

«Si ya lo decía Alicia, que de ningún hombre te puedes fiar. ¡Y qué razón tiene! Lo que más me jode es no haber confiado en mi instinto», piensa mientras se pone la chaqueta para huir de la oficina, pero para ello tiene que pasar a la fuerza por delante del despacho de Jorge. Aprovecha que otros tres compañeros se disponen a salir para intentar ocultarse entre el tumulto y escaparse sin cruzar ni una mirada con él. Sin embargo, ve que no está en el despacho y respira aliviada.

Se monta en el coche y sale pitando a cerámica, pero, por mucha prisa que se da, acaba llegando tarde. Al entrar, el resto de las chicas ya tienen los delantales puestos y las manos en la masa, literalmente. Mía lleva la cara descompuesta y cierra de un portazo, con lo que acapara la mirada de sus compañeras.

—¿Qué pasa, gordi? —le pregunta Nunchi.

—Muy fuerte. —Mía está a punto de explotar.

—¿Qué te pasa? —pregunta también Alicia—. ¡Menuda cara traes!

—Muy fuerte... —repite mientras se quita la chaqueta y gesticula negando con la cabeza.

Todas se quedan mirándola, a la espera de más información.

—¡Que tiene novia! —dispara mientras se pone el delantal—. ¡Que tiene pareja, me ha dicho!

—¡Lo sabía! —dice Alicia sin mostrar demasiada sorpresa.

—¡Qué fuerte! —apunta María.

—No me digas... —añade Paula.

—Será mentiroso... —vuelve al ataque Mía—. Dice que no había encontrado el momento para decírmelo...

—¡Menuda excusa! —Alicia le echa más leña al fuego.

—Bueno, en realidad no es una mentira, es ocultación de la verdad... —Julia parece querer retorcer las palabras.

—Que viene siendo lo mismo... —le replica Alicia.

—Hombre, lo mismo no es... —contraataca Julia—. Mía nunca le preguntó.

—Pero tontear así con ella teniendo pareja... ¡es bastante heavy! —insiste María.

—Heavy sí, pero no mentira. —Julia sigue erre que erre.

—Esto veo que da para debate —observa Nunchi.

—Bueno, la cuestión es que, sea mentira o no, es un imbécil —concluye Mía.

—Niña, tú a otra cosa —la anima María—. Una tiarrona como tú... ¡Que le den!

—Y ahora me toca mucho los huevos tener que verlo todos los días después de haber quedado como una pánfila.

—¡Para nada! —se indigna Alicia—. ¡Tú como una señora!

—Os juro que no me suele fallar el instinto... Sentía una conexión superfuerte que estaba segura de que era mutua. Por eso me siento más tonta todavía.

—Bueno, claramente le gustas —apunta Julia—. Eso puede pasar. Estar en pareja y enamorarte de otra persona.

—Enamorarse... —Mía repite la palabra con cierta melancolía—. Eso son palabras mayores. Nos conocemos desde hace tan solo tres semanas. No da para tanto.

—Pero sí para ilusionarse... —puntualiza Paula.

Mía, que se dispone a sacar la pieza de la bolsa de plástico, calla y levanta la vista. Luego mira a Paula y responde a su frase con una sonrisa llena de tristeza.

Al abrir la bolsa, Mía recuerda que se trata de la taza que había empezado la semana pasada como regalo para Jorge. Se detiene de inmediato en cuanto se da cuenta, vuelve a cerrar la bolsa y la devuelve al estante. Es una pieza que no puede continuar, pero tampoco siente que pueda desecharla con el resto de la arcilla y mezclarla con una masa sin forma ni nombre.

Por su parte, Paula se levanta de la mesa para secar su pieza con la pistola de calor y así adelantar el proceso, ya que la pasta está muy húmeda. Se mete dentro del cuartito en el que están las pistolas de calor, los hornos, el lavamanos y demás utensilios. Cuando está en pleno proceso de secado, entra María para lavar unos pinceles.

—Escucha, te cuento algo, pero prométeme que no dirás nada… —le susurra Paula a María con cierto misterio.

—Te lo prometo. ¿Qué pasa?

—Es que… vas a flipar.

—Venga, va. —María se impacienta—. ¿Lo cuentas o no?

—Alonso me ha propuesto una relación abierta… —Paula, de pronto, decide no andarse por las ramas.

—¿Qué? Creo que no te he escuchado bien con el ruido de la pistola…

—Que sí, joder, lo que acabas de oír. Abrir la pareja. Estar con otras personas. —Paula se queda mirando fijamente a su amiga—. ¿No te parece muy fuerte?

—¿Y qué le has dicho tú?

—Pues nada, ¿qué le voy a decir? Me puse hecha una furia y no le he vuelto a hablar desde entonces.

—Pero esto es una bomba. ¿Cómo se le ocurre? —María mira hacia atrás, en dirección al taller—. Yo se lo contaría a las chicas, seguro que te ayuda…

—¡Shhh! ¡Calla! —Paula se pone nerviosa y hace un amago de cerrar la puerta—. ¿Qué dices? ¡Qué vergüenza, por favor!

—Una amiga de Alicia tiene una relación abierta desde hace años… Seguro que te puede contar la experiencia. Es más habitual de lo que crees.

—De verdad que la gente está fatal… —Paula niega con la cabeza mientras apaga la pistola y la deja en su lugar.

Las dos amigas salen del cuartito en silencio para volver a unirse al grupo en la mesa de trabajo. Paula se pone a trabajar de nuevo en su pieza, ya más seca gracias al calor de la pistola, y María levanta la cabeza en un par de ocasiones para mirarla. Paula le devuelve la mirada y le hace un gesto con la cabeza y abriendo los ojos para que deje de hacerlo.

—¿Qué pasa con tantas miraditas? —les pregunta Nunchi, que siempre está atenta a todo.

—Nada, nada… —responde Paula.

—¿Nada? ¿Seguro? —insiste Nunchi.

Paula mira a María, resignada a contar la bomba por su culpa. En realidad, está deseando hacerlo, pero su carácter un tanto reprimido y la vergüenza le han hecho postergar ese momento.

Paula mira a las chicas y resopla.

—Venga, anda, cuéntalo, que no es para tanto… —la anima María.

Todas se detienen a la vez y miran a Paula asustadas a la par que intrigadas por saber qué es lo que tanto le preocupa a su amiga.

—Pues nada, que Alonso me ha propuesto… —Paula mira avergonzada la pieza de cerámica sin dejar de trabajar en ella—. Me ha dicho que probemos a tener una relación abierta.

—Buaaah —suelta Julia.

—¡Hostias! Esta sí que no la veía venir —se le escapa a Alicia.

—¿Qué? —Nunchi no encuentra una palabra mejor.

—Ya te dije que lo tenías que contar… —le dice María.

—¿Y tú qué le has dicho? —le pregunta Mía.

—O sea, me sorprende de Alonso, pero yo no lo veo mal… —comenta Alicia—. Quiero decir, es algo más común de lo que pensamos. Mi amiga Adriana…

—¡Ya se lo he contado! —la interrumpe María.

—Sí, lleva años con una relación abierta y les va genial.

—Pues que querés que te diga… Yo es algo que no entiendo… —Nunchi camina con aires de indignación por detrás de ellas mientras niega con la cabeza.

—A mí me cuesta también… —la apoya Julia—. ¿Seré muy clásica?

—Bueno, yo creo que va más por el lado de reinventarse como pareja, buscar cosas nuevas, probar, ver con qué uno se siente cómodo... —reflexiona María.

—Claro, poniendo los cuernos a tu pareja. —Paula siempre añade el puntito conservador.

—No son cuernos... —argumenta María—. Es una decisión tomada por ambas partes.

—Sin duda lo peor de una relación abierta es no saber que la tienes... —dice Alicia.

—Totalmente —apostilla Nunchi.

—Tenemos que reconocer que es lo más habitual hoy en día —reconoce Alicia—. Varios tíos con los que he tonteado se venden como separados o como relación abierta, y a los dos días los veo en Instagram comiendo una paella familiar de domingo, con la abuela y el golden retriever. Vamos, no me jodas...

—Pues eso... —Paula siente que se ha desahogado un poco, aunque el pellizco que tiene en el estómago no se ha aflojado ni un poquito.

—Pero a ti te lo ha propuesto... —Mía se dirige a Paula—. ¿No te lo vas a plantear siquiera?

—Eso, eso. ¿Qué le dijiste tú? —quiere saber Julia.

—Me puse hecha una furia... O sea, creo que le quedó bien claro que no era la idea que más me apetecía para salvar nuestra relación, sinceramente.

—Pero ¿que a modo de ultimátum? —indaga María.

—No, para nada. No fue esa la sensación que me dio, sino más bien a modo de propuesta. Él ve claramente, al igual que yo, que esto no funciona más. Así que, o cambiamos las cosas, o me da que...

—¿Te divorciarías? —la interrumpe María—. Lo has dicho varias veces y sabes que luego te acojonas.

—Bueno, es que no es lo mismo que elegir qué bolso compras. Es mi familia, mis hijos, mi marido...

—Un marido que pasa de todo desde hace años... —aclara María.

—Bueno, ya está. —Nunchi corta la conversación para intentar apaciguar los ánimos.

—Yo ya se lo he dicho mil veces —continúa María—. Mi opinión, esa que nadie me ha pedido, es que quiere ir a la suya, pero no tiene huevos de hacerlo. Por eso te propone abrir la relación. Tú tendrías que haber salido de ahí hace tiempo... Pauli, ya es hora de despedirse de las cosas que no van a cambiar.

Todas se quedan calladas pensando en la frase que María acaba de soltar, tan profunda y cortante a la vez. Durante unos segundos el taller se sumerge en un incómodo silencio.

—Así que en esas estamos... —Paula rompe el mutismo—. ¿Queríais bomba? Pues tomad bomba.

—Pero no has contestado a la pregunta de antes —dice Julia—. ¿Tú te lo planteas realmente?

—Yo ya no sé qué me planteo ni qué pienso. Si la mayoría de los días no me da tiempo a hacer otra cosa que no sea trabajar y limpiar...

—Tienes que tomarte un descanso de los niños, no vale solo con la cerámica —le aconseja Alicia—. Haz algo tú sola. Así podrás pensar bien las cosas, escucharte, mimarte y encontrar la salida menos dolorosa a todo esto.

—Es que no es tan fácil, chicas... —insiste Paula—. Hay mil cosas... Yo sola no puedo con todo. Pagar un nuevo piso para mí, las facturas... Os juro que lo veo imposible...

—No eres la primera ni la última que lo hace. —María intenta a toda costa que su amiga abra los ojos.

—Tú piénsalo —le aconseja Julia—. Si de verdad crees que esto es lo último que podéis probar para salvarlo, hazlo.

—Claro... —María apoya la idea—. ¿Qué pierdes por probar? Y si no te convence, ya estarás en condiciones de tomar una decisión más drástica.

—Bueno, drástico es todo aquí —se lamenta Paula.

—Bah, no exageres... —le resta importancia Alicia—. No me digas que no sientes curiosidad por estar con otro tío.

—Pues la verdad es que ahora mismo no lo veo...

—Es muy fuerte todo... —Nunchi se cruza de brazos—. A mí me costaría. No podría imaginar a mi marido con otra mientras yo me quedo en casa comiendo lasaña con los niños.

—Oye, pero ella puede hacer lo mismo... —replica María—. Es igualdad de condiciones.

—Si los dos lo hacemos, sí... —puntualiza Paula—. Si no, son cuernos permitidos.

—Halaaa... —María se escandaliza—. Ya te vuelves a poner en modo maruja. ¡Abre un poco la mente, hija!

—Yo solo digo que... —Paula se arrepiente de seguir hablando—. En fin, que ya veremos cómo acaba esto. Pero ya os digo que bien, lo que se dice bien, seguro que no.

—No seas negativa, mujer... —le aconseja Mía.

—¿Y a vos que te pasa, tan callada hoy? —pregunta Nunchi a Mía.

—¿A mí? Nada, solo que estoy con la cabeza en otra parte...

—Sí, ya sabemos dónde... —dice Julia—. En la oficina. Y no precisamente en los emails pendientes... Pasa de él, tía.

—Eso —dice María—. ¡No vale la pena perder tu tiempo pensando en un cabrón que te ha mentido!

—Ah, cuando se trata de relaciones abiertas todo el mundo está a favor, pero cuando uno tontea teniendo novia es delito... —Paula aprovecha para llevar la conversación de nuevo a su terreno—. A veces no os entiendo...

—Delito, no —dice María—. Pero es de cabrón, qué quieres que te diga.

—Es que os juro que era mutuo —insiste, una vez más, Mía—. No era yo la única que le tiraba indirectas. De hecho, era él quien llevaba la voz cantante del tonteo. No me jodas...

Mía amasa el barro con dificultad mientras aprovecha para sacarse la rabia y la decepción que tiene atrapadas en su cuerpo. Es la mejor forma de canalizarlas, a través de las manos, para que estos sentimientos negativos se mezclen con el barro y acaben esfumándose. A veces no ocurre así, como en esta ocasión, pero por lo menos siente que hablarlo en voz alta alivia su angustia y le ayuda a dejar ir ciertas cosas.

—No vale la pena... —sigue Alicia—. Tú pasa de él y haz como si nada en la ofi.

—En dos días tenés olvidado al boludo este... —Nunchi aporta su dosis de positividad.

—No sé, la verdad. Es que no quería ilusionarme, pero me he enganchado... Me he emocionado con esto y ni siquiera nos hemos llegado a dar ni un beso. Es de locos. ¿Qué me pasa?

—Que te has enganchado, hermana... —le dice Nunchi—. ¡Y no pasa nada! Somos humanas, ¿no? A veces no elegimos bien...

—Está claro... Pero, bueno, cambiemos de tema, que estoy cansada de darle vueltas al mismo asunto.

—Bueeeno, me toca a mí. —Nunchi toma la palabra—. Yo espero tener alguna buena noticia pronto... Dentro de nada nos dan los resultados de la inseminación. No quiero emocionarme, pero... llevo dos días de retraso.

Las mira juntando las manos y colocándolas al lado de la cara con un gesto de ternura. Todas aplauden con las manos embarradas, y Mía y Paula, que están a su lado, la abrazan con los brazos muy abiertos para no mancharle la ropa.

—Esto sí que es una buena noticia —se alegra Mía.

Nunchi lleva cuatro años intentando quedarse embarazada. Ha probado el método tradicional, ha cambiado su alimentación, ha tomado hormonas..., y nada ha funcionado. Después de hacerse pruebas y ver que todo estaba correcto, tanto en ella como en él, decidieron probar la inseminación artificial, a ver si así, por fin, se obraba el milagro. Ojalá esta vez sea la definitiva y todos los esfuerzos hayan valido la pena.

## 14

A la mañana siguiente, su tercer día de retraso, Nunchi, nerviosa, decide ir a la farmacia a comprar un test de embarazo. No quiere hacerse la prueba sola, así que esperará a que llegue Oliver de trabajar, aun sabiendo que va a estar todo el día atacada mirando fijamente la cajita. Es poco retraso, pero ella suele ser muy regular y hace ocho días que se inseminó, por lo que es bastante probable que esta vez sea positivo.

Entra en la farmacia del barrio y va directa a la zona de los test. No es la primera vez que se hace uno, así que los tiene más que localizados. No coge ninguna otra cosa y se acerca directamente al mostrador para pagar. Está tan nerviosa que ni siquiera es capaz de tener una conversación coherente con la farmacéutica, a la que conoce desde hace ya bastante tiempo.

Vuelve a casa y se prepara un té mientras toquetea la cajita sin atreverse a abrirla, como si dentro se ocultara una minicaja de Pandora que no se quisiera abrir por miedo a conocer la respuesta. Otro resultado negativo sería un bajón para la pareja, que lleva lidiando con la infertilidad desde hace ya cuatro años y sin un diagnóstico claro de lo que les puede ocurrir. Según los médicos, no hay problemas reproductivos, aunque la realidad es que la cosa nunca sucede.

Para evitar ponerse más nerviosa, deja la caja sobre la mesa de la cocina y le da un último sorbo al té antes salir en dirección al taller. Tiene ahora una clase de alfarería, luego horneará algunas piezas de las alumnas que tiene pendientes y luego se preparará para la clase de la tarde. Así conseguirá estar distraída durante todo el día.

Tras impartir la primera clase, aprovecha que se ha quedado sola un rato para hacer una pieza. Generalmente, entre las clases y las mil historias que el taller demanda, no tiene tiempo de crear nada, pero hoy ha conseguido sacar un momento para disfrutar de unos minutos en compañía del barro y de sus pensamientos. Sin interrupciones y sin otras obligaciones.

El estudio, como siempre, huele a arcilla húmeda y el sol de la mañana se filtra por las ventanas. Los rayos crean un baile de sombras sobre las paredes blancas de lo más bonito. Nunchi, con las manos cubiertas de barro e inclinada sobre la rueda, intenta moldear un jarrón. El suave zumbido del torno llena el silencio del taller, justo lo contrario a lo que ocurre en su cabeza, que es un río que desborda pensamientos, nervios e incertidumbre.

Tres días de retraso. Tres días en los que su corazón ha oscilado entre la esperanza y el miedo, entre la expectativa y la duda. Cada mañana se despierta con una mezcla de emoción y pánico, se toca el vientre plano con la ilusión de sentir una señal, un indicio de vida.

De pronto, siente un calambre un tanto familiar en el abdomen. Una punzada de dolor que la hace detenerse por un momento mientras el torno gira incesante con la pieza que sus manos están destrozando. Cierra los ojos, tratando de convencerse de que no es lo que más teme, de que puede ser cualquier otra cosa. El calor húmedo entre sus piernas no hace otra cosa que confirmar sus peores miedos. Inmóvil, con la mirada ya empañada, se levanta para ir al baño y sus sospechas se hacen realidad. Las lágrimas comienzan a resbalarle por las mejillas y acaban mezclándose con el barro de las manos que no ha logrado limpiarse del todo.

De vuelta frente al torno, tiene la sensación de que la arcilla entiende su pena, que absorbe su sufrimiento en cada giro de la rueda. Sigue trabajando, porque detenerse significa enfrentarse a la devastación. Sus dedos tiemblan, pero no dejan de moldear en un intento por dar forma a algo hermoso en medio de este tormento. Cada movimiento es una lucha contra el desánimo, una forma de querer encontrar un propósito en su dolor.

El estudio se llena de sollozos apagados. Un lamento que resuena en las paredes, tan iluminadas hace un rato por el sol que ahora lucen apagadas y oscuras. La rueda sigue girando inmutable, como si el universo insistiera en continuar su curso sin importar las lágrimas derramadas por una madre sin bebé.

Nunchi siente una profunda soledad, una conexión rota con el sueño de la maternidad que, una vez más, vuelve a desvanecerse. Ella, que no es una persona especialmente llorona, deja que las lágrimas broten sin descanso, como si llevaran acumulándose largo tiempo. Porque a veces llorar es la única forma de no ahogarse.

Poco a poco el jarrón vuelve a tomar forma bajo sus manos temblorosas. No es perfecto, pero lleva impresa la esencia de su sufrimiento y su perseverancia. Lo coloca con cuidado a un lado y, al descubrirse en el reflejo de una de las ventanas, se da cuenta de que tiene la cara manchada de barro y lágrimas. Se limpia con la manga del jersey y respira hondo sin dejar de mirarse en su reflejo. A pesar de la tristeza que la abruma, nunca dejará de creer que algún día sus sueños tomarán forma. Al igual que la arcilla cuando cae entre sus manos firmes.

# 15

Paula llega a casa después de recoger a los niños de las clases extraescolares. Mientras ellos van tirando las mochilas y las chaquetas al suelo y se sacan las zapatillas en dos patadas, ella va detrás recogiendo las prendas a la vez que reniega de la actitud de los chicos. Después saca los táperes de las mochilas y va directa a la cocina a improvisar algo de cena. De Alonso hoy no hay noticias, pero debería haber llegado ya a casa, algo que la pone más nerviosa de lo habitual.

Mientras los niños se bañan, ella pone la mesa y prepara la cena. De repente, escucha la puerta de la entrada y, acto seguido, Alonso aparece en la cocina. La saluda con un beso en la mejilla y luego deja en la silla el abrigo junto con el maletín.

—¿Tienes un segundo? —le pregunta Paula al tiempo que saca los platos del armario para colocarlos en la mesa.

—Sí, claro —le contesta Alonso—. Pero siéntate, ¿no?

—Ah, sí, sí... Solo quería dejar esto listo porque los chicos están a punto de acabar y hoy ya vamos tarde... —Paula se sienta a su lado y lo mira a la cara—. Pues... he estado pensando, valorando...

—¿Sobre eso que hablamos?

—Sí, sobre eso que hablamos —repite—. Al principio me pilló en frío y la verdad es que me lo tomé fatal. Pero también soy consciente de nuestra situación. Y quiero hacer todo lo que esté en mi mano para renovar el aire de la relación. Quizá esto nos ayude a cambiarla un poco.

—Me alegro de que lo hayas pensado...

—Yo, si te soy sincera, no me imagino en esa situación. Pero sé que necesitas un cambio de aires, y a lo mejor de esta manera yo pueda crecer y descubrir cosas nuevas. No sé, tener experiencias diferentes, sentirme distinta...

—Yo quiero si tú quieres. Esto es una cosa de los dos.

—Hombre, claro, ¡no te jode! —dice ella airada—. ¡Es que si no son cuernos, no una relación abierta!

A Alonso se le dibuja una media sonrisa en la cara mientras agarra las manos de Paula y las mira.

—Yo no sé cómo va a salir esto —dice ella—, pero si hemos llegado hasta aquí después de tantos años...

—Yo creo que merece la pena intentarlo, ¿no? —apostilla él.

En ese momento bajan los niños haciendo el ruido propio de una estampida y se sientan a la mesa.

—Gracias por la ayuda, ¿eh? —los regaña Paula—. ¡Ya todos sentados a mesa puesta!

—Venga, a ayudar a mamá, que no es vuestra criada.

Para Paula esta es su última esperanza, un intento desesperado por rescatar el amor que alguna vez los unió. Siente que la relación se está desmoronando y no sabe cómo sostenerla más. Ha leído sobre parejas que han logrado fortalecer su vínculo permitiéndose explorar fuera de los límites tradicionales del matrimonio, y, aunque la idea la llena de temor, está dispuesta a intentarlo. Alonso, en cambio, ve en esta propuesta una oportunidad para probar cosas nuevas y explorar su deseo sin las cadenas del compromiso. Ha dejado de sentir esa conexión profunda con Paula y la idea de salvar la relación no es lo que más le interesa. Aunque eso, claro está, nunca lo admitirá abiertamente.

# 16

En estos días hay más estrés que nunca en la oficina de Mía. No solo por el trabajo, ya que este mes es uno de los más importantes del año, sino también porque le está costando evitar a Jorge en reuniones y despachos. Poco a poco las excusas se van acabando y, tarde o temprano, no tendrá más remedio que verse con él cara a cara. Preferiría que todo esto se desvaneciera de una vez por todas porque así, como diría su madre, «muerto el perro, se acabó la rabia». Pero por desgracia la vida le tiene reservada otra cosa.

Mía tiene que preparar unos documentos para la siguiente reunión, así que los manda a imprimir. Cinco minutos después se levanta para recogerlos en el cuarto de las fotocopias, a unos pocos pasos de su mesa. El lugar es pequeño y sin ventilación, e incómodo por el constante zumbido de las máquinas. Además, las luces fluorescentes lanzan un resplandor frío sobre las paredes grises y el olor a papel y a tóner impregna el aire.

Entra en el cuarto, coge los documentos de la impresora y comienza a ordenarlos mientras intenta calmar el palpitar frenético de su corazón que le ha provocado volver a recordar la incómoda situación. Y es que no puede dejar de pensar en las semanas de miradas furtivas y sonrisas insinuantes, de mensajes con frases llenas de dobles sentidos y de roces aparentemente accidentales. Los dos se sentían atraídos como los polos opuestos de dos imanes, y eso era algo que ninguno podía ignorar. Pero todo cambió cuando Mía descubrió el pastel. Las expectativas y los sueños que había construido en su mente de canceriana romántica se desmoronaron en un instante.

Ahora que se enfrenta a la amarga realidad y trata de dominar esos pensamientos intrusivos, Jorge entra en el cuartucho y cierra la puerta tras de sí. El pequeño espacio se llena de inmediato con su presencia y ella siente un nudo en la garganta que no le deja tragar. No puede evitar recordar cada uno de los momentos vividos con la sensación de que han sido una gran mentira, por mucho que esos roces la hayan dejado con la piel ardiendo.

—Mía —susurra Jorge con una voz cargada de tal intensidad que de pronto siente que incluso le cuesta respirar—, necesito hablar contigo.

Ella alza la vista y sus ojos se encuentran con los de él. La tensión en el aire se hace palpable, casi visible. El cuarto parece hacerse más pequeño y las paredes acercarse para obligarlos a estar cada vez más juntos.

—No hay nada que hablar, Jorge —responde ella con una voz más firme de lo que esperaba.

—Lo entiendo —dice él dando un paso al frente—. Pero no puedo evitar esto. —Hace un gesto señalándose a ellos dos.

Sus palabras son un rayo que atraviesa la tormenta que se está gestando en el corazón de Mía. Siente su voluntad tambaleándose ante la intensidad de sus emociones, pero no puede permitirse, ni mucho menos, caer en este abismo. Todo lo contrario. Tiene que mantenerse firme, tal y como se había prometido.

—Tienes que parar —le dice con la voz temblorosa.

Los cuerpos de ambos parecen tener voluntad propia. Sin quererlo, se encuentran a escasos centímetros de distancia y el calor de su cercanía hace que el ambiente se cargue de electricidad. Mía siente el aliento de Jorge en la cara y el deseo en sus ojos. Cada fibra de su ser responde a esa llamada salvaje y silenciosa.

Los dedos de él rozan los suyos encima de la fotocopiadora, un toque ligero pero cargado de promesas silenciosas. Ella siente una descarga que le recorre el cuerpo, haciendo que su fuerza de voluntad flaquee cada vez más. Por un momento, todo lo que existe en el mundo es ese contacto físico. La chispa que salta entre ellos cada vez que están cerca.

—Mía… —murmura él en un susurro desesperado.

Ella cierra los ojos, respira hondo y trata de encontrar la fuerza necesaria para alejarse. Sabe que como haga un solo movimiento en falso se perderá en él, en sus labios y en sus brazos, sin importarle estar metida dentro de este cuarto de mala muerte y rodeada de jefes y compañeros.

—Jorge, no. —Su voz suena con una firmeza renovada. Luego abre los ojos y da un paso atrás, rompiendo el hechizo que los tenía atrapados—. Esto no va a pasar.

Él asiente, aunque el dolor en sus ojos es evidente. Ambos saben que lo correcto no siempre es lo más fácil y que, a veces, lo realmente complicado es alejarse de lo que uno desea.

Mía sale del cuarto con el corazón encogido, pero segura de haber tomado la decisión correcta, aunque también sabe que las chispas que han saltado entre ellos no se apagarán con facilidad. Esa atracción latente seguirá siendo una prueba de fuego para ambos.

# 17

Nunchi espera a las chicas con el taller impecable: la mesa limpia, las tornetas en su lugar y las herramientas brillantes. Como siempre, llegan bastante puntuales, excepto Paula y Mía, que se suelen retrasar un poco por culpa del trabajo.

Nunchi está de buen ánimo, sonriente y dicharachera. A pesar de la desilusión que vive a diario, nunca pierde la sonrisa, sobre todo cuando está con gente. Es de esas personas que parece que nunca están mal, que no sufren y que nunca les pasa nada. Sin embargo, detrás de esa fachada de felicidad siempre se suele encontrar a alguien un poco roto.

—¡Buenas, chicas! —las recibe Nunchi—. ¿Cómo están hoy?

Todas responden emocionadas, ya que, por muy mierda que haya sido el día, entrar en el taller las pone de buen humor, las eleva y saca lo mejor de ellas. Estas clases logran que conecten con su yo más íntimo, además de ser también una terapia de grupo, que, visto lo visto, nunca está de más. Siempre bromean diciendo que no tienen necesidad de pagarse un psicólogo porque las clases de cerámica son una catarsis. Además, les sirven para comprobar que no son las únicas que viven un drama, sino que la de al lado está igual o peor, algo que, aunque suene egoísta, siempre reconforta un poco.

Cuelgan sus bolsos en el perchero y se colocan los delantales. Todas menos Mía, que, como siempre, acaba de llegar y se olvida de ponérselo.

Poco a poco van sacando sus piezas. Para algunas es arcilla nueva para nuevos proyectos, para otras ha llegado el momento de pintar lo ya horneado. Cada una tiene su propio proceso, aunque el barro siempre es el punto de unión.

Nunchi pasa detrás de cada una, revisando y aconsejando según las necesidades de cada pieza. Se detiene en el puesto de Alicia, a la que agarra de los hombros con la intención de darle un masaje o hacerle una muestra de cariño.

—Ay, sí, por favor... Es lo que vengo necesitando...

—No te emociones, que yo puedo provocar contracturas como me ponga a hacerte un masaje —avisa Nunchi. Y luego añade—: Les quería contar que hemos decidido empezar con el tratamiento *in vitro*.

—Nunch, pero ¿no estabais con la inseminación? —pregunta Paula.

Alicia se gira para mirarla a la cara.

—No ha funcionado. Ayer me bajó...

—Eres una campeona, Nunchita —la anima María—. Esto va a funcionar, ya verás. Mis dos amigas lo han hecho, y ha salido todo perfecto a la primera. Ten fe.

—Ay, chicas, estoy tan desmotivada ya... —confiesa Nunchi—. La verdad es que pensé que esto último iba a salir bien porque el doctor nos dijo que no aparecía nada raro en los estudios... Pero seguramente seamos poco compatibles, reproductivamente hablando.

—Pues quédate con eso, no hay ningún problema genético ni nada que te impida quedarte embarazada. Hay que agotar todas las posibilidades —la anima de nuevo María.

—¿Y en qué consiste eso de la fecundación *in vitro*? —pregunta Mía un poco perdida con el tema—. ¿Es un proceso largo?

—Primero te hacen una estimulación ovárica para producir más óvulos, que eso ya lo he hecho con la inseminación artificial —explica Nunchi—. Después te hacen una punción para sacar los óvulos y luego se hace la fertilización con el semen en el laboratorio.

—Que previamente se ha extraído con una pajilla en una sala deprimente… —señala Alicia.

—Ni me lo digas. El pobre de Oliver está ya harto… Tres pajas en salitas de hospital es un montón. —Nunchi suspira profundamente—. En fin, que cuando fecundan los óvulos los transfieren al útero.

—Pero ¿hay riesgo de algo? —se preocupa Paula.

—Normalmente no… Es un proceso sencillo. Lo más complicado es la punción, pero el riesgo es mínimo.

—Ojo, yo tengo una amiga que tuvo una hemorragia interna por una punción… —dice Julia.

—Julita, querida… ¿por qué no te callas? —le espeta Alicia.

—Bueno, bueno, yo solo comento.

—Durante la estimulación estás inflamada como un sapo, pero, bueno, ya lo he vivido y es soportable.

—¡Más inflada vas a estar cuando te quedes embarazada! —bromea Alicia.

—¡Rellenita de amor del bueno! —añade Paula.

—¿Y has probado las terapias alternativas? ¿La decodificación o algo de eso? —quiere saber Julia.

—Madre mía, yo he hecho de todo… Acupuntura, biodecodificación, reiki…

—¿Y qué te dijeron? —Mía continúa intrigada con todos estos procesos.

—Que la infertilidad podía ser provocada por el miedo inconsciente a perder un hijo —revela Nunchi—. Tiene que ver con la memoria transgeneracional de familiares que vivieron el dolor de la pérdida de algún hijo y ha dejado una huella en el inconsciente que genera un gran estrés ante la posibilidad de quedarme embarazada.

—Es fuerte esto, ¿eh? —se sorprende Mía.

—No es la primera vez que escucho algo así… —dice Alicia.

—Conozco varias historias de estas. Incluso dicen que cuando pierdes un hijo tienes que ponerle nombre y despedirlo para que no afecte a generaciones futuras —remarca Mía.

—Mi mamá me contó que perdió un bebé entre mi hermano Nico y yo —comenta Nunchi—. Y en la biodecodificación me contaron eso, que seguramente ese sentimiento enquistado es lo que hace que me esté costando concebir.

—Insisto, qué fuerte… —Alicia no da crédito a lo que está oyendo.

—¿Sabes que una amiga fue a una iridóloga y al poco tiempo se quedó embarazada? —recuerda de pronto Paula.

—¿Una iri…?, ¿qué? —pregunta Julia.

—Es una mujer que te mira el iris y te ve por dentro… —aclara Paula—. No sé, es algo rarísimo. Pero mi amiga fue porque a varias amigas les había funcionado.

—No me jodás… —A Nunchi le comienzan a brillar los ojos—. Les juro que es lo único que me queda por hacer. ¿Le pedirías el contacto?

—¡Sí, claro! ¡Le escribo ya! —Paula se limpia las manos en el delantal para coger el móvil y escribir a su amiga—. No sé, chicas, tampoco me acuerdo de los detalles, pero parece ser que mira el ojo, o sea, el iris, y ve cosas del futuro, del pasado, decodifica si hay algo enquistado que no te permite evolucionar o, en este caso, quedarte embarazada… Tampoco pierdes nada por intentarlo, ¿no?

—Sí, sí, yo la llamo… Después de haber dormido con un pan encima del chichi… No creo que se pueda perder más la dignidad.

—¿Perdona? —Mía da un respingo en su silla—. ¿Que hiciste qué con el pan?

—No se juzgan los juegos sexuales, cada uno encuentra placer donde quiere —bromea Alicia.

—¿Qué decís, loca? —Nunchi le da un codazo a Alicia.

—Cuenta lo del pan, anda, que estas van a pensarse cualquier cosa... —advierte Julia.

—Nada, que hace como un año fuimos a un cura que nos recomendaron unos amigos. Al parecer le puedes pedir cosas, y, si haces lo que te dice, se cumple.

—¿Y tú qué pedías? ¿Un bocadillo? —bromea María.

Todas se ríen mientras Nunchi le da una palmada en la espalda a María para castigarla. Luego retoma su paseo por el taller mientras observa los procesos de cada una.

—Me dijo que tenía que dormir tres noches con una hogaza de pan puesta encima de mis partes y hacer unos rezos que me dio. Y se supone que con eso se obraba el milagro.

—Entiendo que esas noches... nada de temita porque con el pan en la cama sería un bajón —imagina Alicia.

—Pues, amiga, no comentó nada el cura; pero, vamos, que nosotros estábamos cien por cien abocados a la producción del milagro.

—¡Qué tontería, por favor! —dice María—. ¡El milagro se consigue follando!

—Qué bruta eres... —la censura Mía—. Un poquito más de espiritualidad y fe, por favor te lo pido.

—No, en esas cosas yo no creo nada —sostiene María—. Pero en la *in vitro* sí, así que todo mi apoyo en esta nueva etapa, Nunchi, que estoy segura de que va a salir. ¿A que sí?

Ante la arenga de María, las chicas gritan, aplauden, bailan y levantan las manos sucias de arcilla al aire, creando unas nubes de barro imaginarias. Están llenas de emoción y de buenas energías, algo que Nunchi recibe con el corazón abierto de par en par. Luego se funden en un abrazo de grupo, intentando no mancharse la ropa. La profesora de estas buenas amigas se emociona mucho, esta vez en positivo, así que, en cuanto llega a casa, lo primero que hace es abrir el correo y escribir a la clínica de fertilidad. Cuanto antes empiecen el tratamiento, mucho mejor.

# 18

Toca clase de cerámica, y las chicas llegan con la misma emoción de siempre, ya que la sensación de trabajar el barro con las manos es parecida a la que genera una primera cita o la espera del resultado de un examen.

Se colocan sus delantales y se plantan delante de su pieza. Tienen tan adquirida esta rutina que ya lo hacen todo de forma automática. Algunas empiezan a amasar el barro para darle forma, otras continúan luchando en mitad del proceso y otras dan los toques finales. Sentadas o de pie, pero, sea como sea, enfocadas en su proyecto. Eso sí, sin dejar de hablar. Eso nunca.

—Bueno, chicas, un *update* de la semana, porfi —pide Alicia.

—Yo te lo resumo rápido: sin novedades en el frente —contesta Paula.

—¡Hija, no puedes tener una vida tan aburrida! —le reprocha Julia.

—¿Que no? Sujétame el cubata, que te lo demuestro —le replica Paula al mismo tiempo que le alcanza su jarra a medio hacer y todas se ríen de la broma.

—Pedimos perdón a las reinas de Tinder, pero es que algunas no tenemos citas todas las semanas, ni mucho menos... —refunfuña Mía.

—Bueno, tú bastante tienes con cruzarte cada día en el curro a ese desgraciado —la compadece Julia.

—Bah, tampoco lo veo tanto, no te creas. Intento no cruzármelo, aunque en las reuniones no hay tutía.

—Ay, yo no podría. Qué papelón estar en la misma habitación que él —se lamenta Nunchi.

—Pues agarraos, porque me toca viaje la semana que viene..., y aunque no estoy del todo segura, creo que él también va. Me quiero morir.

Mía suele visitar a menudo a sucursales internacionales. Al ser la responsable de comunicación, debe trasladarse para formar nuevos trabajadores o para lanzar algún producto. Y siempre viaja un equipo completo: dos del departamento de Marketing, uno del departamento de Trade y varios de Comercial.

—Todavía no han cerrado el equipo, pero solemos ser seis o siete cuando se trata de una nueva apertura. Así que tiene toda la pinta de que va a venir. Yo voy con Claudia, mi compi, así que al menos estaré bien acompañada. Ella es un amor.

—¡Vamos, que ni se te acerque! —advierte Alicia—. ¿Adónde tenéis que ir?

—A México.

—Uuuh, México lindooo —bromea María imitando el acento mexicano y haciendo un gesto sexy a Mía.

—Qué va, qué va... Yo fría como el hielo. Ni me acercaré. Además, hace como un mes que no cruzamos ni media palabra fuera de la ofi. Agua pasada total. Y es lo mejor, la verdad.

—Mentirosa... —le recrimina Paula.

—Que sí, que yo paso de líos, ya me conocéis. Reconozco que me emocioné y me pillé bastante, pero no pudo ser. Fin. Soy muy racional para estas cosas.

—Madre mía, qué fuerza de voluntad... —reconoce Paula—. Yo si estuviera soltera me enamoraría del primero que me mandara un «hola qué tal» por WhatsApp.

—No, no, mente fría. —María refuerza la actitud de Mía—. Muy bien, gordi. Así eres tú la que sigue teniendo el poder.

—Pero ¿qué poder? —pregunta Alicia—. Ella lo que tuvo fueron los huevos de dejar el tonteo cuando se enteró de que el tipo tenía novia.

—Un cabrón, ya os lo dije antes de que pasara todo esto —recuerda Paula—. Yo para eso tengo un sexto sentido.

—Qué vas a tener tú... —replica María—. ¡Si todos los hombres son iguales! Eso no es sexto sentido, ¡es sentido común!

Las risas vuelven a estallar en el taller mientras cada una de ellas sigue trabajando. Mía, por su parte, se queda dándole vueltas a lo que han hablado las chicas. «¿Serán todos los hombres así o simplemente he tenido mala suerte?», piensa sin dejar de pulir su pieza con una lija. «¿Se puede llegar a cambiar a un hombre o su esencia les persigue para siempre y es imposible pulirlos y, mucho menos, cambiarlos?».

Cada una de ellas lucha con sus demonios internos mientras moldean sus piezas: frustraciones, enojos, miedos o arrepentimientos salen a la luz cuando trabajan con las manos. Es la magia de lo manual, lo especial del arte, que saca cosas afuera como si se resbalaran desde el interior. Gracias a ello se sana un poquito el alma, aunque sea tan solo por un rato.

# 19

El día que Mía tanto teme llega. Todo está listo para un viaje exprés de cinco días a México. Le ha dado tiempo a cotillear el hotel en el que se van a alojar, y la verdad es que tiene muy buena pinta. La pena es lo poco que lo van a aprovechar, puesto que tendrán reuniones *all day long*, cenas con el equipo y demás obligaciones. Habrá un par de noches libres, pero poco más. Por supuesto, cero tiempo para hacer turismo, cosa que tampoco le importa mucho: México fue su viaje de final de carrera.

Pide un taxi. Son poco más de las seis de la mañana y lucha por mantener los ojos abiertos. Una vez en el aeropuerto, corre a la desesperada con su maleta de mano en busca de un café que consiga levantarle un poco el ánimo. Confía en dormir algo durante el vuelo y reza a todos los santos conocidos y desconocidos para que no le toque al lado de Jorge.

En total son cinco las personas del equipo español. Por suerte, la acompaña Claudia, su mano derecha y fiel escudera, que viaja por primera vez. Un auténtico personaje, despistada como la que más, pero con una mente brillante.

Le han asignado ventanilla. A su lado se sienta Claudia y, junto a ella, Jorge. Claudia ya ha avisado de que va a drogarse para dormir durante todo el vuelo. Antes de que el avión despegue, ya se ha tomado la pastilla. Así que, tal y como era de esperar, se queda traspuesta a la media hora. Mía la mira con cierta envidia y respira profundamente apoyada en uno de esos incómodos cojines para el cuello. En un momento dado, su mirada se cruza con la de Jorge, y sonríen cómplices al ver a su compañera de asiento dormir plácidamente mientras que a ellos les esperan ocho largas horas hasta llegar a destino. En cuanto se da cuenta de la conexión, Mía aparta la mirada, aunque la sonrisa tonta no se le borra de la cara. Para distraerse, se coloca los AirPods para escuchar algo de música.

—Qué suerte tienen algunas, ¿no? —dice Jorge.

—La verdad es que sí —contesta Mía sin apartar la mirada de su teléfono.

—Ay, perdona, que estás escuchando música.

—No, no te preocupes. Con el madrugón no soy capaz de atinar ninguna canción que consiga sacarme de este letargo. Pero tampoco me atrevo a tomarme la pastillita del sueño.

Jorge sonríe mientras abre el ordenador y lo coloca en la mesita. Empiezan a charlar, primero sobre temas de trabajo, aunque enseguida la conversación se torna más personal y se cuentan anécdotas e historias pasadas. En poco menos de una hora sale de nuevo a la luz ese magnetismo que ha estado presente desde el primer día. La conversación fluye natural y relajada, como si tuvieran muchísimo en común, aunque en realidad no sea así.

Mía sigue dolida desde que descubrió el pastel de Jorge y su novia, y a pesar de no querer investigar más no se lo quita de la cabeza cada vez que lo mira y se da cuenta de que se lo quiere comer con los ojos. Al final la química acaba ganando a la racionalidad y, sobre todo, a la dignidad. Como buena cáncer con ascendente aries que es, siempre se mantiene imperturbable ante cualquier drama sobre el que no tiene el control absoluto. ¿Qué puedes hacer cuando un novio te deja?

Solo te queda superarlo, ¿no? Esa es la actitud que Mía adopta ante la vida. Ahora, sin embargo, le está costando más que nunca mantenerse firme. No porque no crea en lo que defiende, o sea, que no va a ser la tercera en una relación, sino porque por primera vez se descubre a sí misma incapaz de controlar lo que siente.

Pasan un rato así, y Mía no llega a poner ninguna canción y Jorge ni siquiera desbloquea el Mac. Tan solo se ven interrumpidos por la cabeza de Claudia, que de vez en cuando se interpone entre ellos de una manera muy cómica. Esto les arranca una sonrisa mientras recolocan la cabeza de Claudia en el cojín.

La actitud de Mía es muy madura. Ha conseguido dejar de lado la ilusión con la que había recibido las primeras charlas con Jorge y que le hacían pensar que podría llegar a surgir algo importante entre ellos. Son sensaciones que ocurren pocas veces en la vida y, cuando llegan, se meten muy dentro. Su intuición le ha fallado, pero ella, muy digna, no va a dejar que eso la haga más pequeña frente a Jorge. Por eso mismo ha marcado distancia desde que sabe lo de la novia, aunque no le ha retirado la palabra, porque, claro, no tendría ningún sentido, puesto que no hay nada entre ellos. Mía tampoco puede mostrarse ofendida por algo que ni ha ocurrido, pero no puede evitar sentirse decepcionada por haberse emocionado con algo antes de tiempo. Y sabiendo cómo es..., eso le duele más que haberse enterado del noviazgo de Jorge.

Claudia lleva un buen rato dormida, pero de pronto se despierta de su profundo sueño y le pregunta a Mía si le cambia un rato el asiento para apoyar la cabeza en la ventanilla. Esta accede, se levanta y cruza por encima en el minúsculo espacio que hay entre los asientos. Jorge, que ha ido al baño, a su regreso se la encuentra en el asiento de al lado y le sonríe de forma inconsciente. Ella le devuelve la sonrisa, pero un poco más incómoda, ya que lo que ella pretende es que haya una frialdad cordial entre ellos. No necesita más tensión, y mucho menos física.

Una vez acomodada en su nuevo asiento Mía intenta pensar en otras cosas, pero al tenerlo tan cerca, a pocos centímetros de su cuerpo, solo le vienen a la mente pensamientos prohibidos. Aunque, visto con perspectiva, no son prohibidos si son tan solo pensamientos. Cierra los ojos. De forma inesperada, Jorge le coloca la mano en la pierna con disimulo y empieza a subir lentamente hasta rozar su entrepierna por encima del pantalón. Ella suspira fuerte y se agarra a ambos reposabrazos con fuerza, sorprendida por este arrebato en mitad del vuelo. Él se gira hacia ella y ahora lleva su mano desde la entrepierna hasta el cuello al mismo tiempo que acerca la cabeza para besarla lenta pero apasionadamente. Ella, sorprendida, no se relaja al principio, pero al final se deja hacer. Al poco se suelta de los reposabrazos y le sujeta la cara, el beso se intensifica..., y ahora sí, se deja llevar.

—Disculpe, señorita, ¿le sirvo un poco de agua? —le pregunta una azafata.

Aturdida, se despierta de su siesta subidita de tono mirando hacia los lados y contestando afirmativamente con la cabeza. Quiere agua, sí, pero en un cubo para tirársela por encima.

Todavía nerviosa, recibe el vaso de la azafata y se lo bebe. Enciende la tele para intentar distraerse un rato y así no cruzar ni una palabra más con Jorge. Al menos en lo que queda de vuelo, que será más o menos tranquilo.

El hotel en México se encuentra a pie de playa. Las habitaciones se sitúan en unas galerías que dan directamente a la zona del jardín y la piscina. Desde ellas no se ve el mar, pero sí que se escucha. Cada uno va entrando en su habitación a medida que la encuentra, con la mala suerte de que a Jorge y a Mía les han tocado las últimas del pasillo. Mientras coloca la tarjeta en la puerta para entrar, él se gira hacia ella, y sus miradas se cruzan durante un par de segundos. Esboza una sonrisa y niega con la cabeza. Mía se siente arder por dentro y piensa, seguramente, lo mismo que él: qué mala suerte que les haya tocado al lado. Y es que ya se respira tensión tan solo sabiendo que durante cuatro noches van a estar pared con pared.

Mía se tira en la cama y se abanica con el panfleto de bienvenida del hotel. A pesar de que el aire acondicionado está en modo Siberia, tiene un calor en el cuerpo que no se puede quitar de encima por culpa de este ser. Su dios del Olimpo inalcanzable. «Calma, calma, son cinco días y volvemos a la realidad. Aquí no ha pasado nada», piensa en un absurdo intento de convencerse a sí misma.

# 20

La primera noche en México transcurre en un ambiente muy relajado y poco protocolario. Por la tarde Mía y sus compañeros se habían presentado al equipo local, que después se trasladó con ellos al hotel para fomentar el *team building* y conocerse de manera más informal.

Son un grupo de doce personas, y la verdad es que la cena está siendo bastante amena, pese a que apenas se conocen. A Mía, por suerte, no le ha tocado sentarse junto a Jorge, así que no ha tenido que interactuar mucho con él. Está cómoda porque la velada es agradable, con gente nueva y con una conversación muy fluida, pero, aun así, tiene miedo de tenerlo cerca. Mejor dicho, le da pánico estar a su lado y no controlar sus instintos más primarios. Ella no deja de repetirse que no le afecta y que no siente nada, pero sabe que no es cierto. Que si no tuviese novia ya se habría lanzado a sus brazos hace tiempo.

Se recogen en sus habitaciones temprano, ya que a las ocho de la mañana empieza la primera reunión en una de las salas del hotel. Mía se adelanta con Claudia para evitar el momento embarazoso de darle las buenas noches a Jorge en la puerta.

Al día siguiente, las reuniones se suceden con normalidad. Mía y Jorge han coincidido en alguna actividad y hasta han intercambiado bromas y comentarios sarcásticos. Lo que a Mía más le gusta de su *relación-no relación* es cómo fluye la comunicación entre ellos. Hacen gala del mismo tipo de humor y de una gran facilidad de palabra. La conversación sale sola y les encanta charlar de cualquier cosa, que, básicamente, es lo que han estado haciendo estos meses. Lo tiene claro: la conexión es brutal.

El equipo al completo se reúne de nuevo para cenar en uno de los restaurantes del hotel especializado en comida oriental. Les han asignado una mesa tipo barra en torno a la zona donde se va a hacer el *showcooking*. Van tomando asiento mientras el chef les da la bienvenida. A Mía y a Jorge les toca estar enfrentados. No se encuentran tan cerca como para poder hablar, pero se cruzan miradas durante la cena. Parece que el espectáculo del chef no les importa lo más mínimo. Las miraditas se van intensificando y cada vez las sostienen más tiempo, hasta el punto de que los dos llegan a perder la vergüenza casi de forma total. No se sabe si es por el vino, el sake o qué, pero sus ojos brillan y el lenguaje corporal de ambos habla por sí solo.

Al acabar la cena, la conversación en el bar se torna más distendida, seguramente gracias al alcohol y a las actividades del día, que han hecho que todos hayan ido ganando confianza.

El local está situado en una sala interior del hotel, decorada con motivos tropicales y al resguardo del soporífero calor de afuera. De repente, un camarero sube al escenario para anunciar que es noche de karaoke, y el equipo al completo empieza a aplaudir, emocionados con la sorpresa. Se han tomado unos cócteles y están un poco alegres, así que les parece el mejor plan del mundo.

Han de apuntarse para cantar. Mía, como buena amante del karaoke, es de las primeras en lanzarse a la libreta para elegir cuanto antes. Se debate entre dos, pero finalmente elige su canción favorita, «Mr. Brightside», un tema complicadísimo de cantar, y mucho más si se tienen en cuenta sus pocas habilidades vocales. No obstante, ella no duda en elegirla, y los gin-tonics harán el resto.

—Claudia, tú sales conmigo, ¿eh? —le dice Mía.

—¡Pero si no tengo ni idea de la letra!

—Pues la sigues en la pantalla, que para eso es un karaoke.

Como respuesta, su amiga da un gran trago a la copa para ir preparándose. Darío, director del equipo de México, se acerca hasta ellas.

—Yo estoy entre una de Julio Iglesias y otra de Luis Miguel...

Jorge, que no le quita ojo a Mía, en cuanto ve la escena, va hacia allá en un intento por marcar terreno.

—Pero ¿cuál habéis elegido? —pregunta metiéndose de lleno en el corrillo.

—«Mr. Brigthside», de The Killers —le contesta Mía—. ¿La conoces?

—¡Hostia, sí! ¡Pero no te pega nada!

—Pues te sorprenderá saber que es mi canción favorita. —Luego se envalentona y añade—: ¿Te atreves a subir conmigo? —Señala el escenario con el vaso en la mano.

—Solo si cantamos juntos, que yo no pienso hacerte los coros.

—Trato hecho.

Llega su turno. Mientras se abren paso entre la gente, él la agarra de la mano y la ayuda a subir los cuatro escalones al escenario. Les entregan un solo micrófono, así que no tienen más remedio que pegarse mucho, prácticamente mejilla con mejilla, durante los dos minutos que dura la canción.

Suena la música y la gente comienza a animarse. Mía tenía claro que era un temazo, pero no pensaba que levantaría tanto el ánimo del público. Los dos se vienen todavía más arriba. Jorge la agarra por la cintura y de vez en cuando la aprieta con firmeza, como si quisiera alentarla y, al mismo tiempo, iniciar un primer acercamiento físico.

Terminada su actuación, se entregan a los aplausos y cumplidos de sus improvisados y emocionados fans. Ellos saludan cual estrellas de rock, y entonces él le da un suave y fugaz abrazo.

La fiesta sigue con las canciones que cantan el equipo y otros huéspedes del hotel. Jorge y Mía bailan en grupo y a veces también juntos, como cuando suena «Livin' on a Prayer», de Bon Jovi. Se sienten tan arriba y tan emocionados que empiezan a saltar agarrándose de la cintura. El alcohol ya ha hecho gran parte de su trabajo porque están bastante desinhibidos. Así que, simplemente, dejan que la noche fluya.

Un par de bailoteos más tarde, como los de las fiestas de los pueblos, acaban dando alguna que otra vuelta un poquito más agarrados. De forma natural sus cuerpos empiezan a juntarse al ritmo de la música mientras se ríen de lo ridículo que se tiene que ver su baile desde fuera.

En ningún momento levantan ninguna sospecha, puesto que todos bailan con todos y no son canciones lentas, sino música divertida y movida. Es decir, la noche está siendo más graciosa que sexy. Sin embargo, sus cuerpos cada vez se acercan más y sus corazones palpitan mucho más rápido cuando algún paso los une. Nadie se percata de eso. O, al menos, eso creen.

Claudia, que tampoco ha dejado de bailar en toda la noche, se acerca a Mía y le dice al oído:

—¿Se puede saber qué estás haciendo?

Claudia sabe de sobra que Mía se está enganchando con Jorge, aunque no se lo haya dicho. Por eso quiere alertarla para que acabe con el flirteo.

—Nada... —le contesta Mía no demasiado convencida—. Solo unas risas. ¡Tampoco estoy haciendo nada malo, Clau! Yo controlo...

—Sí, sí, controlas mucho. Ya veo... —le advierte con su habitual caída de ojos.

El grupo baila, canta, bebe, y la fiesta se desmadra. El equipo de México insiste en que los españoles tienen que experimentar una resaca de tequila, cosa que se toman bastante a pecho. A una ronda le sigue otra hasta que finalmente Mía, que tampoco es la que va peor, dice basta. Ya no por lo que pueda hacer en estado de embriaguez, que también, sino porque en el fondo es una persona responsable y comienza a temer por su estado físico y mental para las reuniones del día siguiente.

Decide entonces retirarse con Claudia. El resto del equipo parece no tener ganas de que la fiesta se acabe. Sin duda, los mexicanos están hechos de otra pasta.

—¡Os acompaño! —dice de pronto Jorge apareciendo de la nada—. Yo también me retiro, que estoy cansado y mañana tenemos lío.

—¡Pues no lo parece viendo a estos! —dice Claudia señalando hacia la pista de baile.

De camino a las habitaciones los tres se ríen de cualquier tontería mientras intentan llegar a sus camas con la máxima dignidad posible. No hay que olvidar que no deja de ser un viaje de trabajo. Dejan a Claudia en la puerta de su habitación y, cuando echan la vista atrás, se la encuentran luchando por conseguir abrirla.

—¡Eh! —les grita desde la distancia con una voz totalmente alcoholizada—. Portaos bien vosotros dos.

—¡A soñar con los angelitos! ¡Siempre! —le replica Jorge.

Mía se ríe mientras intenta sujetarse a Jorge para no caerse de los tacones en ese suelo de baldosas mexicanas que se ha convertido en una trampa mortal. En el tramo que separa la habitación de Claudia de la de Jorge, apenas unos metros equiparables a tres habitaciones contiguas, Mía se tropieza y se agarra a Jorge para no caerse. Él la sujeta de un brazo mientras le pone una mano en la cintura para ayudarla a incorporarse. En ese momento se quedan agarrados el uno al otro durante unos segundos, frente a frente. Se clavan los ojos y se encuentran a menos de un palmo de distancia. Pasados unos escasos instantes, que a le resultan horas, Mía regresa a la realidad y se aparta de forma inmediata. Él, por el contrario, se acerca de nuevo a ella.

—No me hagas esto… —le espeta mientras la agarra con firmeza de los antebrazos e intenta cruzar la línea del poco espacio personal que aún los separa.

—En serio, no puedo… —le dice Mía un poco trastornada—. Me voy a dormir. No quiero líos.

—Pero ¿qué líos? ¿Me estás hablando en serio? Tú ves lo que hay aquí al igual que yo.

—Claro que lo veo. Por eso me alejo.

—No me hagas esto, Mía…

—¿Que no te haga yo el qué? —Se aparta con un gesto brusco—. ¡Venga ya!

Él la sigue y la toma de la mano para acercarse más. Con la boca casi pegada a la suya, Jorge le susurra en voz baja: «¿Qué quieres de mí?».

En ese momento Mía ya no aguanta más y se suelta de nuevo de sus brazos para entrar en la habitación. Él se queda en mitad del pasillo haciendo un gesto de derrota con la cabeza y esbozando una sonrisa irónica.

Cuando Mía cierra la puerta, suelta un suspiro profundo en un intento por sacar la tensión acumulada de estos últimos minutos. Luego se tumba bocarriba en la cama y se lleva una mano al pecho para calmar los nervios. Le da vueltas todo y el tequila que ha tomado no ayuda precisamente a mejorar la situación. Decide ser práctica y, con la mente algo más fría, se da una ducha y se toma un ibuprofeno para calmar la resaca que ya sabe que tendrá mañana. Antes de acostarse, mira el reloj. Son las tres de la madrugada. No es tan tarde como pensaba, pero se siente como si fueran las siete de la mañana. Se mete en la cama y, a pesar del estrés, el sueño la vence y se queda dormida en cuanto apoya la cabeza en la almohada.

En la habitación contigua, Jorge está tirado en la cama y mira al techo con los brazos detrás de la cabeza. Cambia de posición, se frota la cara con las manos e intenta volver a la realidad. Su cabeza va a mil revoluciones por segundo y, para distraerse, decide leer los mensajes que tiene pendientes en el móvil. Lo primero que encuentra es un mensaje de Sofía, su novia:

¿Dónde andas, desaparecido?
¿Cómo va todo?

A punto de irme a dormir,
que mañana tenemos un día eterno.
¿Qué tal tú?

Como siempre, con mil follones.
Pero ya mañana vuelvo

Deja este último mensaje en leído y entra en el chat de Mía. Comprueba que no está en línea, pero, aun así, escribe: «¿Estás despierta?». Borra letra a letra el «despierta» y en su lugar escribe «segura». Mira el mensaje durante unos segundos y finalmente lo elimina. Luego bloquea el móvil y lo deja sobre la cama mientras vuelve a clavar la mirada en el techo frío del hotel.

# 21

En Barcelona, la vida sigue y la cerámica no descansa. Todas vuelven a clase, menos Mía, que continúa al otro lado del charco. Nunchi las recibe como siempre, con su sonrisa contagiosa y sus gafas enormes, esas que la mayoría de las veces tiene manchadas de barro. Siempre se pone muy feliz cuando ve entrar a sus alumnas, ya que no le gusta estar sola. Este es un tema que lleva trabajando en terapia desde hace tiempo y, poco a poco, está mejorando. Aun así le sigue produciendo endorfinas de felicidad tener el taller lleno de gente.

Nada más llegar, las chicas perciben la confianza que se genera al instante. Allí todas se conocen bien y se sienten cómodas, por lo que han hecho de este lugar su espacio seguro. Después de tantos años, Nunchi y su taller se han convertido en el refugio de ese grupo de mujeres tan diferentes y a la vez tan parecidas.

Cuando ya están con las manos en la masa, nunca mejor dicho, comienzan con la ya tradicional ronda de novedades en la que cada una cuenta lo que le ha pasado desde la última clase. Por supuesto, el chat de WhatsApp siempre está activo, pero hace años que decidieron compartir y hablar de sus cosas en clase. Y así suele ser casi siempre, excepto en algún caso de extrema urgencia en el que alguna no puede aguantar el chisme hasta llegar a cerámica.

—Empiezo yo la ronda: pasapalabra —dice Paula.

—¿Lo vas a contar o no? —le pregunta Alicia.

—¿Que cuente el qué?

—Pues lo que te pasa. Estás rara, no eres tú.

—Ali, soy rara. —Paula la mira fijamente sin dejar de amasar su proyecto nuevo —. No hay más.

—Madre mía, empezamos fuerte, ¿no? —interviene Julia.

—Yo poca cosa, tuve una nueva cita. —María nunca descansa en su búsqueda de nuevas conquistas.

—Uuuh —se cachondea Nunchi con tono burlón.

—Con... un casado —retoma María.

—Vamos, no me jodas... —espeta Alicia—. Con la de tíos que hay en el mundo.

—¡Sal de ahí rápido antes de quemarte las pestañas —le advierte Julia.

—Tranquilas, ha sido una cita sin importancia. Una cena y ya.

—Pero ¿cómo te haces Tinder estando casado? Los hombres son unos desubicados... —piensa Nunchi en voz alta.

—¡No tienes ni idea, Nunch! —le replica María—. El pirateo hoy en día ya no solo se da en las discotecas, sino también en las redes sociales. ¡Es acojonante!

—*Agree* totalmente —la apoya Alicia—. Para los hombres de ahora la fidelidad es una utopía. Dos amigas me han contado que en este último año han tenido movidas con el marido por este tema.

—Yo alucino —se indigna Julia—. Pero no solo por el momento cuernos, sino por el tiempo libre que tiene la gente. A mí no me da la vida casi ni para hacer la compra y algunos tienen tiempo hasta para echarse un amante. ¿Cómo lo hacen? Si casi todo el mundo vive en la oficina. Mira Roberto.

—Roberto es un enfermo del trabajo, Julia —puntualiza Alicia—. La gente normal saca tiempo para un polvo, te lo digo yo.

—Mira este cómo lo saca —añade María refiriéndose a su nueva conquista—. No me dijo que estaba casado hasta la mitad de la cena. Me contó que estaban mal, que la idea era divorciarse, pero que tenía un niño pequeño... Lo de siempre.

—Eso no lo hace menos infiel —recalca Paula.

—Yo no lo justifico. Cuento lo que él me dijo.

—¿Entonces hemos acabado con el casado? ¿Puedo contar ya lo mío? —Alicia se impacienta un poco.

—Silencio. Empieza mi novela —bromea Nunchi.

Se escuchan risas generalizadas ante el chascarrillo que siempre utilizan cuando algún tema les interesa. Mientras, cada una sigue trabajando en su pieza y levantan la vista de vez en cuando para mirar a las demás.

—Bueno, atentas —anuncia Alicia—. ¡Ayer me escribió Top Gun!

—¿Quééé? —grita María—. El soldado cachondo. ¡Lo amamos!

—Muy fuerte, el tío va a saco —continúa Alicia—. Empezamos hablando de nada en particular. Que si la operación, que si tal, que si cual..., y acabamos con un chat porno.

—¡Saca el móvil ya! —le ordena Paula.

—Ahora os lo leo. Pero todo esto es muy heavy, ¿no? Que yo a este tío lo tengo que operar y lo veré en bolas, como quien dice.

—A ver, mujer, que tú operas mamas, no pitos —le recuerda Julia—. No lo vas a ver en bolas.

—O sí..., pero no en la camilla —bromea María.

—No me lo puedo tirar, chicas. Tengo todavía que hacer el preoperatorio, valorarlo, operarlo... Recordad, es un paciente.

—¿Nunca has estado con uno? —le pregunta Nunchi.

—A ver, que soy mastóloga. ¡Que a veces se os olvida!

—Ay, yo qué sé —añade Paula—. A lo mejor mientras hacías prácticas en el mir…

—Bueno, al lío —dice Julia—. ¡Saca el móvil!

Alicia se limpia las manos en el delantal para sacar el teléfono del bolso sin mancharlo. El resto deja de moldear sus piezas.

—No, si al final mancho el bolso por vuestra culpa —reniega Alicia mientras mete las manos todavía un poco llenas de barro en el bolso.

Todas se acercan a ella menos Paula, que está muy concentrada en su pieza.

—Eeeh, leed en voz alta, que me entere yo también —les advierte, que no se quiere perder nada de la historia.

—Por favor, que vergüenza… —susurra Alicia ruborizada.

—A ver, yo hago de Alicia, y tú, de Top Gun —dice María mirando a Nunchi, que también se ha unido al corrillo de cotillas.

—Dale. Voy a ponerle actitud a la *performance*.

Comienzan a leer los mensajes hasta que ya no pueden más y acaban descojonadas de la risa. Desde luego, este tipo de momentos compartidos han convertido las clases de cerámica en una terapia mucho más efectiva que cualquier consulta psicológica.

# 22

Una noche, mientras Alicia está preparando la cena con una lista de reproducción de Hans Zimmer de fondo, recibe un mensaje de Alejandro, su Top Gun. «Se nota que alguien tiene ganas de mambo», piensa mientras coge el móvil para responderle. Han hablado ya varias veces, de modo que Alicia ya está más que desinhibida para mantener estas charlas calientes. Pero, claro, todo el mundo es muy valiente detrás de una pantalla. Todo será muy diferente cuando lo tenga con el torso descubierto sentado en una camilla y ella lo apunte con un bisturí.

¿Qué haces?

Cocinando algo rico…

Dime que en braguitas y con una camiseta XL…

¿Dónde me has puesto la cámara, pervertido?

Secreto…

En realidad, Alicia lleva un pijama de manga larga con los calcetines por fuera del pantalón y un moño de mendiga. Pero, gracias a Dios, la imaginación y las mentiras piadosas siempre son el mejor aliado a la hora de tener un *sex chat*.

Te imagino chupando la cuchara mientras cocinas y me pongo malo

Te encantaría probar mi comida… Me ha quedado de diez

No es lo único que me gustaría probar…

¿Y tú qué haces…? Déjame adivinar…

Acertaste. Tirado en la cama, desnudo. Porque mi doctora me ha prohibido tener sexo… Pero no ha dicho nada de hacer otras cosas

Tienes suerte de que no vaya a contárselo a tu doctora…

No estoy haciendo nada malo… ¿Puedes hacer un descanso o se te quema la comida?

Alicia deja la salsa que está cocinando y se tumba en el sofá.

Esta chef puede hacer un receso y volver a ser doctora por un rato… Nunca abandono a mis pacientes. ¿Qué le duele a usted?

¿Le puedo hacer una videollamada para enseñarle algo? Es que necesito que lo valore un profesional

A ver qué tan mal está el paciente…

En cuanto manda ese último mensaje, le entra la videollamada de Alejandro. Antes de responder, se asegura de que su cámara y su sonido estén bloqueados. No olvidemos que en la mente de Top Gun ella está en ropa interior de encaje y camiseta sexy.

Responde a la llamada y enseguida aparece el miembro de Top Gun en un primerísimo primer plano, erecto y enorme, tal y como ella se había imaginado después de algunos comentarios refiriéndose a sus partes, de las que parecía sentirse muy orgulloso. Y no es para menos. Méritos no se le pueden quitar. Alicia se tapa la boca con la mano después del primer impacto. Después él aleja la cámara, dejando a la vista su cuerpo desnudo tallado con cincel. Empieza a tocarse delicadamente el miembro y ella le sigue el juego metiendo la mano debajo del pijama y las braguitas de algodón, aunque no tenga cámaras de por medio.

Alicia está ya totalmente metida en la videollamada. Con una mano agarra el móvil, con la otra se acaricia. Al cabo de un rato empieza a oler a quemado. Se levanta a toda prisa del sofá y va hasta la cocina, descubre que la salsa se ha pegado; la conversación picante se ha alargado más de lo que pensaba. Deja el móvil apoyado en una de las jarras que hizo el año anterior en el taller y pone los codos en el mármol de la isla de su cocina. Ni con la casa en llamas podría dejar de mirar el espectáculo que le está dando Top Gun en *streaming* solo para sus ojos. Así que con el fuego de la cocina apagado, pero con el de su interior más vivo que nunca, acaban el trabajo que juntos habían empezado.

De esta forma termina otra noche memorable en la relación virtual médico-paciente. Aunque no quiera admitirlo, Alicia sabe que se está metiendo en la boca del lobo, puesto que, más pronto que tarde, ella tendrá que verlo en directo y en un ambiente mucho menos sexy. Falta poco tiempo para tenerlo desnudo en una cama. Y no precisamente para follar, sino para operarle un quiste con la ayuda de otras cinco personas en un frío y nada erótico quirófano de hospital.

# 23

Días después de aquella primera conversación sobre abrir la relación, en casa de Paula y Alonso se comienzan a definir las reglas de su nueva dinámica. Paula quiere establecer límites claros, asegurarse de que nadie saldrá lastimado más de lo necesario. Alonso parece estar entusiasmado ante las posibilidades que se presentarán ante él. Ahora suele salir después del trabajo para conocer gente nueva, mientras que Paula se queda en casa, luchando con sus inseguridades y miedos. Solo la idea de tener que besar a un hombre que no sea su marido le pone los pelos de punta. Y no precisamente de excitación. Y ya no hablemos de imaginarse desnuda delante de nadie.

Es viernes por la noche y Paula está sentada en el sofá esperando a Alonso, que llega cerca de las dos de la mañana con una energía renovada y una sonrisa que hacía tiempo que no lucía.

—¿Qué tal? —le pregunta Paula tratando de sonar casual, aunque tenga la mirada llena de preguntas y dudas.

—Genial —le responde él mientras se quita la chaqueta y la lanza sobre una silla—. He ido a un bar con unos compañeros después del trabajo y he conocido gente interesante.

Paula siente esas palabras como un puñal que le atraviesa la carne. Aunque lo ha aceptado, afrontar la realidad de ver a

Alonso tan feliz con otra persona la llena de una profunda tristeza. Intenta recordar por qué ha accedido a abrir la relación, pero en ese momento tan solo nota un vacío enorme que no deja de crecer en su interior.

Alonso, ajeno a la lucha interna de Paula, sigue contando con entusiasmo su noche mientras ella asiente y trata de mantener una fachada de comprensión. En su interior Paula sabe que este plan para salvar la relación está fracasando y que cada paso que Alonso está dando hacia su nueva libertad los aleja más y más.

Los días se convierten en semanas, y la brecha entre ellos se hace cada vez más grande. Paula empieza a dudar de su decisión y a preguntarse si, en realidad, ha cometido uno de los mayores errores de su vida. Alonso, por su parte, no deja de disfrutar de su nueva vida sin la mínima intención de mirar atrás y, aún peor, sin notar cómo Paula se está desmoronando poco a poco.

# 24

Amanece un nuevo día en México. Como siempre, la jornada empieza con los ejercicios de *team building* con el equipo local. Primero unas reuniones en el mismo hotel y por la tarde alguna actividad *outdoor*. Para hoy han organizado una excursión en *buggies* en grupos de cuatro personas conducidos por un piloto profesional hasta una zona selvática a una hora del hotel. Después quieren visitar uno de los cenotes típicos de esa parte de México.

Nada más llegar al punto de encuentro, se dividen en grupos —a Mía y a Jorge no les toca juntos— y se disponen a empezar la aventura y disfrutar de la exuberante selva mexicana. Van vestidos con ropa cómoda para poder ensuciarse de barro en caso de que sea necesario. La velocidad de los *buggies* permite a los aventureros sumergirse en una atmósfera única mientras el rugido de los motores resuena entre la densa vegetación. Los aromas de la selva se mezclan con el olor a tierra húmeda, creando un buqué sensorial inolvidable. La diversidad de la flora y fauna los rodea, desde orquídeas vibrantes hasta monos curiosos que los observaban desde las alturas, los embriaga.

A medida que avanzan, el terreno se vuelve más desafiante, con subidas empinadas y descensos vertiginosos que provocan risas y gritos emocionados entre los ocupantes de los vehículos. Cada giro brusco y salto en los baches aumenta la adrenalina y la emoción de la excursión.

Después de una serie de curvas cerradas, surge ante ellos un claro con una cascada majestuosa que forma una piscina natural al caer. Los *buggies* se detienen para permitir al grupo disfrutar de la serenidad del entorno antes de reanudar la travesía. Luego retoman el camino hasta llegar al destino de la excursión, el cenote Ik Kil, cerca de Tulum. Por suerte, no hay demasiada gente para lo que suele ser habitual en este tipo de lugares turísticos. Tan solo hay un par de pequeños grupos de turistas, así que el equipo se dispone a entrar en el cenote con tranquilidad. Todos llevan puesto el traje de baño bajo la ropa, que, ahora sí, está llena de barro.

Bajo el sol abrasador de Yucatán, la atmósfera se carga de una energía intensa y palpable. Entre risas y murmullos, Mía y Jorge destacan en el grupo, puesto que su complicidad resulta ya innegable. Las miradas entre ellos dejan entrever una conexión muy profunda a pesar de que se crucen pocas palabras.

En pocos minutos están junto al cenote, listos para sumergirse en sus aguas azules. Mía, en una mezcla de emoción y miedo, se siente repentinamente atrapada por la intensidad del momento. De pronto, piensa si tirarse o no mientras el resto del grupo no se lo plantea ni por un segundo. Algunos lo hacen de cabeza y otros con alguna pirueta, pero al final todos acaban en las aguas cristalinas. Incluso Claudia, que, pese a su vergüenza inicial por ponerse en bañador delante del resto del equipo, no tarda mucho en lanzarse. Además, lo hace tapándose la nariz, un gesto tan adorable que la convierte por un momento en una niña emocionada.

Mientras Mía se lo está pensando, Jorge se acerca a ella por detrás y le rodea la cintura con firmeza. El tacto de sus manos en su delgado cuerpo genera un escalofrío que la recorre como un rayo fulminante. Sin previo aviso, Jorge aprieta ligeramente los dedos y, antes de que pueda reaccionar, la empuja hacia el cenote. Mía, sorprendida, se sumerge en las aguas con un grito ahogado que rebota en las paredes de la caverna. Él, con una sonrisa traviesa, se zambulle tras ella y emerge poco después en medio de risas de complicidad. La sensualidad del momento flota en la atmósfera y deja una huella indeleble en la conexión entre ambos. Las palabras no les hacen falta, la tensión sexual palpita entre ellos. Y los dos son plenamente conscientes de ello.

Después de un rato nadando en las aguas del cenote, con la humedad al cien por cien y con un olor a vegetación y a tierra mojada que se siente en cada rincón, salen del agua. Fuera aguarda el guía en una furgoneta de la empresa de turismo que han contratado para devolverlos al hotel. Les espera la cena de despedida del *team building*.

En un ambiente cálido y relajado, el grupo se reúne para disfrutar de una cena distendida tras cuatro días intensos de reuniones y actividades compartidas. La brisa suave del océano los acaricia, y las mesas, adornadas con colores vivos y luces tenues, crean un ambiente acogedor y festivo a la vez.

El equipo de los dos países, que al principio era un conjunto de rostros desconocidos en un entorno laboral, ha entrado ya en una dinámica de confianza y camaradería después de haber compartido experiencias y desafíos. Las risas resuenan en el aire y todos disfrutan de platos típicos mexicanos, deleitándose con sabores auténticos. Por supuesto, tampoco faltan los margaritas ni los *shots* de tequila. La parte mexicana del equipo parece que quiere emborrachar en tiempo récord a los españoles, poco acostumbrados al alcohol de alta graduación. Los locales, en cambio, se toman los tequilas como si fueran agua.

La cena transcurre en un tono distendido y alegre, contando anécdotas y chistes que fluyen fácilmente. Las careta profesional se ha desvanecido y ha dado paso a una relación más personal. Ni hablar de las miradas entre Mía y Jorge: su conexión no deja de crecer en la distancia.

Según avanza la noche, el ambiente se vuelve aún más festivo. Los camareros no dejan de servir tequila y margaritas, así que la celebración alcanza un nuevo nivel. En cuanto acaban con los postres, se trasladan al bar de la piscina, donde siguen con otra ronda de cócteles y música, ahora de pie en un entorno más relajado. Hablan unos con unos y otros con otros. Por supuesto, Mía y Jorge intercambian también algunas palabras, aunque nunca a solas. Después de algunas copas más, el grupo se comienza a disolver hasta que quedan tan solo cuatro personas: Mía, Jorge, Claudia y Marco, un chico del equipo mexicano. Mientras se toman la última ronda, o lo que ellos pensaban que era la última, el camarero, oriundo de la zona, comienza a charlar con ellos. Se nota que no quieren que se acabe la noche, pero el bar del hotel está a punto de cerrar. El empleado, que se presenta como Simón, les habla de una fiesta que han organizado esa noche en la playa con fogatas, buena onda y, por supuesto, mucho tequila. Los cuatro muestran curiosidad ante la propuesta de Simón. Sobre todo Marco, que es de la capital y para él este tipo de fiestas clandestinas en la playa son casi una aventura.

—Pero ¿esto será seguro? —susurra Claudia al oído de Mía—. ¿No será una fiesta de narcos o algo así?

—¡Hala! ¡Mucho Netflix has visto tú! —le contesta divertida y ya bastante borracha.

Mía dice que ella se apunta un rato si todos deciden ir. Total, si no les gusta el ambiente pueden pedir un Uber o un taxi de vuelta al hotel.

Finalmente, los cuatro deciden acompañar a Simón, que se mueve en una vieja moto de color rojo. Ellos, por su parte, toman un taxi que les han pedido desde la recepción el hotel. Ya llevan varias copas encima, pero el trayecto y el miedo de Claudia, que viaja en un silencio que tan solo se rompe con algún que otro suspiro y la música horrible que suena de fondo en la radio del taxi, hace que se les baje un poco el pedo. Van detrás de la moto de Simón, que parece que en cualquier momento se va a caer a pedazos.

Al cabo de unos veinte minutos llegan a una calle sin salida que está casi a oscuras.

—Madre mía, que nos violan vivas aquí… —suelta Claudia atemorizada.

—¿Te quieres callar? —le espeta Mía mientras se le escapa una risilla al ver a su compañera bajando del taxi con su habitual torpeza, ahora acentuada por el alcohol y el miedo a lo desconocido—. No nos calientes la oreja, que no va a pasar nada.

Una vez fuera del taxi, siguen a Simón por un camino que se perfila entre unos arbustos gigantes. No pueden ver la playa, pero de fondo escuchan el mar y la música de la fiesta. Llegan a una cabaña de madera, parecida a un chiringuito rústico pero con el exotismo de las decoraciones mexicanas playeras. Hay unos altavoces colocados en unas mesas de metal de una marca de bebida y, al fondo, dos hogueras gigantes y gente de pie a su alrededor. También se pueden ver algunas mesas y sillas bajas de madera repartidas a lo largo de la playa. Nada glamuroso con pinta de *beach club*. Más bien, todo lo contrario.

La música latina resuena en el aire y se mezcla con las risas y los murmullos de la multitud. Con curiosidad y entusiasmo, los cuatro se sumergen en la atmósfera de la fiesta *clandestina*, rápidamente contagiados por la energía del lugar. Acompañados por el sonido de las carcajadas amistosas y de las olas rompiendo en la orilla, los recién llegados pronto se encuentran integrados en esa fiesta que, según Claudia, era una reunión de matones y narcos. Sin embargo, ella ha sido la primera, en cuanto ha visto el panorama, a la que se le ha iluminado la cara con una sonrisa traviesa.

—Voy a por Coronitas —dice Claudia—. ¿Alguien quiere algo?

Ninguno contesta, pero la acompañan a la barra, asumiendo sin palabras que se unirán a la fiesta y, por supuesto, a la ingesta de alcohol que ya llevan arrastrando desde el bar del hotel.

Se quedan un rato charlando animadamente en la barra y, durante esos minutos, el espacio entre Mía y Jorge parece hacerse cada vez más estrecho. Es como si la noche los quisiera ir acercando hasta acabar uniéndolos en el amanecer. Jorge mira el reloj, es la una de la mañana. Se sorprende de lo temprano que es para todas las cosas que han hecho.

Simón pide una ronda de tequilas y brindan mientras la música reguetonera suena de fondo. En cualquier otro lugar ese estilo musical a Jorge le hubiera horrorizado, pero en este momento consigue mimetizarse con el ambiente y suelta un sorprendente:

—Vamos a bailar, ¿no?

Coge a Mía de la mano y tira de ella hacia lo que vendría a ser la pista de baile, aunque en realidad es tan solo un grupo de personas dispersas que bailan descalzos en la arena.

—¿En serio? —le pregunta Mía.

—¡Venga, sí! —grita emocionada Claudia—. Yo me tomo otro tequila y ya me siento autóctona.

Simón agarra de la cintura a Claudia y empiezan a bailar de forma graciosa. A los pocos minutos se mezclan con el grupo y se intercambian con otra pareja en la pista. Mía y Jorge cruzan una mirada cómplice y se acercan para, por fin, bailar juntos.

Cuando sus manos se encuentran por primera vez, la electricidad se dispara de forma inmediata. Es un roce suave pero cargado de energía, como si un lazo invisible se acabara de tejer entre ellos. A medida que la música se apodera de sus cuerpos, sus manos se rozan cada vez más, explorando la textura de la piel del otro con delicadeza y deseo, un deseo cada vez menos contenido. Mía se separa de él de vez en cuando, sobre todo en el momento que siente que sus cuerpos ya están demasiado cerca como para que tan solo sea un inocente baile. Quizá así pueda evitar que la situación se le vaya de las manos. No lo consigue, la distancia entre ambos se va desvaneciendo. Sus cuerpos se acercan y se alejan con cadencia. Cada movimiento está lleno de intenciones nada ocultas y las miradas, cada vez más intensas, consiguen hacerse escuchar más allá de las palabras.

Cuando Mía desliza los dedos por el brazo de Jorge, la tensión ya es cien por cien palpable. Es un gesto sutil pero revelador de la atracción que comparten. Jorge responde con una caricia en la cintura de Mía, un gesto que la estremece. Por un segundo sienten que están ellos dos solos, bailando en la arena con el sonido del mar como único hilo musical. Pero entonces, ahora de verdad, Mía decide poner distancia. Lo aparta suavemente mientras mira al suelo. Se da la vuelta y se dirige hacia la zona de la barra, donde se sienta en una de las banqueta altas carcomidas por la sal. Él, mientras tanto, se queda quieto en la pista.

Claudia se da cuenta de que Mía está sentada en la silla, alejada del barullo de la fiesta, y se acerca a ella tambaleándose ligeramente por culpa de la arena y el tequila.

—Madre mía, qué energía tienen —le dice en cuanto llega hasta ella—. Te juro que bailo una canción más y me desmayo. ¿Quieres que nos vayamos?

—Yo estoy muerta, Clau —le responde—. Pregunta a Simón y a Jorge si quieren venirse en el taxi.

Mía ya no tiene ni la energía ni la sonrisa del principio de la noche. Parece que en un momento todo eso se ha desvanecido con una caricia, en ese segundo de demasiada complicidad. De repente se ha asustado y ha reculado como si de una emergencia se tratara. Y para ella sí que lo es. Necesita salir de aquí lo más rápido posible. No de la fiesta, sino de esa espiral en la que está metida por haberse acercado demasiado al peligro. Ella, la que lo tiene siempre todo controlado, la del «yo nunca», la del «ahí no me meto ni loca», ha estado a punto de zambullirse en el abismo como hizo en el cenote. Y eso la ha acojonado.

Los cuatro están esperando al taxi en silencio, apoyados en la madera del puente que une la playa con la calle. Todos menos Marco, que, rendido, ha preferido sentarse en el suelo, agarrarse las rodillas y colocar la cabeza entre ellas.

Durante el camino de vuelta apenas cruzan un puñado de palabras. Marco, que va sentado delante, duerme apoyado en el cristal de la ventanilla mientras Claudia de vez en cuando suelta algún «estoy muerta» entre suspiros de cansancio. Mía y Jorge van sentados uno al lado del otro, pero ella se pasa prácticamente todo el camino mirando por la ventanilla, aunque afuera solo haya oscuridad. Él, aprovechando la falta de espacio, pega la pierna a la de ella. Mía intenta separarse lo máximo posible, se arrima a la puerta del coche todo lo que puede.

Cuando llegan al hotel, Marco se va por otro lado, ya que su habitación está en otra zona, mientras que Mía, Jorge y Claudia siguen por el pasillo principal de la galería. Claudia se despide y se mete en su cuarto. Mía y Jorge siguen un poco más hasta llegar a la puerta de ella.

Jorge la adelanta y camina frente a ella. Le agarra las dos manos de forma inocente, como si de dos adolescentes se tratara, ella evita mirarle a la cara. Se le acerca al cuello sin soltarle las manos y le pregunta en un susurro:

—¿Qué ha pasado en la playa?

—De verdad te lo pido, no te acerques más...

—No me hagas esto... Me estás matando... —le reprocha él en tono de queja y desesperación, pero sin soltarla.

—¡Anda ya! ¿No te das cuenta de que eres tú el que está jugando con fuego? ¿No te importa nada? Yo no le debo nada a nadie, no tengo que dar explicaciones...

—¿Entonces por qué no dejas que las cosas fluyan? —lo dice casi afirmando, dando por hecho que los dos tienen los mismos sentimientos y una atracción igual de fuerte.

—Porque tú sí tendrías que dar explicaciones. —Mía resopla. Se da la vuelta y se pone las manos en la cabeza, exasperada. En este momento le encantaría desaparecer con un chasquido de dedos. Baja las manos y continúa hablando—: Mira, me da la sensación de que no soy suficiente para ti. —Clava su mirada en la de Jorge—. Y no sabes lo que me jode sentirme así. No necesito esto, ¿sabes?

—No es verdad, sabes que no es eso. Es mucho más complicado. Necesito algo de tiempo...

—¿Ahora es un problema de tiempo? Si te hubiese interesado, ya habrías hecho algo en su momento.

—No es tan fácil, Mía. Y tú lo sabes...

Ella niega con la cabeza mientras suspira y saca la tarjeta del bolso para abrir la puerta. Pese al bajón que siente por la tensión del momento no deja de percibir el efecto de los tequilas y las Coronitas.

Entra en la habitación y cierra a toda prisa, como si quisiera que sus sentimientos no entraran con ella. Apoya la espalda en la puerta, mira al techo y aguanta las ganas de llorar con todas sus fuerzas. No le llega a caer ninguna lágrima, pero los ojos se le inundan. Lanza una gran exhalación en un intento desesperado por calmarse y consigue que, finalmente, las lágrimas de frustración y enojo no acaben bajando por las mejillas. Debe asumir que su cabeza necesita más tiempo para aceptar lo que su corazón ya sabe.

Al otro lado de la puerta, Jorge está parado en silencio, con un gesto de resignación dibujado en la cara. Suspira con la frente apoyada en la fría madera, asumiendo la derrota. Se separa un poco, pero no se marcha, sino que se queda sentado en el suelo, con la espalda en la puerta y los brazos en las rodillas.

Mía se aleja un par de pasos de la puerta y se queda de pie, esperando a que el universo le mande alguna señal para tirarse en sus brazos y así romper con sus ideales y con su dignidad de un plumazo. De pronto, siente un arrebato y, sin pensar en las consecuencias, deja caer el bolso al suelo y se da media vuelta. Abre la puerta y de sopetón Jorge cae hacia atrás y queda medio tumbado en el suelo. La cara de asombro de Mía rompe rápidamente en una carcajada por lo ridículo de la situación. Mira cómplice a Jorge, que ahora sonríe con satisfacción.

Mía se agacha y lo agarra del cuello de la camisa como si quisiera levantarlo hacia ella. Acerca sus labios a los de Jorge y él coloca su mano libre tras la cabeza de ella para ayudar a guiar el beso. Al mismo tiempo, acaricia suavemente su cabello en una especie de masaje romántico. Se besan de forma apasionada, aunque en una posición un tanto incómoda, por lo que Mía, ya presa de la pasión, se arrodilla frente a él para agarrarle con ambas manos la cara.

Se besan con una sincronización de película, cosa que pocas veces pasa en las primeras veces. En pocos segundos empieza a subir la temperatura y Jorge hace un gesto para intentar incorporarse, Mía se une a su movimiento sin prácticamente coger aire. Le cuesta un poco más levantarse sin manos, que las tenía ocupadas en otros menesteres, y en ese momento esbozan una sonrisa de complicidad. Así se quedan durante unos segundos, mirándose y saboreando ese momento de intimidad antes de que la pasión los embriague por completo. Ya saben que lo que está pasando es real.

De pie, frente a frente, vuelven a besarse. Empiezan de forma suave y dulce, pero poco a poco aumentan la intensidad. Jorge intenta desabrochar el vestido de Mía mientras ella le quita la camisa que lleva abierta y por donde asoma una camiseta de algodón. Enseguida él se desespera con tanto botón, tiene la sensación de que se podría tirar media noche hasta conseguir sacarle el vestido. Mía le sonríe y al final ella misma se lo quita sin desabrochar, quedándose frente a él en ropa interior. Las braguitas y el sujetador a juego son de color rosa con un poco de encaje. Dulce y sexy a la vez. Jorge la contempla a corta distancia y le acaricia el cuello pasando por el hombro y llegando hasta el brazo. Con delicadeza le baja el tirante del sujetador. Se quita la camiseta. Por un instante sus brazos le tapan la cara y quedan en primer plano, revelando unos bíceps musculosos. Mía alarga la mano y le roza la cintura, un gesto que demuestra las ganas locas que tenía de contemplar de cerca su torso desnudo. Y eso que no es la primera vez, puesto que ya lo había fichado en el cenote. Allí descubrió que estaba tallado cual estatua de mármol, tal y como había imaginado tantas veces en su mente. En cambio, ahora sí es la primera vez que roza su cuerpo con la yema de los dedos.

Él deja la camiseta en el suelo y le agarra la mano, acompañando una caricia que se torna en un leve apretón. Le sujeta la cara para disfrutar de un beso lento pero profundo. Las pulsaciones empiezan a subir a la par que las respiraciones y el ritmo de los besos se acelera. Avanzan hacia la cama sin separarse. Mía primero se sienta y luego se tumba. Jorge se sube apoyando las rodillas y coloca los brazos de Mía suavemente por encima de su cabeza mientras se recuesta sobre ella, todavía con los tejanos puestos. Mía necesita saciar sus ganas de tener a Jorge por fin entre sus brazos y lo rodea con algo de agresividad al tiempo que le clava los dedos en la espalda fibrada. Un leve movimiento de caderas acompaña los besos cuando empiezan a frotarse los miembros, hambrientos ya de placer. Jorge aparta la pierna izquierda de Mía para poder acceder con comodidad a su pubis, lo roza levemente para introducir los dedos en su húmeda intimidad. Enseguida Mía lanza un gemido que excita todavía más a Jorge y ella, notando la dureza debajo del pantalón, no tarda en desabrocharlo con cierta urgencia. Jorge se incorpora para poder sacarse el pantalón junto con el calzoncillo. No pueden aguantar más, dada la excitación del momento.

—Espera, espera... —interrumpe Mía—. ¿Tienes preservativos?

—Mmm..., creo que en mi habitación, pero no estoy seguro.

—Creo que yo... —dice ella mientras se levanta en ropa interior y se dirige al baño.

Jorge se queda en la cama deleitándose con la figura perfecta de Mía, que camina de puntillas en la oscuridad, como si quisiera esconderse de algo que está haciendo mal. Enseguida vuelve con un preservativo en la mano que tenía en el neceser desde vete tú a saber cuándo.

—No estará caducado, ¿no? —le pregunta Jorge.

—¿Perdona? —replica Mía indignada.

Jorge se ríe, confirmando así que la pregunta era tan solo una broma.

Vuelve a inclinarse sobre Mía, ya totalmente desnudo, y empieza a deslizar su mano sobre su cuerpo. Pasa por su pecho, baja por su abdomen y resbala por sus braguitas hasta llegar a sus piernas. Se coloca el preservativo de rodillas sobre la cama bajo la atenta mirada de Mía, que lo observa con loco deseo, y luego se reclina sobre ella.

Vuelve a besarla con la misma intensidad que al principio y siente cómo ella mueve la cabeza al mismo ritmo que él en una sincronización mágica. De repente, llega la primera embestida de Jorge, que penetra a Mía suave pero firmemente, y el beso es sustituido por un intenso gemido. Sus alientos y suspiros de placer se mezclan al mismo tiempo que él aumenta el ritmo de sus embestidas y, por ende, también los sensuales gemidos de Mía.

Él está tan excitado que necesita hacer un parón para cambiar de posición y, de forma disimulada, ganar tiempo. Agarra entonces a Mía y la coloca encima de él. Sentado en la cama, con ella a horcajadas entre sus muslos, la besa y durante unos segundos separan sus miembros. Él aprovecha ese momento para desabrocharle el sujetador. Sus pechos quedan al descubierto, los acaricia con delicadeza mientras le da un beso lento. La lengua pasa de la boca al cuello y del cuello a sus pechos. Perciba con los labios la suavidad de sus pezones, que también son duros y perfectos. Ella toma la iniciativa y agarra con firmeza la polla de Jorge, se la coloca en la vagina y se sienta sobre ella con un movimiento seco. Comienza a cabalgar suavemente sobre él con una cadencia lenta pero constante. Él agarra con fuerza sus caderas y aprieta con los dedos los tersos muslos de Mía. Los movimientos se van acelerando y ella se reclina sobre él para hacer un pequeño parón en el galope. Luego se acerca a besarlo con movimientos entrecortados mientras evita que el miembro salga de su húmedo interior. Jorge aprovecha para abrazarla con fuerza y volver a darle la vuelta, esta vez con un gesto más agresivo. De esta forma, ambos quedan cruzados en la cama, ella tumbada con el cuerpo de él encima. Jorge entrelaza sus dedos con los de ella, como si quisiera impedir que se escape, y la embiste de nuevo con más fuerza, acelerando el ritmo. La intensidad y el volumen de los gemidos de Mía aumentan en consonancia con las respiraciones de Jorge, que aprieta bien fuerte sus manos contra las de ella. De pronto, él siente cómo se corre Mía. Ella aguanta la respiración para soltar un último gemido de placer, tornándose sus respiraciones más agitadas. Sin dejar de moverse dentro de ella, Jorge se derrama también unos segundos después mientras besa sus labios de forma entrecortada, alternándose con fuertes respiraciones. Finalmente cae derrotado sobre el cuello de Mía y se deja envolver por el olor de su pelo, mezcla de sexo y de un fresco aroma a acondicionador.

Al cabo de unos segundos, sale de ella con delicadeza y se queda recostado a su lado. Coloca la cabeza en su cuello, como si de un refugio se tratara. Y ahí se quedan, sumidos en un silencio que solo es interrumpido por el sonido agitado de sus respiraciones.

Pasado un rato, Mía se levanta para ponerse las braguitas. Se sienta en la cama mientras Jorge sigue tumbado. Se ha tapado sus partes con la sábana blanca, pero ha dejado libre su pecho, todavía húmedo por el sudor.

—Ven aquí, anda… —le dice con dulzura a la vez que estira el brazo para que Mía se apoye en su hombro.

Ella se acerca con cierta timidez y se tumba colocando un brazo sobre su abdomen desnudo, prácticamente sin vello. Él comienza a hacerle cosquillas con especial delicadeza.

—No tienes ni idea de la tortura que ha sido estar sin ti todo este tiempo… —le susurra.

Ella no contesta, aunque en su interior hay algo que no deja de repetirse: «Prefería quedarme con la culpa que con las ganas».

# 25

Al día siguiente la luz del sol, que se las apaña para colarse entre la espesa vegetación de los jardines del hotel, comienza a entrar por una de las ventanas.

Mía es la primera en despertar. Hace un esfuerzo por incorporarse mientras cubre parte de su cuerpo desnudo con las sábanas e intenta agarrar una camiseta que encuentra en el suelo. Pronto descubre que la resaca y las tres horas de sueño no son algo con lo que ella lidie habitualmente y, por tanto, han hecho mella en su perfecto y siempre iluminado rostro. «Seguro que tengo el rímel corrido y el pelo de una bruja», piensa.

Cuando hace el gesto de levantarse, ya con la camiseta puesta, Jorge la agarra del brazo.

—¿Adónde vas? —le pregunta con una sonrisa pícara que hace que Mía se pierda entre sus pensamientos.

—Es tardísimo —le contesta ella.

—O prontísimo, según lo veas.

Mía sonríe y agacha la cabeza a la vez, un gesto muy suyo cuando algo le hace gracia, pero no quiere responder.

—Date una ducha y mientras pido algo de desayuno. ¿Te apetece?

Mía se levanta dejando a Jorge en la cama con un gesto parecido al de un niño que quiere conseguir algo. Se dirige al baño y, antes de cerrar, se quita la camiseta de Jorge, que le queda enorme y supersexy. La tira al suelo mientras encaja la puerta con un gesto tan sensual y al mismo tiempo tan lleno de picardía que Jorge, por supuesto, interpreta como una llamada de apareamiento.

Ella ha hecho ese gesto con toda la intención del mundo, pero, cuando Jorge entra en calzoncillos y la ve dentro de la ducha desnuda, le invade un sentimiento de vergüenza que hace que se tape la cara con las dos manos.

—¡Bastaaa! —grita mientras se gira y le da la espalda.

—¿Puedo? —pregunta él con una falsa inocencia que acompaña juntando las manos en expresión de ruego. Ella no tiene más remedio que sonreír y claudicar en cuanto vuelve a poner su irresistible cara de niño pedigüeño.

En la penumbra de la ducha, el vapor asciende mientras el agua templada acaricia el cuerpo de Mía, con la piel brillante bajo la luz suave que se filtra a través del cristal empañado. Él se quita los calzoncillos y abre la mampara de la ducha para acompañar a Mía. La envuelve con sus brazos por detrás de forma delicada y la atrae hacia él con ternura y firmeza al mismo tiempo. Cada roce de sus manos es como un baile sincronizado de deseos entrelazados.

Bajo la lluvia de agua caliente, Jorge explora los contornos del cuerpo mojado de Mía a través de ligeras caricias y de besos en el cuello. El tiempo parece detenerse y ella de repente siente que no está en México ni en un viaje de trabajo. No puede evitar pensar que está viviendo un momento profundamente íntimo con alguien al que apenas conoce, pero con el que tiene una conexión que la hace sentir como en casa.

En silencio y con el agua corriendo por sus cuerpos se dejan llevar por la magia del momento, y el mundo a su alrededor desaparece. Con ternura, él desliza una mano por su espalda y acaricia dulcemente su piel. Ella cierra los ojos y se entrega al placer de su tacto. La mano de él se desliza hacia su pubis y ella, con una mano apoyada en la pared de la ducha, estira su otro brazo para acercar todavía más el cuerpo de Jorge al suyo. Tiene la necesidad de sentirlo dentro lo antes posible.

Jorge comienza a masturbarla de forma suave y delicada, y ella siente su miembro erecto en la espalda. Sin dejar de besarle el cuello, saca su mano del pubis para agarrar la cabeza de Mía y girarla unos grados para poder besarla sin que tenga que darse la vuelta por completo. El beso se alarga más de lo previsto y Mía acaba quedando frente a él. Él vuelve a girarla, ahora de forma brusca, para penetrarla. Mientras la embiste, las respiraciones empiezan a agitarse. Ambos están tan excitados por el polvo improvisado que en apenas cinco minutos se han corrido, sin necesidad de cambiar de postura. Primero lo hace Mía y unos segundos después Jorge, que la agarra por el hombro como para que no escape y así permanecer en su interior el máximo tiempo posible.

Estando aún dentro de ella, le susurra al oído:

—Vayámonos juntos a algún sitio cuando volvamos a España...

Mía sabe que la puede cagar. De hecho, seguro que ya la ha cagado acostándose con él esta noche. Pero no se puede comparar una cagada puntual con convertirse en una amante. Una jodida AMANTE. Con todas las letras. Eso es algo de lo que ella siempre ha renegado y le repugna cada vez que habla de este tema con sus amigas. Ya se siente lo suficientemente arrepentida y avergonzada como para además regodearse e irse con él de finde romántico. Acabáramos.

No contesta y se aparta de Jorge de forma brusca. Luego abre la puerta de vidrio y sale de la ducha. Él la agarra de la cintura y ella intenta secarse con la toalla como puede, porque solo piensa en escapar del baño, ponerse la ropa sobre la piel mojada y pedirle a Jorge que se marche de su habitación con la mayor delicadeza posible.

—¿Qué es esto, tío? —le grita ella—. Dime qué coño es esto para ti.

—No sé qué somos, pero no quiero dejar de serlo —le contesta mirándola a los ojos mientras se seca con la toalla.

—Vamos, hombre... —le corta en seco y se queda paralizada.

—Lo digo en serio, no quiero que esto se quede aquí.

—Basta, Jorge, esto no tiene ningún sentido. Lo de esta noche nunca ha pasado. Bueno, sí ha pasado, pero lo tenemos que olvidar. Sigamos cada uno con nuestra vida, y aquí paz y después gloria.

—Pero ¿qué cojones...? ¿Qué gloria ni qué gloria? —Se lleva las manos a la cintura, el agua le resbala por el torso hasta caer en la toalla con la que se cubre—. ¿Tú crees que para mí esto es un juego? Te aseguro que no.

Mía comienza a recoger la ropa esparcida por el suelo y dice:

—¿La verdad? No tengo ni la más mínima idea. Pero no me voy a quedar para averiguarlo. —Se viste a toda velocidad y abre la puerta para salir—. Bajo a desayunar. Cuando vuelva, espero que te hayas ido de mi habitación.

Jorge bloquea la puerta con la mano. La mira a los ojos, ahora llorosos, y le pregunta:

—¿Tú quieres estar conmigo?

Mía pone los ojos en blanco y lanza un gran suspiro al aire. Aparta la mano de Jorge, abre la puerta y sale prácticamente corriendo de la habitación. Jorge se apoya en el marco de la puerta y observa cómo se aleja por el pasillo. Tiene la esperanza de que en algún momento se gire o recapacite y vuelva sobre sus pasos. Pero no. Al poco ha desaparecido de su vista. Entonces suspira, cierra la puerta y comienza a buscar su ropa para vestirse.

En el aeropuerto, tras tres incómodos días sin apenas cruzar palabra, solo de trabajo, Mía reza para que no le toque en la misma fila de asientos que Jorge. Necesita espacio, necesita pensar y, sobre todo, necesita alejarse. En este preciso momento le encantaría tener el poder de teletransportarse para estar en su casa debajo de una manta y hacer una inmersión profunda en alguna serie mala y lacrimógena. Y chocolate. Mucho chocolate. Eso es lo único que necesita ahora mismo.

Por suerte, uno de sus deseos se cumple. Y no es precisamente el de la teletransportación. Una vez acomodada en el avión, decide también que es el momento de relajarse un poquito.

—¡Clau! —llama a su compañera, que está sentada justo detrás de ella—. ¿Me das una de tus pastillas? Así me desmayo durante todo el vuelo...

Su amiga busca en su neceser de viaje y le ofrece una de sus pastillas milagrosas a Mía, que se la toma con un sorbo de agua sin pensárselo ni por un momento.

En efecto, la pastilla es mágica y Mía se queda profundamente dormida hasta que, una hora antes de aterrizar, se despierta con un gesto de dolor y se lleva la mano al cuello. Abre los ojos con dificultad, mira a su alrededor y se acomoda en su asiento.

—Madre mía, he estado muerta durante ocho horas —dice con la voz pastosa.

—¡Ya te lo dije! —le contesta Claudia emocionada—. Menuda maravilla, ¿verdad?

Una maravilla habría sido no haber ido a México, piensa, pero luego se acuerda de su abuela y de uno de sus refranes favoritos: «El que quiera melocotón que se aguante la pelusa».

# 26

De vuelta a la realidad, Mía retoma el ritmo de trabajo y, en cierta medida, la normalidad. Afortunadamente, hoy es martes y acude a la clase de cerámica con gran emoción.

—¡¡¡Buenasssssss!!! —grita en cuanto entra por la puerta del taller.

Todas la acompañan en el grito y le dan la bienvenida con gran efusividad. Y ya no solo por todo lo que la han echado de menos, sino también porque saben que viene cargada de cotilleos.

—*Calm down, calm down*, que no ha pasado nada… —avisa sin demasiada credibilidad.

—¡Mentirosa! —María es la primera en darse cuenta de la trola.

—¡Anda ya! —replica Julia.

—Bueno, sí ha pasado. Pero no ha sido casi nada… —recula Mía mientras se ata el delantal bajo la mirada inquisidora de sus amigas.

—¡Lo sabía! —interviene Alicia—. ¿Qué os dije?

—¿Qué dijiste? —Mía levanta la vista para retarla con la mirada.

—Que en México había tema fijo. Si es que estaba cantado.

Mía cuenta la versión resumida de la historia mientras saca su pieza de la bolsa de plástico y comienza a elegir las herramientas que va a utilizar.

—La verdad es que intenté contenerme todo lo que pude, lo juro —confiesa Mía.

—Ay, amiga, es que la carne es débil —dice Alicia.

—Ya. Y encima él estaba todo el rato supercerca. Era muy difícil escaparse.

—Menudo pieza está hecho, la verdad... —espeta Julia—. Pero por muy bueno que esté os recuerdo que tiene novia. ¿O se os ha olvidado?

—Pues en eso estoy, asimilándolo. Fue increíble, chicas. Os prometo que tuvimos un sexo perfecto, en todos los sentidos. A pesar de lo evidente, que no es un problema menor, y las expectativas que yo me había hecho en la cabeza, al final fue mejor incluso de lo que había imaginado.

—Queremos detalles guarretes —pide María, siempre dispuesta a escuchar los comentarios más verdes.

Mía la mira y se ríe, divertida, mientras devuelve la vista a su bol.

—Pero, claro, yo no dejaba de pensar en eso y al final acabé amargándome... —retoma Mía.

—No es culpa tuya —la consuela Alicia—. ¿Tú qué tienes que ver con sus movidas? Si estás soltera.

—Sí tiene que ver, sí... —interrumpe Paula a Alicia con un tono de indignación en la voz.

—Claro que tengo que ver, estoy en medio. Y yo no quiero eso. Es algo que no me puedo imaginar en este momento de mi vida. Y para que me la compliquen, prefiero estar sola, os lo juro. No voy a ser la segunda opción de nadie. Yo quiero paz.

—¡Bien dicho! —Se viene arriba Julia.

—Por cierto, tengo un nuevo pretendiente para ti... —Paula cambia de tema mientras desbloquea el móvil.

—¡Quiero verlo! —grita Alicia como si fueran a subastar a aquel hombre al mejor postor.

—No es para ti, es para Mía —le avisa Paula.

—Mirá que sos avariciosa, ¿eh? Los quieres todos para ti —le dice Nunchi a Alicia bromeando.

—Es un compañero de trabajo de Alonso y se divorció hace tiempo —le hace la ficha Paula.

—Mejor divorciado que soltero, que los solteros a estas edades... son un Kinder Sorpresa, algo esconden —dice Julia.

—Ya estamos generalizando... —le reprocha María.

—Bueno, pues eso —continúa Paula—. Divorciado, trabajador, muy simpático y no tiene hijos.

—Dato no menor, este último —señala Nunchi.

—Bueno, a ver, al lío, enseña la foto —insiste Alicia.

—Ya te aviso de que no voy a quedar con nadie... —adelanta Mía.

—A ver, yo lo conozco bastante bien y me parece encantador... —le avisa Paula.

—Vale, es feo —dice María.

—¡Que nooo...! ¡Mira que eres lianta! —le regaña Paula.

—Pues enseña la foto ya —le ordena Alicia señalándola con el dedo lleno de barro—. Que estamos en ascuas.

Cuando Alicia encuentra el Instagram del chico en cuestión, todas se acercan con las manos sucias. Todas menos Mía, que no le hace el más mínimo caso a la pantalla del móvil y ni siquiera se mueve de su sitio, dejando bien claro el poco interés que tiene en el proyecto de cita.

—Os lo dije. Feo —sentencia Alicia.

—¡A ver! —se interesa María—. Joder, no veo nada, que no llevo las gafas puestas. ¿Es muy feo?

—Hombre, para Mía sí, qué quieres que te diga —aclara Alicia—. El nivel de fealdad depende también de la otra parte implicada.

—Explícate, Sócrates —le dice Nunchi.

Mía se ríe con el comentario de Nunchi mientras las demás siguen con la cara pegada al móvil de Paula mirando las fotos del chico.

—A ver, guapo no es —reconoce Julia—. Pero de ahí a considerarlo feo... No sé, habría que verlo en directo.

—Claramente el chico debe de ser simpatiquísimo y carismático, no le queda otra —añade Alicia—. Cuando a uno no le acompaña la belleza hay que esforzarse más en la vida. Pero para todo, ¿eh?

—Qué superficial... —le recrimina María en tono burlón.

—Tú te callas, que piensas igual que yo —le reprocha Alicia.

—Ahora os contará lo del complot de los feos... —adelanta María.

—¿Qué es eso? —pregunta Julia con curiosidad, ya que nunca ha escuchado a su compañera de taller hablar de eso del «complot de los feos» después de tantos años.

—El complot de los feos es un hecho probado —sentencia Alicia.

Todas la miran esperando a que desarrolle su explicación. Mía sonríe porque ya conoce bien la historia, aunque siempre le resulta divertido escuchar las ocurrencias de su amiga. Entretanto, ya han regresado a sus puestos.

—¿Vosotras conocéis a algún feo soltero? —pregunta.

—El amigo de esta —contesta rápido María, casi sin dejar hablar a Alicia, mientras señala con el pulgar a Paula.

—Que no es tan feo... —insiste esta indignada.

—Bueno, espérate a ver cuánto tiempo dura. Los feos no están solteros porque se juntan con feas. No son tan exigentes ni le dan tantas vueltas. Se juntan y ya.

—Hablás como si fueran una especie animal, que bruta sos —le dice Nunchi.

—En serio, mirad a vuestro alrededor —insiste Alicia—. No hay solteros feos.

—Pues mejor para ellos —se alegra irónicamente María—. Yo debo de estar buenísima para las masas, entonces...

Las risas resuenan en el taller mientras no despegan las manos de sus respectivas piezas.

—Entonces ¿organizo cita o no? —insiste Paula.

—¡QUE NO! —respondan todas al unísono.

—Bueeeno, luego no digáis que no tenéis suerte en el amor —les advierte—. ¡Una tiene que moverse también!

—Si no te molesta, yo prefiero seguir moviéndome en mi Tinder, con los filtros y los *matches* —dice María.

—Nos hemos ido del tema y al final Mía se ha librado de contarnos los detalles... —redirige Julia la conversación.

—La verdad es que quiero alejarme de todo este lío. No quiero que me escriba ni que me hable —decide Mía—. En realidad no hablamos desde que volvimos y tampoco lo he visto.

—¿Y estás rayada? —le pregunta Paula.

—Hombre, me jode, sí. No me gusta ser el segundo plato, nunca me ha gustado. Pero con él no sé qué me pasa que siento que acabaré cayendo. Y ya sabéis lo poco que me gusta eso a mí.

—Cáncer, *baby*... —recuerda Nunchi.

—Pero prefiero tomar distancia y que las cosas se enfríen de manera natural. Yo tampoco le he pedido nada, ¿eh?

—¿No lo habéis hablado? —pregunta Alicia.

—No, directamente no. Pero, vamos, que ya le he hecho saber que la situación no me gusta un pelo. Así que creo que lo mejor es dejarlo ir...

Toda esta perorata la suelta para intentar convencer, más que a sus amigas, a la voz interior que no deja de repetirle el nombre de Jorge una y otra vez. Bien sabe Dios que intenta olvidarlo, aunque su mente y su corazón no estén poniendo nada de su parte.

Tras la clase, Mía vuelve a casa con una de sus piezas terminadas, un cuenco irregular de color blanco con rayas. Quiere convertirlo en un recipiente para una vela grande, por lo que decide ponerse con ello para también evadir su mente. Deja el bolso en el sofá y empieza a recolectar las velas pequeñas que va encontrando en cajones y armarios. Después, las coloca dentro de una olla al baño maría para derretirlas y así poder crear una sola y hermosa vela. Mientras vierte la cera en el cuenco, el acto se torna en una suerte de ritual que le sirve para limpiar lo malo, llevarse lo viejo y empezar así con un proyecto grande e importante. Se siente esperanzada gracias a esta especie de reciclaje de velas y, mientras observa cómo se seca la cera, sonríe en paz. Ha llegado a la conclusión de que alejarse también es un acto de amor y que los nuevos comienzos son siempre emocionantes, por mucho que cuesten.

Coloca entonces la vela en el centro de la mesa de madera que hay frente al sofá y se reclina hacia atrás con una sonrisa de satisfacción. Una que hacía mucho tiempo que no le salía.

# 27

La situación en casa de Paula es muy complicada, con su relación de pareja pendiente de un hilo. El huracán, también llamado relación abierta, la ha alcanzado de lleno y ya no puede echarse atrás. Piensa que a lo mejor conviene esperar un tiempo prudencial para ver cómo evoluciona la cosa y tener una cita con alguien que no sea su marido, que es lo que peor lleva. Después de tantos años sin otro novio más que Alonso, exceptuando un par de besos sin importancia en bachillerato con algún compañero de clase, ponerse a hacer campaña para buscar *un candidato* y volver al mercado de las citas le resulta una tarea tediosa.

En cuanto a las idas y venidas de Alonso, pues prefiere no preguntar mucho, la verdad. Además, la vida familiar tampoco ha cambiado demasiado. Siempre hay follón, su marido ayuda poco y prácticamente está ausente... Lo de siempre. Así que de momento no le encuentra la parte positiva a esta nueva versión de pareja que él le ha ofrecido. «¿Será cuestión de lanzarme yo?», se plantea a veces. Aun así, sigue sin verlo claro.

Hoy, con un mensaje un tanto confuso, Alicia ha citado a Julián, el fiscal, en su casa. Lo espera tirada en el sofá viendo una serie a la que se ha enganchado, que no es muy larga. A Alicia las series se le hacen eternas porque siempre tiene poco tiempo para verlas y encima se queda dormida en cuanto se mete en la cama. Por eso no le gusta comentarlas con nadie, ya que le acaban destripando los finales o revelando puntos importantes de las tramas, cosa que la enerva.

Suena el timbre y se levanta a abrir la puerta.

—Ya me veo venir la conversación después de ese mensaje que me has mandado... —le dice Julián apoyado en el marco de la puerta.

—Anda, pasa... —Alicia suspira y coge fuerzas para enfrentar la conversación que se avecina.

La verdad es que lo de Julián y ella nunca ha sido una relación seria, pero ya son muchos años de *algo*, y siempre es difícil decir ciertas cosas cuando sabes que el que tienes delante pierde mucho más que tú.

—Julián, tú ya sabes que yo vivo con la duda continua acerca de esto que tenemos —comienza a decir Alicia—. Y la verdad es que no lo veo nada claro. No quiero seguir como si nada y al final acabar haciéndote daño.

—Bueno...

—Ya lo sé, el daño ya está hecho... —le interrumpe Alicia—. Pero, si estoy segura de que algo no va a salir, prefiero no seguir en este bucle del que, por otro lado, no me está resultando nada fácil salir. Yo lo paso genial contigo, pero...

—Siempre hay un pero.

—No tenemos futuro como pareja y no podemos seguir años así, ni p'alante ni p'atrás.

—Sí, lo entiendo... No lo comparto, pero lo entiendo. —A Julián se le ve apenado—. De todas formas, creo que te dejas llevar demasiado por lo que la gente pueda pensar de ti.

—Todo suma, no te voy a decir que no. Pero no es solo eso. Yo quiero encontrar a alguien con el que pueda estar al cien por cien. Darlo todo, dejarme la piel. Y siento que nosotros siempre andamos a medio gas. Por los motivos que sean, ojo, que no quiero culpar a nadie, pero yo no puedo tener un amor a medias.

—La verdad es que siento mucho no haber podido darte lo que buscabas. Me hubiera encantado cumplir tus expectativas.

Alicia no sabe cómo responder a esa disculpa sincera cuando nadie tiene la culpa, por lo que opta por una frase bien manida.

—Ojalá encuentres a alguien que te haga feliz —le dice mientras le acaricia la cara con ternura.

—Bueno, tampoco hagamos un melodrama de esto, que ya somos mayores. Unos más que otros, eso sí —bromea Julián intentando destensar el ambiente.

Alicia se ríe con el comentario, que cumple el objetivo de restarle dramatismo a una situación que le está resultando bastante incómoda. Sin más, lo acompaña a la puerta y le da un abrazo.

—Que tengas mucha suerte, de verdad. Te la mereces —le dice Alicia a modo de despedida.

Ahora que su examante se ha marchado, piensa que, sorprendentemente, esta ha sido la ruptura más sana que ha tenido en su vida. A veces, la madurez también ayuda. La primera separación sin dramas, sin reproches y sin toxicidades. Se habla mucho de la primera impresión, pero cuidado con la última. Dice más de una persona cómo se va que cómo llega.

# 28

El sábado por la noche Alicia, Paula y Julia quedan para cenar. Las demás no podían, pero ellas tres han decidido seguir adelante con el plan y juntarse en un coqueto restaurante del Born donde ofrecen música en directo después de las cenas.

Paula y Alicia llegan juntas en el coche y se encuentran con Julia en la puerta.

—¡Qué hambre tengo, por Dios! —dice Julia—. ¡Estoy lampando!

—Yo tengo más ganas de un copazo que de otra cosa —responde, por su parte, Alicia.

—¡Pues ya somos dos! —la apoya Paula.

Entran al restaurante y una camarera las acompaña a su mesa. Es un sitio que conocen bien, donde se come rico y hacen cócteles deliciosos. Es una apuesta segura que no suele fallar.

Nada más sentarse a la mesa, Alicia suelta:

—Lo he dejado definitivamente con el fiscal.

La camarera de antes se acerca y les pregunta qué quieren tomar. Julia, sin consultar con las otras, responde:

—Tres gin-tonics, por favor.

—Con eso te va a entrar más hambre todavía… —le advierte Alicia.

—Lo necesito —se justifica Julia—. Con estas noticias bomba que soltáis sin anestesia ni nada...

—Tampoco es para tanto —se defiende Alicia.

—Hombre, han sido..., ¿cuántos? Unos cuantos añitos, ¿no? No te hagas tampoco la dura... —dice Paula.

—A ver, no quiero quitarle importancia, pero es que era un rollo demasiado largo que no acababa de cuajar.

—¿Y todo esto no tendrá algo que ver con Top Gun? —pregunta Julia con falsa inocencia.

—¿Qué dices, loca? Si solo nos hemos mandado cuatro mensajes subiditos...

—Bueno, bueno, entonces no he dicho nada... —Julia hace el signo de cerrarse la boca con una cremallera.

—¿Y cómo se lo ha tomado él? —pregunta Paula.

—Pues bien, tampoco hemos hecho un drama de ello. Es cierto que era un poco una relación comodín, pero sentía que él se estaba enganchando y no estábamos en la misma sintonía. Mejor dejarlo antes de que la cosa acabara en un desastre.

La camarera deja sobre la mesa las tres copas, sin interrumpir la conversación.

—Pues nada, un brindis. —Julia alza su copa—. Por los nuevos comienzos.

Paula y Alicia brindan con ella y le dan un sorbo al gintonic.

—Bueno, yo he soltado la primera bomba —se congratula Alicia—. Ahora te toca a ti, Pau. ¿Cómo vas con tu nueva relación abierta?

Paula, que estaba dando un trago a su copa, está a punto de atragantarse y le pega un codazo a Alicia.

—¿Te quieres callar? —le espeta.

—¿Qué pasa? —pregunta Alicia extrañada.

—O sea, ya es oficial, ¿no? —quiere confirmar Julia.

—Lo volvimos a hablar y al final decidimos probar.

—Pero, vamos, te adelanto que es la relación abierta más tristita de la historia porque Paula no mueve un dedo. —Alicia bebe como queriendo disimular el ataque.

—¿Y qué quieres que haga? ¿Que me descargue Tinder como si fuera una soltera desesperada?

—¿Perdona? —se indigna Alicia—. Yo tengo Tinder y no soy una soltera desesperada.

—Tú ya me entiendes... Ya sabes que eso no es lo mío.

—Hija, pues no es tan fácil conocer hombres —interviene Julia—. Y menos a estas edades. Salimos poquísimo, los solteros potables escasean y encima venimos con sorpresa incorporada.

—¡De eso yo me libro! —Alicia levanta la copa y le da un sorbo.

—Totalmente —claudica Paula—. Es imposible conocer hombres a no ser que te los presenten o... que te metas en Tinder.

—Pues a Tinder —la anima Alicia—. Porque amigos solteros guapos ya no nos quedan.

—A ver, dame tu móvil. —Julia alarga la mano hacia Paula.

—¿Qué dices, tía loca? ¡Ni de coña!

—¡Vengaaa! ¿Qué pierdes por descargarlo y echar un vistazo?

Alicia mete la mano en el bolso de Paula y saca su móvil, aunque ella intenta impedírselo.

—A ver, déjame a mí... —dice Julia, que acto seguido empieza a descargar la aplicación en el teléfono de su amiga.

—¡Lo primero! —recuerda Alicia—. Necesitamos seis fotos tuyas... ¿Cuáles ponemos?

—Elijas la que elijas, vas a tener que recortar a mis hijos de todas —le advierte Paula.

—Mira, esta es buena. Sales monísima... —Alicia continúa buscando en la galería del móvil hasta que se detiene—: ¿Y esta?

—¿En biquini? —pregunta Paula—. Vamos, ¡te mato! Que esto lo puede ver la gente del curro.

—Esa es la idea, bonita... —responde Julia sacándole la lengua.

—¡Listo! —anuncia Alicia—. Echemos un vistazo...

—De verdad que vosotras estáis locas perdidas... —Paula da un largo trago a su gin-tonic—. Bueno, venga, explicadle a la abuela cómo funciona esto...

—¡Esa es la actitud! —se alegra Alicia—. Mira, lo primero de todo es hacer un filtro... ¿Baremo de edad? ¿De veinticinco a cuarenta y cinco, por ejemplo?

—¡Halaaa! ¡Serás bruta! —le espeta Paula—. Con universitarios, lo que me faltaba...

—Bueno, pues de treinta a cuarenta y cinco...

—Sigo sin verlo. Mínimo treinta y siete..., ¡y ya me parecen demasiado jóvenes!

—Bueno, pues tú te lo pierdes —le advierte Alicia—. ¿Ponemos: «para pasar el rato y lo que surja»?

—Madre mía, yo es que me río por no llorar...

—¿Prefieres esto desde la comodidad de tu casa o te llevamos de ruta por bares y discotecas? —le regaña Alicia.

—Bueno, si me lo planteas así... Me quedo con esto, claro. Las discotecas nunca han sido mi medio. La gente que no sabemos ligar esperamos a gustarle a alguien que sepa cómo hacerlo. Es ley de vida.

—El problema es que tienes poca práctica, por no decir ninguna —se aventura Julia—. Llevas toda la vida metida dentro del nido... Pero ahora activamos esto y volvemos al mercado en menos que canta un gallo.

—Perfecto, ahora me siento más trozo de carne todavía...

—Mira, mira este... —Julia comienza la selección mientras le enseña el móvil a Alicia.

—¡Eh! Nada de darle al dedito sin que yo lo apruebe, ¡que os conozco!

—Mmm, nada, nada. Este no. ¡Uy! Y este menos...

—Madre mía, qué fauna... —se lamenta Julia.

—¿Lo veis? Si es que tengo razón.

—Mira este. —Alicia señala la pantalla—. Un *like* que te llevas, guapetón.

—¡Te mato! En serio, Ali, devolvedme el móvil antes de que ocurra un desastre.

—Pero sigue mirando, que hay material. —Alicia no se da por vencida—. Cuesta un poco, pero hay que ir sembrando. En unos días seguro que tenemos cinco o seis *matches*.

—¿Y luego qué hago yo con esa patata caliente?

—Joder, y pensaba que yo estaba oxidada... —dice Julia entre dientes.

—Pues, hija, empiezas a chatear tranquilamente a ver si encajas con alguno. Como se ha hecho toda la vida de Dios, pero ahora a través de la pantalla —le aclara Alicia y le devuelve el móvil.

—A ver, y si no..., prueba a tontear con el camarero, que es mono.

—¡Toma ya! ¡Ideaca! —Alicia apoya la propuesta—. Ojo, que ahí viene.

—¿Estáis locas? Que ya no tenemos quince años.

—Buenas noches, chicas. ¿Ya sabéis lo que vais a pedir? —pregunta el camarero con una cortesía impecable.

—Pues... tenemos dudas... Mi amiga soltera tiene ganas de un *steak tartar* —arranca Alicia con tono sexy a la vez que señala a Paula con la mirada.

—Qué vergüenza, por favor —murmura Paula mientras se tapa un lado de la cara.

—¿Es muy picante? —continúa Alicia con sus indirectas.

El camarero se ríe y contesta:

—No mucho, lo justo. Eso sí, está buenísimo.

—Está buenísimo —repite Julia mirando a Paula—. Paula, ¿has oído?

—Perdona a mis amigas, se han tomado medio gin-tonic sin cenar y les ha sentado mal —se excusa Paula.

Las dos se ríen mientras el camarero les sigue el juego con cordialidad durante un rato. Cuando se aleja, Paula les golpea el brazo a la vez.

—¿Cuándo vais a crecer? —las regaña—. No salgo más con vosotras, de verdad...

—Bah, en realidad no era tan guapo —dice Julia.

—Tal cual, era un Monet —completa Alicia.

—¿Un Monet? Me da miedo preguntar. —Paula siempre siente cierto temor ante las definiciones de su amiga.

—Sí, un Monet —explica Alicia—. Tiene un buen lejos y un mal cerca, un clásico de la confusión. Sobre todo de noche y con alguna copita de más...

Julia se ríe mientras Paula niega con la cabeza aguantándose la risa.

—Seguimos con el trabajo. A ver. —Julia coge de nuevo el móvil de Paula y continúan mirando perfiles.

—No. No. Este menos. No. No. Tampoco. —Paula hace la selección sin piedad—. ¡Por Dios! ¿No hay mejor foto que subir que un selfi en un baño alicatado? Penoso. Horrible. Delincuente. Adicto a los anabolizantes. No. Mmm..., bueno, este no está mal. Expresidiario. Menudo ramillete... ¿Seguro que has puesto bien el filtro? Qué denigrante todo...

—A ver, para encontrar una flor hay que pasearse por la selva. Ten paciencia —la intenta tranquilizar Alicia.

—Este está bien, ¿no? ¡Pues *like* para ti, guapo! —dice Julia esperanzada.

—Paraaa... —le ordena Paula.

De repente, un *match*.

—Tomaaa, tu primer *match* de Tinder —le dice Julia.

—Hala, ¡ya te has desvirgado! Ahora empieza lo bueno —continúa Alicia.

—Venga, pues seguimos, que estamos en racha... —se anima finalmente Paula.

Entre perfil y perfil, de repente aparece en la pantalla el compañero de trabajo de Alonso, el mismo que Paula quería presentarle a Mía.

—Hostia, mira quién está aquí... —dice Julia.

—Hombre, el diamante en bruto que querías encasquetarle a Mía —recuerda Alicia.

—¿Marcos? A ver... No me lo imaginaba en Tinder, la verdad.

Julia le pasa el móvil a Paula, y esta, al cogerlo, le da *like* sin querer. Las tres se quedan mirando la pantalla calladas.

—Mierda... —murmura Paula.

Julia y Alicia empiezan a reírse a carcajadas por la cagada de Paula mientras ella no aparta la vista del móvil y piensa cómo solucionar la vergonzosa situación.

—¿Qué hago, chicas? ¿Esto no se puede eliminar? Ay, me quiero morir... Me desinstalo la aplicación ahora mismo.

—Ahora qué más da, si ya lo ha visto —dice Alicia.

—Es que no va a entender nada y se lo va a contar a Alonso.

—¿Y a ti qué te importa? —pregunta Julia—. Te recuerdo que no estás haciendo nada ilegal.

Paula le da un gran trago al gin-tonic, se le ha secado la garganta de la vergüenza que está sintiendo.

—A ver cómo salgo de esta ahora —insiste—. ¿Le escribo y le digo que me he confundido? No sé. A lo mejor no lo ve...

Julia y Alicia se miran entre ellas, haciendo un gesto de incredulidad con los ojos.

—Lo va a ver. Claro que lo va a ver —continúa Paula—. Yo me quiero morir.

Deja el móvil encima de la mesa y a los pocos segundos se enciende la pantalla. Las tres acercan la cara al teléfono. Julia incluso se levanta de la silla para verlo mejor. Marcos ha respondido al *like* y acaba de aparecer una notificación de *match*.

Las dos amigas pegan un grito mientras Paula, abochornada, se tapa la cara con las manos.

—Mierda, mierda... —dice de forma nerviosa—. ¡Si es que para qué coño os hago caso! Mirad cómo acabo.

—¡Tienes un mensaje de Marcos! —le grita Alicia interrumpiéndola.

—¡Será verdad! —dice Julia incrédula.

Pero bueno, ¡tú por aquí!
Esto sí que no me lo esperaba...

Cuando te cuente no te lo vas a creer...

Inténtalo. Llevo ya un tiempo en Tinder,
así que pocas cosas me sorprenden ya...

Verás como no te deja indiferente

—¿Perdona? —interrumpe Alicia, que no pierde detalle de la conversación—. ¿Estás tonteando? ¡Mírala! Muy inexperta, pero el zorreo le sale innato.

—Pero ¿qué estás diciendo, loca? Si es Marcos. Lo conozco desde hace mil años. Es amigo de Alonso y compañero de trabajo. Ya os dije que era majísimo, pero me lo echasteis para atrás como pretendiente para Mía.

—Ojito con Marcos... —dice Julia.

—Por favor, seamos serias —les pide Paula.

¿Quieres probar? Tomamos un café
y me cuentas. Si me sorprendes, invito yo

Me encantan los cafés gratis

—¡Una hora en Tinder y ya tiene una cita! —celebra Alicia.

—Esto no es una cita —le recuerda Paula—. Es un amigo de mi marido y solo voy a aclararle el asunto. Quizá él también pueda darme info de la otra parte...

—Esto es un *win-win* de cajón. Ojo, que el Monet se acerca. —Julia señala con la cabeza al camarero que viene con la cena.

Las tres se vuelven a reír del concepto «Monet» y brindan de nuevo con sus gin-tonics a medio beber.

—Oye, ¿y qué tal Roberto con el trabajo? —pregunta Paula a Julia—. ¿Sigue tan a *full* como siempre?

—Pues la verdad es que lo veo fatal. Lo noto muy ausente y estresado, como si tuviera la cabeza siempre en otro lado. Vamos, no lo veo enfocado. Llega tardísimo a casa y viaja varios días a la semana, por lo que duerme fuera, con todo el lío que eso conlleva. Además, los niños están en una edad muy complicada y él no está ni la mitad de los días. Paula seguro que me entiende. Cuando lo llamo no me contesta... Estoy preocupada.

—Claramente tiene que estar pasando una fase de ansiedad. Por lo que cuentas, parece estresadísimo —analiza Paula.

—Está a punto de cerrar una fusión con sus socios, y si no sale bien, le va a dar un infarto. Mi madre volvió a preguntarme el otro día si tenía depresión.

—Pues puede ser... —sugiere Paula.

—Le propuse que empezara terapia, que le iba a ir bien..., pero me dijo lo mismo de siempre, que no tenía tiempo y que necesitaba solucionar los temas pendientes para respirar tranquilo.

—¿Y no sospechas que pueda estar con otra? —pregunta Alicia.

—Alicia... —la censura Paula.

—¿Qué pasa? Todo puede ser... —se defiende.

—No, no creo. O sea, que no. Imposible. Si no tiene tiempo ni para comer ni para ver a sus hijos. Se pasa las semanas de un lado para otro. Imposible que encuentre el momento para follarse a una tía. Es que no lo veo…

—¿Le has mirado el móvil? —continúa indagando Alicia.

—¡Qué va! —responde Julia indignada—. No lo he hecho siendo adolescente, ¿lo voy a hacer ahora? Además, él siempre tiene el teléfono encima, nunca lo deja por ahí. Pero, vamos, no se lo miraría ni loca.

Alicia no quiere insistir más en el tema, pero ella es perra vieja, y, por las situaciones que cuenta Julia, está claro que algo está pasando por detrás. Quizá Julia no quiera verlo o acaso ella sea demasiado mal pensada, pero algo no anda bien ahí. Y la situación no tardará en explotar si las sospechas de Alicia son ciertas.

—Bueno, pues brindemos ahora por nosotras —Alicia levanta la copa—, que bastante tenemos con lo que tenemos.

Apuran el gin-tonic y, nada más dejar el vaso en la mesa, Julia levanta la mano para pedirle otra ronda a Monet. Si algo tienen claro esta noche es que, al menos, acabarán borrachas.

# 29

Por fin llega el día del preoperatorio de Top Gun. Después de dos semanas de chats subidos de tono, Alicia va a tener que enfrentarse cara a cara con Alejandro y ahora mismo lo único que quiere es esconderse debajo de la mesa, y no para cumplir ninguna fantasía precisamente. A pesar de ser muy desinhibida y echá p'alante, le da muchísimo corte encontrarse con su pornochat, que encima es un paciente. Un papelón. Y es que una es muy valiente detrás de la pantalla, pero, a la hora de la verdad, todas nos acobardamos un poco.

Por suerte para ella, en la consulta estará también Susana, médico en prácticas que trabaja en el hospital la mayoría de las tardes. Alicia le ha pedido que asista para «tratar un caso interesante a nivel médico». Interesantísimo, sí...

A la hora la cita (médica) con Top Gun, Alejandro Somoza según su ficha, él ya está en la sala del hospital, esperando a que lo llamen. Tiene las piernas cruzadas mientras mira el móvil, está vestido de civil: un pantalón azul y una camisa blanca con las mangas algo remangadas y el cuello un poco abierto.

Escucha su nombre por megafonía y se dirige con semblante tranquilo a la consulta. Entra y saluda con una sonrisa alargando la mano a las dos mujeres, que se levantan de la silla para devolverle el saludo acompañado por una tímida sonrisa. Alicia empieza a explicarle el procedimiento de la operación, que tendrá lugar en dos semanas, y le pide los papeles de los estudios que le han realizado en estos días.

—Bueno, yo lo veo todo fenomenal por aquí —dice Alicia con tono profesional mientras repasa los informes e intenta evitar mirarlo directamente a los ojos—. ¿Te ha dolido en estos últimos días?

—Solo durante el sexo —contesta Top Gun—. Y también un día jugando a pádel, pero el resto ya no.

Alicia continúa mirando los informes médicos mientras lo escucha y asiente con la cabeza.

—Vamos a la camilla y así te reviso. —Le señala con la mano hacia dónde tiene que ir.

Top Gun se desabrocha la camisa y se sienta en la camilla con el torso descubierto, ese que está fuerte como el limón. Igualito que la última vez que lo vio en la pantalla.

—Susana, ¿puedes llevar esto al laboratorio para que chequeen este valor y así ya pedimos el quirófano para dentro de dos semanas? —dice Alicia a su ayudante mientras le alarga los papeles del escritorio.

Susana obedece y enseguida los amantes virtuales se quedan solos en la consulta. Alicia se acerca a él para palparle el pectoral y buscar el pequeño bulto interior. Lo toca con una mano mientras con la otra se apoya en su pecho.

—¿Y? —le pregunta Alejandro—. ¿Ya has valorado mi propuesta?

—Por Dios, qué vergüenza estoy pasando —le confiesa Alicia mirando al techo.

—Pero ¿por qué? ¡No seas tonta!

—Por favor, Alejandro, porque eres mi paciente. Tengo que ser seria, que te opero en dos semanas...

—¿Y eso qué tendrá que ver? No pasa nada por divertirse fuera del trabajo, ¿no?

—Vamos a dejarlo hasta que acabe con esto, que no me concentro. ¡Y deja de escribirme esas guarradas, por Dios!

—Pero ¡qué farsante eres! —Alejandro suelta una carcajada que rebota en las paredes de la consulta—. Si tú me sigues el rollo...

—Hombre, es que me calientas el hocico...

—¿Solo el hocico? —le susurra mientras la agarra de la cadera con las dos manos y la acerca hacia él, encajándola entre las piernas.

—Estás loco, de verdad... —Le quita las manos y se aparta unos pasos al mismo tiempo que gira la cabeza hacia la puerta para asegurarse de que sigue cerrada.

—Pero ¿qué pasa? —le insiste él—. ¿Que tú no tienes ganas?

Alicia se aleja hacia el escritorio, intentando poner espacio físico de por medio, y le contesta:

—Sí, claro, pero no aquí. Que estoy trabajando. Un poco de seriedad, ¿vale?

—Bueno, bueno... —murmura algo decepcionado y se abrocha la camisa.

La doctora se vuelve para echar un último vistazo al cuerpo cincelado de Alejandro. Al fin y al cabo, a nadie le hará mal que lance una última mirada antes de que acabe el espectáculo.

—¿Entonces te veo en dos semanas? —retoma Alicia con un renovado tono profesional—. Bueno, te veo... ¡Te opero, más bien!

—Sí, claro, nos vemos para la operación y lo que surja... —le dice Alejandro con una sonrisa socarrona—. Por cierto, ¿cuánto tiempo necesito de reposo tras la operación, doctora?

—Por lo menos cinco días sin ningún tipo de esfuerzo. Nada de pesas o de fuerza con los brazos.

—¿Y sin sexo? —le pregunta con una media sonrisa picarona.

—Madre mía, estamos un pelín obsesionados, ¿eh? —contesta mientras abre exageradamente los ojos, que miran a la pantalla, y mueve el ratón para imprimir un archivo—. Pues lo mismo, la idea es no hacer ningún tipo de fuerza ni con los brazos ni con el pecho.

En ese momento regresa Susana y, tras una pequeña charla acerca del procedimiento, se despiden de la misma forma que se saludaron, dándose la mano.

—Madre mía, que bueno está este tío, ¿no? —suelta Susana después de haberlo acompañado a la puerta.

—Ah, ¿sí? Yo no sé si es mi tipo... —responde Alicia distraídamente en un intento por disimular los nervios que siente en este momento.

La ayudante sale de la consulta y Alicia se deja caer en la silla. Se siente agotada, como si acabara de correr una maratón. Empieza a abanicarse con la mano, ya que le han entrado unos buenos calores por culpa de la tensión del momento, de la vergüenza y, por supuesto, de los abdominales de Top Gun. Y como no tiene suficiente, agarra unos papeles que hay sobre la mesa y se da el aire que le falta.

Cuando se le pasa el sofoco, saca el móvil de un cajón, abre el chat ceramiquero y escribe: «Acaba de irse Top Gun. Ahora os cuento». Casi no ha acabado de mandar el mensaje cuando el chat se llena de memes. Alicia se ríe mientras los lee, pero el ruido de la puerta al entrar el siguiente paciente la devuelve a la realidad.

# 30

Un montón de proyectos inacabados llenan las baldas del taller de Nunchi. Constituyen un caos maravilloso. Para el que le guste este mundo, claro está. Si Marie Kondo entrara aquí, se caería desplomada al ver tal cantidad de objetos de arcilla cubiertos por bolsas de supermercado, botes de esmaltes de todos los tamaños y un millón de moldes. No obstante, es un caos ordenado, ya que Nunchi lo tiene todo impecable. Pero este desorden salpicado de arcilla está presente en cualquier taller de artes visuales y es, sin duda, lo que lo hace especial.

Cuando ya están con el delantal puesto frente a sus piezas, Alicia aparece de sopetón. Se escuchan aplausos y gritos festivos entre las chicas en señal de escandalosa bienvenida. Ella se ríe mientras niega con la cabeza, se quita la chaqueta y se pone el delantal.

—Muy fuerte, muy fuerte todo. Muy fuerte —repite sin parar.

—Anda, cuenta ya, ¡que nos tienes en ascuas! —le dice Mía.

—¿Qué ha pasado en la consulta? —le pregunta María—. ¿Habéis follado?

—Pero ¿qué dices? ¿A las seis de la tarde y con mi jefe en la consulta de al lado?

—¿Y qué pasa con eso? —responde María con tono de indignación.

—¡A Moisés le vas a hablar de lluvia! —dice Paula en referencia a María y a sus múltiples encuentros sexuales en los lugares más extraños.

—Bueno, no la interrumpan —pone orden Nunchi—. ¡Que cuente el chisme!

—A ver, lo he atendido en la consulta, aunque también estaba mi compañera Susana. Yo me sentía muerta de la vergüenza, no sé por qué.

—¿Vergüenza tú? —pregunta Julia sorprendida—. ¿Y entonces qué nos queda a las demás?

—Sí. No sé qué me pasa con este tío, pero me cohíbe un montón. Tiene mucha energía sexual y me bloqueo cuando se acerca.

—¡Ah, claro! ¡Pero en los chats bien que le sigues el rollo! —le recuerda María.

—Hombre, detrás de la pantallita todas somos muy echás p'alante. Pero luego se te pone ese armario ropero delante y normal que una se bloquee.

—Aaay... —María le lanza una sonrisa a Alicia de forma burlona.

—¿Iba con el uniforme? —quiere saber Mía—. Es que asumamos ya que los uniformes tienen un poder de seducción adicional contra el que las mujeres no podemos luchar.

—Concuerdo —apunta Alicia.

—¿De verdad os ponen los tíos con uniforme? —pregunta Paula—. Yo qué queréis que os diga...

—Hombre, un gasolinero quizá no... —aclara María mientras todas se empiezan a reír—. Pero un soldado, un policía, un bombero...

—Un médico... —añade Mía—. A mí los uniformes de hospital me ponen un montón.

—Chicas, os tendríais que escuchar... —dice Julia.

—El *sex appeal* de los uniformes siempre ha existido —concluye Nunchi—. Luego ya el rubro..., ¡que cada una elija el que le pone más!

—En esta ocasión iba de civil —interviene, finalmente, Alicia—. ¿Se dice así? Bueno, eso, que no iba con uniforme. Pero, vamos, que llevaba una camisa a punto de reventarle los brazos y que yo solo pensaba en sacarle a bocados.

—¡Di que sí! —celebra María.

—El tío se pasó todo el rato insinuándose, y os juro que no se le movía ni un pelo. Lo que más me pone no es el uniforme, sino la seguridad que tiene el cabrón. Eso es lo que me desarma. Como que siempre va un paso por delante en el juego de la seducción. Se ha quitado la camisa y, cuando me he acercado a palparle el quiste, se me ha lanzado.

Todas gritan a la vez un «¡¡¡halaaa!!!» que hace retumbar el taller.

—No os imaginéis cosas raras, que no ha pasado nada. Pero porque me he apartado, también os digo. Pero el tío bien, ¿eh? Muy dulce y muy respetuoso, no en plan baboso. Aunque, claro, lo que os digo, luego no tiene miramientos. A este le gusta el mambo, os lo digo yo...

—¿A qué te refieres? —pregunta Paula—. ¿Crees que es un pervertido?

—Os lo cuento, pero no podéis decir nada, ¿eh? Que es un paciente...

—¡Anda, anda! ¡No te hagas la mosquita muerta! —le reclama María—. Que llevas dos semanas con los chats porno y por tu culpa estamos todas más calientes que el palo de un churrero. ¡Opéralo y echad de una vez el polvazo que todas nos merecemos!

—Esta vez no la voy a contradecir... —anima Nunchi, sonriente.

—Se está haciendo un poco largo el mamoneo, sí —añade Mía.

—Ya os he dicho que hasta que no lo opere no quiero dar ningún paso. A ver si me meto en un follón con la clínica y la lío. Paso. Bueno, lo que iba a contaros. La otra noche, charlando…

—Sobre las guarradas que vais a hacer cuando esté operado… —la corta María.

—¿Solo habláis de temas porno? —pregunta Paula.

—Nada, que no me dejan contarlo… —se indigna Alicia, medio en serio medio en broma—. Sí, la verdad es que la mayoría son conversaciones subidas de tono. Él lo tiene clarísimo y yo le sigo el rollo porque me pone mucho. Hablamos de temas tontos del día, pero nada profundo. Y a lo que voy. El otro día, hablando de las guarradas que vamos a hacer… —retoma con retintín mientras mira a María— me manda una foto.

—¿Qué tipo de foto? —Paula mira a todas sus compañeras en busca de respuestas—. ¡No! ¿Del pene?

—Madre mía, Paula, ¿de qué guindo te has caído? —dice María—. El rabo de Top Gun lo ha visto ya mil veces. En vídeo, foto… ¡Un *book* tiene!

—Qué exagerada eres… —le replica Alicia sin dejar de trabajar en su pieza.

—Estoy flipando. ¿Qué clase de cortejo es este? —insiste Paula—. ¿Tan mayor soy?

—Cortejo, dice… —Mía no puede aguantarse la risa—. ¡Esta empezó con Alonso en el medievo!

—Chicas, ahora ya no hay filtros. —María se pone pedagógica—. Mientras no enseñes la cara… todo vale. Ya les da igual salir como Dios los trajo al mundo y mandar el vídeo a cualquiera. Hasta con cara me han mandado fotos a mí.

—¡Les chupa un huevo! —sentencia Nunchi—. ¡Libertinaje total!

—Tal cual —confirma Alicia— Nos hacemos llamadas y los dos ahí, dale que te pego. Yo nunca enseño la cara ni nada, pero él no deja nada para la imaginación.

—Con ese cuerpo tallado yo también lo enseñaría a mi público —reconoce María.

—Pero no, no me refería a una foto del pollón —retoma Alicia—. Porque aclaro desde ya que Top Gun calza muy requetebién.

—¡Me están entrando hasta ganas de tirármelo a mí! —dice Julia entre risas.

—¡A la cola, guapa! —replica Alicia con cierto sarcasmo.

—Pero entonces ¿de qué era la foto? —Paula no aguanta más la intriga.

—Pues de un montón de *gadgets* y aparatos raros —suelta Alicia por fin—. ¡Al tío le va el sado!

—Qué suerte tiene la hija de la gran puta...A mí siempre me tocan sonados —se queja María, un tanto celosa.

—Pero ¿a qué te refieres con *gadgets*? —quiere saber Paula.

—Yo qué sé para qué sirven. Yo como mucho he usado esposas y vibradores. Ahí se acaba mi experiencia con el sadomasoquismo. Pero le vi látigos, cuerdas, aparatos de aluminio, cuero... Un montón de cosas.

—Vamos, la colección completa —resume Mía.

—Ahora os enseño la foto, a ver si alguna identifica algo. Porque miedo me da...

Alicia se limpia las manos en el delantal y saca el móvil del bolsillo para mostrarles la foto. Todas se sorprenden.

—Lo que tiene que follar este tío para que le salga a cuenta la inversión... —Es lo primero que dice Julia.

—Una contable nunca deja de ser contable... —bromea Mía mirando a Julia, haciendo referencia a su profesión.

—A mí lo que en realidad me da miedo es que me haga algo raro —confiesa Alicia—. No sé, he estado con tíos raritos, pero nunca he hecho esto. Él me dice que me deje llevar y que disfrute, que no lo voy a olvidar nunca. Y, claro, llegados a este punto, con lo cachonda que me tiene..., como si me propone el columpio de la muerte, que yo me subo.

—Ah, pero... ¿también tiene un columpio? —pregunta Paula.

—¿Cuándo se concreta oficialmente la cita sadomasoquista, entonces? —quiere saber Mía obviando el inocente comentario de Paula.

—Lo opero en dos semanas y luego tiene que hacer una semanita de reposo... Así que calcula.

—Con los dientes largos tres semanas más —dice Paula—. Te compadezco, amiga...

—Que sepáis que no es tan raro esto del sado. Es más común de lo que pensamos... —se hace la entendida María.

—Aaah, ¿vos ya conocés el mundillo? —pregunta Nunchi.

—Pues no he profundizado mucho en el tema, pero conozco muchos casos —aclara María—. Mira, el otro día cuando vendí el armario de mi despacho vino a recogerlo una chica acompañada de un manitas que iba a desmontarlo y a cargarlo. Y mientras el muchacho estaba liado con las maderas nos pusimos a charlar. Le pregunté para qué lo quería y me dijo que era para su estudio. Y de pronto me suelta: «Es que soy dominatrix». Vamos, que me enseñó su página web y todo... Curradísima. La tipa tiene un estudio y atiende allí a los hombres. Doscientos cincuenta pavos a la hora les cobra, no os creáis. Telita.

—¿Qué dices? —pregunta Mía incrédula.

—Claramente me he equivocado de curro... —reflexiona Paula en voz alta.

—¿Y qué es lo que hace? —se interesa Julia—. ¿Solo les pega? ¿O tiene que follar con ellos también? ¿Es puta, entonces?

—A ver, imagino que tampoco la interrogó. ¿O sí? —duda Alicia mientras dirige la mirada a María.

—¡Yo le habría hecho el tercer grado, vamos! —apunta Mía.

—No, no la interrogué. Pero sí le pregunté eso, si tenía sexo. Y me dijo que no. Ni siquiera los masturba, y ellos ni la pueden tocar. Solamente los humilla, los degrada y les hace daño físico.

—Solamente, dice —ironiza Nunchi.

—Ojo, que puede ser el trabajo soñado… —observa Alicia—. Doscientos cincuenta euros por soltarle dos guantadas a un tío que ni conoces… Ahí es nada…

—Yo creo que sí es puta —afirma Julia—. O sea, al final los hombres se ponen con eso, ¿no? Tendrán que acabar… ¿O luego se pajean en su casa?

—A mí perdonadme, pero yo me pierdo en este mundo de perversión… —dice Paula escandalizada.

—Pues a mí un azote de vez en cuando sí me pone —reconoce María—. En plan momento dominante del macho cabrío.

—Halaaa…, machismo en estado puro —la censura Julia.

—No te digo que no, pero me pone —se defiende María—. Ahora, no sé si me gusta tanto como para que me pellizquen los pezones con pinzas mientras estoy atada de pies y manos…

—Bueno, imagino que habrá unas normas y unos límites —aventura Mía.

—Lo sabremos en el siguiente capítulo. —Se ríe María.

—Yo creo que lo mejor será que la primera cita la tengáis en tu casa, y luego ya vais viendo si hacéis las *Cincuenta sombras de Grey* en la suya —propone Paula.

—Estoy de acuerdo… —concuerda Julia—. Y el móvil siempre al ladito para la llamada de emergencia si fuera necesario.

—Chicas, que es sado, ¡no un asesino! —les recuerda María.

Alicia saca un trozo de arcilla de la bolsa, lo corta y lo pesa en la balanza. Quiere empezar una pieza nueva. Luego lo coloca sobre la tabla de madera y lo golpea con el mazo, que es lo primero que se hace antes de pasar a moldearlo y a afinarlo con el rodillo.

—Yo, por si acaso tengo suerte y me sale el trabajo…, ¡voy practicando! —dice Alicia mientras golpea el barro con cara de satisfacción.

Todas se ríen y luego se concentran en sus piezas. Una pinta, otra amasa, otra lija, otra pule los detalles… En el taller cada una trabaja de forma individual, pero a la vez colectiva, puesto que la energía femenina fluye mucho más cuando se trabaja con las manos. Es increíble dar forma al barro, dejar que recorra la piel desnuda y notar que los sentimientos, tanto buenos como malos, fluyen. Por eso en el taller se habla de cosas mucho más íntimas y profundas que las que pueden surgir tomando un café o en una cena. Esta es, precisamente, la magia de la cerámica.

# 31

Sofía entra en el apartamento de Jorge, situado en un tranquilo barrio de la zona alta de Barcelona. En realidad, no comparten piso, pero como ella viaja muchísimo por su trabajo como analista de políticas públicas en varias organizaciones intergubernamentales, los pocos días que pasa en la ciudad suele dormir en su casa. Es una chica alta y rubia, con el pelo perfectamente planchado. Viste de forma clásica, no solo por su trabajo, sino porque le gusta ese estilo y lo usa a diario. Siempre lleva la ropa impecable, las manos perfectas y unos buenos zapatos de tacón.

Nada más entrar en el apartamento de diseño y con grandes ventanales, se pone a deshacer la maleta. Al cabo de un rato, aparece Jorge.

—¿Amor? —pregunta dubitativa Sofía—. ¡No te esperaba tan pronto!

—Yo directamente no te esperaba —le responde él—. ¡No me has dicho nada!

—Te escribí ayer para decirte que llegaba hoy...

—Ay, perdona, se me ha pasado. Es que tengo un lío en el trabajo... Por eso quería ir al gimnasio a despejarme un poco.

Jorge le da un beso fugaz a Sofía en los labios y se dirige al vestidor para cambiar el traje gris por la ropa de deporte.

—Te veo en un rato, ¿vale? —dice él sin darle demasiadas opciones mientras se coloca los AirPods y sale por la puerta con una actitud más bien fría.

En el gimnasio Jorge hace máquinas y pesas. Es un centro solo para hombres donde predominan los colores oscuros. Es minimalista y está lleno de espejos. Además, siempre está limpio y reluciente.

Pese a que quiere centrarse en su rutina y evitar pensar, los encuentros con Mía en México y en el cuarto de las fotocopias no dejan de cruzarse por su mente, impidiéndole incluso contar las repeticiones. Sentado en el banco, deja la pesa en el suelo y se seca la cara con la toalla. Se mantiene unos segundos tapándosela como si quisiera dejar la mente en blanco, cosa que no acaba de suceder. Por primera vez en su vida no sabe cómo afrontar una situación. Lo único que tiene claro es que no puede estar más tiempo separado de Mía mientras mantiene una relación en la que ni siquiera cree.

Cuando acaba de entrenar, vuelve a casa rápidamente, se quita la ropa y se dirige a la ducha.

—Eh... ¿Y a ti qué te pasa, que estás tan raro? —lo intercepta Sofía agarrándole del brazo antes de que entre en el baño.

—Tenemos que hablar... —contesta Jorge con la cara constreñida.

—Me estás asustando...

—No me jodas, Sofía, no te hagas la loca. Sabes de sobra que esto no va bien. Tú nunca estás y hace mucho tiempo que no compartimos nada —explota de repente.

—¿Qué me estás contando, Jorge? —se revuelve Sofía—. Llevo cinco años apoyándote en todo. En tus proyectos, en tus empresas..., en todas tus movidas. Y sin esperar nada a cambio. Bueno, sí, un anillo que nunca llega. Si es que mis amigas tenían razón...

—¿Tus amigas? ¿Qué pintan ahora tus amigas en esta conversación?

La tensión flota en el aire como una nube oscura que lo quiere envolver todo. Jorge se ha sentado en el sofá y bebe agua con la mirada perdida en el horizonte mientras Sofía se mueve de un lado a otro de la habitación, haciendo gestos nerviosos y con un semblante serio, mezcla de rabia y preocupación. Han pasado cinco largos años desde que decidieron iniciar una relación que, para muchos, parecía idílica. Sin embargo, tras la fachada de armonía, la realidad siempre ha sido muy diferente. La vida de Sofía está marcada por sus frecuentes viajes, lo que deja a Jorge a su aire la mayor parte de la semana. Y aunque han tratado de mantener la conexión con llamadas y mensajes, la distancia física ha creado una brecha emocional que se ha vuelto cada vez más difícil de ignorar.

Jorge se encuentra atrapado en una red de expectativas sociales y presiones familiares. Sus padres son amigos de los de Sofía, y desde el principio todos han esperado que la relación se convirtiera en un compromiso más formal. Casarse y formar una familia, siguiendo el camino preestablecido por la sociedad, algo que se antoja inevitable. Pero él nunca ha dado el paso.

—Creo que hemos perdido el rumbo, al menos en lo que respecta a nuestro camino juntos —dice Jorge—. Tenemos que ser sinceros, tanto tú como yo. Si no, es imposible.

—¿Quieres sinceridad? —se envalentona Sofía—. Pues empieza tú y cuéntame lo que está pasando aquí, porque llevas semanas ausente. Y no me digas que es por mis viajes. Te conozco y estás distinto.

Sofía vuelve a meter sus cosas en la maleta. Quiere salir de ahí lo más rápido posible porque, al igual que una niña pequeña, cree que si se marcha del apartamento y no deja terminar de hablar a Jorge, el final que se está imaginando nunca va a suceder.

—No te vayas así, Sofía.

—No, claro. Si quieres me voy saltando y bailando. —Lo mira con gesto retador—. Esto no me lo esperaba, tío. Verás mis padres. Y los tuyos ni te cuento.

Sofía, herida y molesta, interpreta esta pelea como una mera crisis. Por mucho que su boca esté diciendo otra cosa, en el fondo piensa que es una excusa para pasar un tiempo separados, dejar que las aguas se calmen y arreglarlo todo de nuevo. En cambio, para Jorge es, claramente, el fin de su relación. Siente un gran dolor, porque han sido muchos años juntos y por la cercanía que tiene con la familia de ella. Pero, antes que todo eso, ha sentido un enorme y curativo alivio.

# 32

Es una tarde de domingo lluviosa. Mía se encuentra sentada en el sofá de su apartamento tomando una taza de café con leche y perdida en sus pensamientos mientras escucha el sonido del agua golpeando suavemente la ventana. Cuando se enteró de que Jorge tenía pareja, decidió tomar distancia para sanar las heridas. Recayó en México, pero ahora intenta alejar de su mente aquellos días, aunque no dejan de atormentarla a todas horas. Cuando cierra los ojos, aquella noche vuelve a su cabeza como un *flashback* en una película. Pese a sus esfuerzos por olvidarlo, el recuerdo de Jorge sigue castigándola. Su piel, su mirada, sus manos en contacto con su cuerpo... Cada recuerdo está impregnado de rabia, puesto que le trae a la mente aquello que ella sueña en lo más profundo de su corazón canceriano y que nunca sucedió.

Cuando se dispone a leer el nuevo libro de Elísabet Benavent para distraerse y pasar esta tarde gris lo más apacible posible, un inesperado mensaje ilumina la pantalla de su teléfono. Su corazón da un vuelco en cuanto ve el nombre de Jorge:

Lo he dejado con Sofía

Mía, que se acaba de enterar del nombre de ella, se queda helada con el móvil en la mano y sin saber qué contestar. Asustada, intenta alejarse el aparato como si por la pantalla él pudiera ver la cara de shock que se le ha quedado. Se acomoda en el sofá, se rodea las rodillas con los brazos abrigados por uno de sus suéteres de punto favoritos y clava, esta vez desde la distancia, la mirada en el teléfono. Se acerca a la pantalla cuando se vuelve a iluminar con un mensaje nuevo:

> Entiendo que no quieras saber nada,
> pero me gustaría que tuviéramos
> una oportunidad juntos.
> Creo que nos lo merecemos

En este preciso instante siente una mezcla de emociones abrumadora. Por un lado, está el deseo ardiente de perdonar a Jorge y retomar lo que ni siquiera ha empezado. Pero por otro está el miedo a ser lastimada de nuevo y a abrir su corazón solo para que acabe destrozado por culpa de otra de sus malas elecciones. Le da pánico pensar que esta aventura se pueda convertir en otro cuento con un final que Mía ya conoce de sobra.

> ¿Estás en casa? Déjame ir a verte a tu casa
> y hablamos, por favor

Mía sigue sin contestar. Le queman los dedos por hacerlo, pero, en realidad, no sabe qué decir. La lluvia sigue cayendo sin descanso. Empieza a dar vueltas por su apartamento como un hámster en una rueda. Imagina que Jorge ha entendido la falta de respuesta como un rechazo a su propuesta. Se muere de ganas por contestarle con su dirección, pero no quiere meterse de nuevo en la boca del lobo.

Dentro de este caos, un pensamiento de lucidez cruza por su mente como una bala disparada a mil kilómetros por hora: «¿Le temes a un nuevo amor o a un viejo dolor?».

Al rato de haber recibido el último mensaje de Jorge, suena el timbre de la calle y el corazón le da un vuelco.

—¿Sí? —contesta al telefonillo.

—¿Mía? Ábreme, soy yo.

Se queda con la boca abierta y su respiración se acelera. La voz inconfundible de Jorge, que está en el portal de su casa, la ha dejado aturdida. Un millón de pensamientos sin sentido bullen en su cabeza: «¿Cómo ha sabido mi dirección?», «¿qué hace aquí si no le he contestado?», «¿cómo voy a abrirle si voy en *shorts* de pijama y con un suéter viejo?», «me quiero morir, esto no puede estar pasando», «necesito abrirle», «necesito escucharlo».

Uno de esos pensamientos ha sido más fuerte que el resto y con un gesto rápido le ha dado al botón de abrir. Se acerca al espejo del recibidor para colocarse un poco el flequillo despeinado y se da un par de pellizcos en los pómulos para que su tez pálida coja algo de color. Por muy fea que se vea, en realidad está preciosa porque nadie como ella sabe lucir la belleza natural. No obstante, tiene bastante claro que no es el tipo de reencuentro que imaginaba con este chico.

Escucha a Jorge subir las escaleras a toda velocidad mientras ella espera impaciente. Cuando Mía abre, se encuentra al otro lado de la puerta al hombre más guapo del mundo con unos tejanos y una sudadera deportiva con capucha totalmente empapada por la lluvia. Lleva el pelo despeinado y húmedo, algunas gotas de agua le resbalan por el rostro. Respira agitado por la carrera que se ha dado al subir las escaleras, ni siquiera ha querido esperar al ascensor de las ganas que tenía de verla.

Mía no articula palabra, pero su mirada habla por ella. Se funden en un beso en la misma puerta. Mía agarra la cara mojada de Jorge con las manos y sus dedos resbalan por su piel húmeda. Jorge la toma por la cintura y la empuja con suavidad al interior del apartamento; cierra la puerta con el pie. Se besan apasionadamente. No hacen falta las palabras. El beso se antoja interminable. Jorge despega los labios y le besa el cuello y el hombro que el jersey extragrande de Mía deja al descubierto. Ella empieza su particular viaje al paraíso.

Sin separarse, pegados como si de dos polos de imanes opuestos se tratara, llegan al sofá. Jorge la tumba sin dejar de besarla y reclina su cuerpo mojado sobre el suyo. Fuera se ha desatado una tormenta, pero ellos han encontrado su refugio, el uno junto al otro. Ella empieza a quitarle la sudadera mojada, él apoya las rodillas en el sofá para incorporarse un poco. Después de varios intentos torpes, consigue sacársela. La camiseta de manga corta que lleva debajo se ha enganchado en la sudadera, así que las dos prendas salen a la vez. El torso desnudo de Jorge, tan familiar ya para Mía, queda frente a ella y entre sus piernas. Su respiración es agitada, están cada vez más excitados.

Jorge se acerca a la cara de Mía y la besa con ternura. Desliza la mano por la pierna hasta llegar al muslo y mete la mano por debajo de sus shorts de algodón. Se los quita y los tira al suelo mientras desliza la boca hacia sus pechos cubiertos por un sujetador de encaje negro. La mano ahora avanza lenta y suavemente hasta llegar a la entrepierna, con la otra le acaricia el pelo. Mía lo rodea con los brazos y se agarra a su espalda. Jorge introduce los dedos en el interior de Mía y la respiración de ella se transforma en un leve gemido, lo que excita todavía más a su amante. Acelera entonces los preliminares: sujeta a Mía por la cintura para colocarla mejor en el sofá, se desabrocha los vaqueros y luego baja sus braguitas con cuidado, deslizándolas por sus piernas. Ella nota el miembro duro de Jorge y lo acaricia con delicadeza mientras él se ocupa de regalarle unos movimientos perfectamente rítmicos. La cosa sube aún más de tono y ella se aferra con fuerza al cuerpo todavía húmedo de Jorge. Lo necesita dentro con urgencia y se lo hace saber susurrándoselo al oído.

Jorge la penetra con suavidad. Es su tercera vez juntos y, pese a que ya desde el primer encuentro su gran conexión quedó demostrada, se nota que hoy el sexo tiene otro significado: es la culminación de un deseo que llevan reprimiendo desde hace semanas y que por fin se materializa.

Jorge acelera el ritmo al tiempo que baja uno de los tirantes del sujetador de Mía para dejar su pecho al descubierto. Lo besa y lo mordisquea. Mía responde clavándole los dedos en sus caderas. Sin necesidad de pronunciar palabra alguna, está pidiendo más velocidad.

El polvo es perfecto y alejado de todo sentimiento de culpa. La tensión sexual y emocional acumulada en los últimos días ha hecho que los dos amantes acaben enseguida. Primero se ha corrido ella, y él ha aguantado con gran esfuerzo; luego le ha tocado a él.

Se quedan abrazados en el sofá, Mía sobre unos cojines y Jorge con la cabeza apoyada sobre el abdomen de ella. Ella le acaricia el pelo, ya prácticamente seco. Piensa que se siente muy a gusto con él, con una confianza genuina a pesar del poco tiempo que han pasado juntos y a solas. Pero también sabe que necesita respuestas para estar segura de que este chico de mirada dulce está jugando limpio y de que quiere apostar por esto. O intentarlo, al menos.

Se ha hecho de noche y afuera sigue lloviendo. Se han pasado las horas hablando. Jorge le ha hablado de sus errores, de cómo estaba cegado por el miedo, la indecisión y las presiones sociales, esas que Mía tanto detesta. Ha expresado también su arrepentimiento y el deseo sincero de hacer las cosas bien esta vez. Y Mía lo ha escuchado con el corazón en la mano, notando cómo las barreras que ha construido a su alrededor han comenzado a desmoronarse con cada palabra, con cada caricia y con cada beso.

Jorge está entregado y ella lo nota, pero, aun así, sigue algo incrédula y en shock por lo que ha ocurrido. Le devuelve los gestos de cariño, aunque no toma la iniciativa por miedo o, quizá, por inseguridad. Lo más importante es que los dos sienten que algo que había empezado como una conexión física puede convertirse ahora en algo mucho más intenso.

Ríen, charlan de todo un poco (casi nada de trabajo, que, en realidad, es lo que más los podría unir) y disfrutan el uno del otro. De esta forma, la mejor posible, empiezan a conocerse durante este domingo gris.

Ahora están sentados en el sofá, tomando un café que Mía ha preparado en una de sus tazas favoritas mientras no paran de rozarse con los pies bajo la manta. Es un poscoito casi perfecto.

Cuando se hace de noche, Jorge decide volver a casa. Piensa que le gustaría quedarse a dormir, pero Mía no lo ha invitado y tampoco tiene ropa. Se levanta y va en busca de la sudadera, que ya lleva horas seca.

—¿Esto lo has hecho en tus clases de cerámica? —le pregunta señalando unas tazas que hay encima de la mesa.

—Sí, son mi especialidad —contesta orgullosa.

—Pues te voy a tener que encargar de forma oficial mi propia taza.

—Veré qué puedo hacer…

—Eres cruel conmigo… —Le intenta dar pena haciendo un puchero. Luego se acerca y la abraza por la cintura.

—Anda… Tú eres el tremendo, ¿eh? —dice ella mientras nota cómo Jorge le aparta el pelo del cuello y lo besa.

Mía cierra los ojos y se queda agarrada a sus antebrazos.

—En serio, no sé cómo voy a hacer mañana en la ofi cuando me cruce contigo…

—Tranquilo. Soy muy buena guardando secretos.

Jorge saca el móvil del bolsillo y pide un Uber.

—¿Has venido en Uber? —le pregunta Mía—. Por cierto, ¿se puede saber cómo te has enterado de dónde vivo?

—Al volver del viaje a México, el Uber te dejó aquí. La aplicación guardó la dirección y recordé que no era una calle fácil para aparcar. Ahora, tuve que picar en todos los timbres.

—No se te escapa una...

—Pues casi te me escapas tú.

Luego le da un fugaz beso en los labios mientras le aparta el pelo de la cara con una mano y le acaricia la cabeza con la otra. Mía se lo devuelve, alargándolo un poco más. Suave y delicado. No quiere que este momento acabe nunca, aunque también necesita tiempo para procesar lo ocurrido y, por supuesto, para mandar una nota de voz a las chicas en formato audiolibro.

Cuando él se ha marchado ya, Mía manda el audio a las chicas con la voz un poco temblorosa, mezcla de nervios y tensión acumulada. Pero en su tono también deja intuir una emoción que intenta ocultar para no parecer demasiado vulnerable.

Alicia
¿QUÉÉÉÉÉÉ?

María
Estoy flipando.

Julia
¿Qué pasa? No puedo escuchar el audio porque estoy durmiendo a los niños.

Paula
Esto es muy fuerte. Pero ¿cómo ha llegado? ¡Cuenta los detalles!

Alicia
A mí el que haya llegado todo empapado ya me pone muchísimo.

El martes os lo cuento todo. No sabéis qué tarde… Eso sí, mañana a hacer el papelón en la oficina. Es que no os podéis imaginar lo bueno que está…

María
Sí, sí que nos lo imaginamos… Hemos visto fotos, hija de pu… ¡Qué bien cenaste!

Paula
¿Entonces ha dejado a la novia definitivamente? ¡Muy fuerte todo!

Julia
¡Aaah, acabo de escuchar! ¡Me muerooo! ¡Pero, bueno, esto es una puta peli de Hollywood!

Y eso que os he contado la historia por encima porque todavía me tiembla todo. Acaba de salir por la puerta.

María
¿*Habemus* romance, entonces?

Alicia
Hombre, que haya dejado a la novia ya es un montón. Digo yo.

Ay, chicas, es muy pronto. Yo qué sé. No me quiero emocionar. Pies de plomo, que luego me llevo el palo. Y visto lo que ha hecho conmigo... Yo ya sé el buey con el que aro...

Alicia
Qué intensa te pones. Siempre esperando lo peor. Alguna vez te tendrá que salir bien, ¿no?

Pues sería la primera... Y no ha empezado la cosa como una novela romántica, precisamente.

Paula
¡Pero ha acabado como una peli de Anne Hathaway! ¡Necesito más detalles!

El martes os cuento bien mientras ceramiqueamos, que ahora estoy baldada. De los nervios me ha dado bajón y estoy que me caigo. Y mañana otra vez. Estómago encogido en la oficina...

María
Come algo, anda. No vayas a adelgazar más, que ya estás como un espárrago.

Mía tiene un problema con los nervios. Es una mujer delgada por genética y cuando pasa nervios en momentos de estrés de su vida, que normalmente suelen coincidir con sus múltiples desengaños amorosos, se le cierra el estómago y come muy poco. Eso preocupa a sus amigas, ya que cada vez que toma alguna de sus malas elecciones, la situación le pasa factura físicamente.

Se mete en la ducha con algo de disgusto por quitarse el olor de Jorge, pero necesita relajarse después de llevar el cuerpo y la mente al límite durante estas últimas horas. Las gotas de agua resbalan como un bálsamo por la cara de Mía, que sonríe recordando algunos de los intensos momentos que ha vivido esta tarde.

# 33

El domingo de Julia ha sido bastante diferente al de Mía. Se lo ha pasado bregando con sus hijos. La maternidad cae sobre ella como una mochila llena de piedras, y su marido, atrapado en su vorágine de trabajo y viajes, apenas está presente para compartir la carga en casa.

Para Julia cada día arranca con las responsabilidades que acarrea la crianza y con los desafíos de su carrera. Está convencida de que si se quiere ser una persona exitosa en el trabajo es imposible ser buena madre y parte activa en la vida de los hijos. Se esfuerza por intentar cambiar eso. Ama a sus hijos con todo su corazón, pero la carga de la maternidad a menudo la agobia. A veces le resulta insoportable tener en mente las vistas con el juez, las reuniones con los clientes, las quejas de su jefe y, al mismo tiempo, estar pendiente de la cartulina que tiene que llevar Dora a clase o de la nota en la agenda que ha traído Pablo por pegar a un compañero. Julia anhela un equilibrio que le parece esquivo, una distribución de tareas que le permita respirar y sentir que al menos una de las dos cosas la hace bien.

Los días que tiene cerámica deja a los niños a cargo de la niñera que los cuida por las tardes hasta que su marido llega del trabajo. Está cansada de pedirle favores, por mucho que ya la considere parte de la familia porque es la persona que de verdad la está ayudando a que pueda realizarse en lo laboral.

Esta tarde, cuando llega al taller, la reciben Paula y Alicia; Mía y María han avisado de que llegarán tarde.

—¿Qué tal, Julita? —pregunta Nunchi—. ¿Cómo vas, que últimamente te veo muy callada?

—¿En serio quieres saberlo? —contesta Julia resoplando a la vez que cuelga con hastío el bolso y la chaqueta en el perchero.

—Hasta el mismísimo, ¿no? —se adelanta Alicia.

—Efectivamente. No quiero victimizarme con este tema, pero es acojonante lo diferentes que son nuestras vidas y el tiempo que dedicamos a ser padres. Bueno, y no solo a ser padres, sino a la vida en general. —Se sube a una silla para alcanzar su pieza, en uno de los estantes más altos—. Mira, yo dedico al menos una hora de mi insomnio a revisar el día y a planificar el siguiente. Me levanto, organizo los desayunos, llevo a los niños al cole, me meto en reuniones de trabajo que duran la mañana entera y voy al juzgado casi todos los días. Luego, por la tarde, a extraescolares. En el coche voy pensando en lo que hay que meter en la bolsa de ballet de la niña y si está limpia la ropa de rugby del niño. ¡A veces hasta tengo reuniones y videollamadas en el coche!

—¡Eso es ser *workaholic* o estar explotada, directamente! —avisa Alicia.

—¡Es que no hay tutía! Tengo que sacar tiempo de debajo de las piedras —se defiende—. Por la noche preparo la cena y a las nueve, cuando se acuestan, me pongo a trabajar hasta las dos de la madrugada.

—Cambias el horario de tarde por uno nocturno —dice Nunchi.

—Es que, o trabajo de noche, o no llego con los plazos. Me encanta mi trabajo, pero la combinación de ser abogada y madre presente en la vida de mis hijos me está quitando la salud.

—Si es que no podemos con todo —se queja Paula—. Luego no llegamos y nos pesa. Si dedicáramos nuestros pensamientos solo a lo que hay que hacer en el día y menos a programar y organizar, seguro que reduciríamos un montón nuestra carga mental.

—Sí, pero alguien tiene que hacerlo —reconoce Julia—. La maternidad es el trabajo más menospreciado del mundo. Y encima no está remunerado.

—Es cierto que nadie nos obliga a asumir esta responsabilidad, pero en mi caso toda la familia se resiente si no lo hago —reconoce Paula.

—Yo creo que para construir hay que quitarse primero algunos lastres, sobre todo el de la culpa y la autoexigencia, que son las cargas que más nos limitan —afirma Nunchi—. Se llegan a apoderar de vos y te manipulan como quieren. Pensalo bien.

—A mí me parece que para reducir la carga mental es clave la crianza obligatoria entre las dos partes, que ambos participen y que desde el momento en el que los niños nacen esté todo repartido —reflexiona Alicia.

—Ya sé que es una frase muy manida, pero es totalmente cierta: no sabes lo que es ser madre hasta que no tienes un hijo —dice Paula.

—Total. Qué buena madre era antes de ser madre.

Tras la sentencia de Julia se hace el silencio en el taller. A veces ocurre esto, sin llegarse a saber muy bien por qué, aunque no es muy frecuente. Quizá sea porque las chicas se concentran demasiado en sus piezas y se les olvida hablar. La atmósfera se tiñe de cierta extrañeza, ya que lo habitual es que siempre estén contando alguna anécdota, parloteando, quejándose o preguntándole dudas a Nunchi.

Al poco entra María en el taller.

—¡Hola, señoritas! —dice rompiendo el silencio que se había adueñado del ambiente—. No se escuchaba nada desde el pasillo, y me he dicho: «Qué raro, aquí ha pasado algo...».

—Nada especial. Estas dos muchachas, que estaban renegando sobre la maternidad —le aclara Nunchi.

—¿Y no me habéis esperado para eso? —bromea María mientras Paula y Julia le sonríen con complicidad. Se pone el delantal y añade—: La verdad es que yo no me puedo quejar. Esa es una de las muchas cosas buenas del divorcio: una semana con el padre y la otra con la madre.

—No me imaginaba yo eso —dice Paula curiosa—. Pensaba que era un engorro.

—Si son varios hijos y más pequeños, quizá sí, porque tienes que hacer el intercambio mucho más a menudo. Pero nosotros con Lolita, que ya tiene once años, estamos encantados con la fórmula de semanas alternas. Y ella también. Nos disfruta a ambos estando descansados y centrados totalmente en ella. Y luego yo tengo una semana para mí en la que puedo hacer de todo.

—Todo funciona a las mil maravillas hasta que uno de los dos vuelve a tener pareja —comenta Alicia.

—Pues mi ex tiene novia y yo estoy más que encantada —replica María.

—Porque no viven juntos —insiste Alicia—. Es una ley no escrita. Los ex se llevan bien hasta que uno de los dos tiene pareja nueva.

—Eso me parece una chorrada —interviene Paula.

—Pues está demostradísimo —Alicia no se baja del burro.

—Yo con Gon me llevo bien, pero también es verdad que acabamos en buenos términos. No hubo ningún tema concreto que desatara la ruptura, sino que se dio de forma natural.

—Se les rompió el amor de tanto usarlo —añade Alicia.

—Tal cual. ¡Qué grande Rocío! —María se ríe con el comentario de Alicia parafraseando la canción de la Jurado y luego sigue pellizcando su pieza para darle forma.

—Yo creo que os entendéis muy bien a la hora de organizaros con Lola —opina Paula—. Los dos vais a todo y no tenéis problema en hablar las cosas o en juntaros por temas de la niña. Eso no es lo normal en parejas divorciadas.

—Es que debe de ser durísimo —imagina Julia—. Y casi siempre mucho más duro para una de las dos partes.

—Bueno, tuvimos nuestros momentos —aclara María—. Al principio no fue fácil, pero ya son años…

—¡Y vivís como una reina! —celebra Nunchi.

Justo en ese momento Mía entra por la puerta con la chaqueta en la mano y dos grandes bolsas colgadas del brazo.

—¡Hombre! —grita Alicia—. ¡Llegó la triunfadora!

Todas las chicas la vitorean y le aplauden con las manos sucias, celebran la sorpresa dominguera que le dio Jorge.

—Y luego decís que yo me emociono pronto con los hombres… —les reprocha Mía en tono jocoso.

—¡Estamos expectantes! ¡Queremos que nos lo cuentes todo! —casi le ordena Alicia—. Nos sueltas la bomba el domingo y ayer te pasas el día desaparecida.

—No sabéis el infierno de día que fue ayer en el curro —se justifica Mía—. No tengo mucho que contar, la verdad, porque él no estaba en la ofi y ni siquiera lo vi. Creo que tenía una reunión fuera. Y yo no levanté el culo del asiento. Literal que me queman las pestañas.

—¿Y de dónde venís tan cargada? —le pregunta Nunchi.

—Tenía que pasar a buscar las cosas para la boda de este finde, que tengo que arreglarme el vestido y ya voy justísima.

—¿Quién se casa? —quiere saber Paula.

—Y, lo más importante, ¿por qué nosotras no estamos invitadas? —Se ríe Julia.

—Una compi de trabajo. Ha organizado un megabodorrio y ha invitado a un montón de gente de la oficina.

—¿Y va Jorge? —pregunta María picarona.

—No…, no creo, la verdad. No me ha dicho nada. La novia es una de las jefas, pero no es su jefa directa. Además, lleva poco tiempo en la empresa. —Levanta la cabeza de la mesa y las mira dubitativa—. ¿Creéis que irá?

—¡Tú sabrás! —la reprende Alicia.

—Claudia y yo vamos juntas, y no sé si el vestido es muy guay para encontrarme a Jorge allí.

—Pero ¿no dices que no va? —pregunta María confusa.

—¡Yo qué sé! Ahora me habéis hecho dudar. Bueno, ya revisaré el look. —Se queda callada unos segundos y luego añade—: Un poquito más de ansiedad para completar la semana, claro que sí.

Mía no ha pensado en la boda hasta que ellas han sacado el tema.

¿Lo habrán invitado? ¿Irá a la boda? No le puede preguntar a la novia para no parecer demasiado interesada, puesto que ella pretende mantener en secreto este proyecto de relación en el entorno laboral. Primero, por ser él uno de los jefes, y segundo, porque no está preparada para asumir socialmente, y menos en el trabajo, otro desengaño amoroso.

—¿Y? ¿No nos vas a contar nada? —la azuza Alicia.

—¡Si ya os lo conté todo!

—Pero ¿cómo fue? —se interesa María—. Queremos los detalles más sucios.

—Pues todo muy peliculero. O sea, yo estaba en shock porque me costaba encajar que estuviera en la puerta de mi casa y que hubiese conseguido mi dirección...

—Es que poco se habla de que dejara a la ex por ti... —remarca Paula.

—Bueno, claro, eso por supuesto. No sé si por mí..., no tengo tantos datos.

—Eso ya es un montón —dice Julia.

—Chicas, no sé, pero es que tenemos una conexión que no había sentido nunca con nadie. Como si nos conociéramos desde hace mucho tiempo. Siento confianza, a pesar de que él me impone por razones obvias...

—¿Qué razones? —la interrumpe Alicia—. Él estará bueno, pero tú lo estás más.

—Cuánto me quieres... —le dice cariñosa Mía—. En fin, que siento que esa conexión va más allá de lo físico y de lo sexual, que también está genial. La conversación fluye, nos reímos, es cariñoso...

—¿Y dónde está la trampa? —pregunta María.

—Pues que tenía novia, no te jode —responde Paula adelantándose a Mía.

—¡Pero ya no! —recuerda Julia.

—Chicas, vivo todo el rato con el ay en el cuerpo. Por si lo voy a ver en la ofi, ahora en la boda... —Lanza un largo suspiro intentando contenerse—. Me entendéis, ¿no?

—Hombre que si te entendemos. Las mariposillas del estómago del enamoramiento de los primeros meses... ¡como para olvidarlo! —recuerda María.

—¿Ocurrirá lo mismo a cualquier edad? —se pregunta Julia.

—¿Me estás llamando vieja? Que soy la pequeña del grupo, ¿eh?

—¡Nooo, mujer! —Julia se ríe por el malentendido—. Me refería a que si la gente que empieza una relación de mayor, rollo cincuenta o sesenta años, sentirá lo mismo que una adolescente enamoradiza.

—Yo creo que los enamoramientos en edad madura no tienen nada que ver con los de juventud —se aventura Paula.

—Imagino que lo que buscas a esa edad es una conexión especial, complicidad, compañía... —Piensa en voz alta María—. En definitiva, alguien con quien encajar, mantener el equilibrio y seguir experimentando.

—Puede que no sean tan efusivos y pasionales, pero seguro que son más fructíferos y resistentes —dice Mía.

—Ni de coña —sentencia Alicia—. Cuanto más años cumplimos, más manías tenemos y más insoportables nos ponemos. Ya te molesta todo del otro y no tienes la necesidad de aguantar ciertas cosas. Por eso cuesta tanto encontrar pareja a partir de los cuarenta y cinco o cincuenta años.

—¡Y lo dice ella que ha estado no sé cuánto tiempo con el fiscal! —le reprocha María.

—Pero no era una relación estable, ojo —contraargumenta Alicia.

—Yo me sigo quedando con los colágenos, qué quieres que te diga... —Se ríe María—. ¡Esos sí que tienen ganas de experimentar y disfrutar de la vida!

Todas se ríen porque saben de sobra el interés de María por los hombres más jóvenes que ella.

—Yo no podría estar con alguien más joven que yo —dice Paula—. Y ni hablar de diez años menos, como hace esta loca. ¡Cualquier día te denuncian!

—Ay, Paulita..., la que no conoce a Dios a cualquier santo le reza —se cachondea María.

—Amén, hermana —apostilla Alicia.

El comentario de María les arranca una carcajada. Paula niega con la cabeza y esboza una leve sonrisa.

—Bueno, chicas, como ya les anuncié debo marcharme, que tengo cita con el médico —dice Nunchi mientras agarra el bolso y se pone la chaqueta—. Si tienen cualquier duda, se la consultan entre vosotras y espero que no me destrocen el taller en este ratito.

—No te preocupes, yo me quedo a cargo de estas —responde María en tono de broma.

En cuanto Nunchi se marcha, Paula cae en la cuenta de que debería haberle preguntado algo. Quiere hacer un jarrón y no sabe qué técnica será mejor, si unir dos piezas de diferentes moldes y coserlas, es decir, pegar la arcilla con barbotina, o hacer la consabida técnica de los churros. Como no se decide, le enseña la foto de Pinterest a Alicia para pedirle consejo.

—¿Cómo vas de paciencia? —le pregunta Alicia.

—Mal —responde rápidamente Paula—. Bueno, corrijo. Fatal.

—A mí los churros me encantan, pero es un proceso mucho más lento —explica Alicia—. Y más para un jarrón de este tamaño. Yo iría a lo seguro y haría dos piezas y luego las uniría.

—Pues a mí me apetece hacerlo con churros porque nunca he hecho nada así —la contradice finalmente Paula—. Lo veo como un reto. Y si me canso, hago la mitad y el resto en molde.

—Pues me parece una sabia decisión —la anima Alicia.

—Por cierto —interrumpe Mía pretendiendo cambiar de conversación—, este jueves alguien cumple cuarenta... ¿Sabemos ya cómo lo vamos a celebrar?

—Chicas, qué pereza... —dice Julia dándose por aludida—. ¡No me apetece hacer nada! No estoy en el *mood* cuarenta. El jueves haremos una cena en casa con los niños, mis cuñados, nuestros padres y poco más.

—Sí, hombre —se revuelve Alicia—. A nosotras no se nos niega por lo menos un brindis por tu cambio de década.

—¿Claro! —María apoya la propuesta—. Hagamos algo el viernes. Cenita tonta y copa.

—Joe, yo no sé si voy a poder... —dice Paula—. Tengo que pedirme la noche en casa. Sin comentarios.

—Porfi, que sea el viernes, que el sábado tengo la boda —avisa Mía.

—¿Entonces cena y copa de cumple? —Alicia pone cara de buena—. ¡Prometemos que no habrá velas ni pastel!

—Bueeeno, vale —Julia acepta por compromiso. Nunca le ha gustado celebrar cumpleaños, pero si se plantea así, como una cena normal, la cosa cambia un poco. Total, no todos los días se cumplen cuarenta.

# 34

En el quirófano frío la tensión flota en el aire como un velo invisible. Alicia se ajusta la máscara quirúrgica con gesto preciso e intenta disimular los nervios que amenazan con socavar su confianza. Frente a ella, en la mesa de operaciones, yace Alejandro, Top Gun para sus amigas, sumido en un profundo sueño.

Mientras sus compañeros preparan el equipo y revisan el registro del paciente, ella lucha por mantener la concentración. Su mente divaga entre los cientos de mensajes calientes que se han enviado en las últimas semanas, que han aportado emoción a su rutina sobre todo después de tanto tiempo de sequía sentimental. Sin embargo, ahora, a punto de operarlo, se pregunta si no se habrá pasado de la raya.

Alejandro, antes de caer en el sueño de la anestesia, la ha mirado y la ha agarrado de la mano. Lo ha visto vulnerable. Los colegas de Alicia, ocupados en sus propias tareas, no se han percatado de la relación que había entre ella y el paciente. Con un suspiro ha soltado la mano y se ha preparado para la operación.

Cada movimiento es preciso, y cada decisión, calculada. Aunque su corazón late con fuerza, la mente está enfocada en el trabajo. Con cada incisión y cada sutura se acerca un poco más hacia la resolución del problema de su paciente. Y, por supuesto, la promesa de culminar el tonteo con un polvo salvaje parece que va a cumplirse.

La intervención no es complicada, apenas dura una hora. Se traslada a Alejandro a la sala de recuperación mientras la doctora se cambia antes de hacer la visita de rigor tras la anestesia.

Cuando Alicia entra en la habitación de Alejandro, este se acaba de despertar y está con los ojos todavía medio cerrados. Tumbado en la cama, medio desorientado, Alicia lo ve especialmente frágil, una imagen muy diferente a la del machote ibérico, militar y sadomasoquista que ha estado proyectando estas semanas.

—¿Cómo estás? Ha salido todo perfecto. Esta tarde te podrás ir a casa si todo sigue igual de bien.

—Madre mía, cómo pegan las drogas que me habéis metido... Ufff... —se queja, y después se agarra la cabeza con una mano y entorna los ojos.

—Tranquilo, que en diez minutos se te pasa y ya podrás comer algo.

—¿Puedo pedir lo que quiera?

—Sí, claro, tenemos un restaurante con estrella Michelin —bromea ella.

—¿Tú vienes en el menú? —le suelta él a bocajarro a la vez que alarga el brazo y le agarra la mano.

—¿Estás chalado? —le regaña Alicia mientras mira hacia la puerta y se suelta—. Anda que..., ni convaleciente en la cama te puedes controlar.

—Es todo por tu culpa. Pero en dos semanas estaré nuevo y por fin me darás esa cita.

—¿Qué cita? Madre mía, la anestesia te ha pegado fuerte... Vaya historias que te montas...

—Anda, si ahora se hace la dura la doctora...

—Menudo eres. Descansa un rato. Esta tarde vuelvo a ver qué tal te encuentras y te doy el alta.

—¡Qué suerte la mía!

Alicia pone los ojos en blanco. Luego sale de la habitación mientras niega con la cabeza y se le dibuja una sonrisa tonta en la cara.

# 35

En casa de Julia todos colaboran preparando algo de picoteo para la cena de cumpleaños que se ha organizado a regañadientes de la homenajeada. La han planteado temprano, puesto que, al ser jueves, sus padres y sus suegros están cansados y los niños madrugan al día siguiente. Y también, para qué negarlo, con la intención de que se vayan pronto a su casa.

Roberto ha llegado pronto, algo poco usual en él, y juntos han montado la mesa con la ayuda de los cuñados de Julia, que se han adelantado para echar una mano.

Los cuatro charlan en el salón mientras esperan a que lleguen los mayores. La niña está jugando con la tablet y el niño con unos legos en la mesa. En un momento de la conversación surge el tema de las vacaciones del año pasado, y Roberto se pone a buscar una foto que se hicieron juntos en Valencia. Se la enseña a la familia, y luego Julia coge el móvil para verla más de cerca. En ese instante aparece en la parte superior una notificación de un SMS:

> Cariño, espero que todo esto pase pronto para poder estar juntos. Te quiero.

El número no está guardado en la agenda. Rauda y veloz, Julia abre el SMS para leerlo de nuevo porque no da crédito a lo que ha visto. Tiene que ser un error, necesita que Roberto le confirme que es una equivocación, una broma o incluso alguna publicidad demasiado intrusiva. Cualquier mentira que le ayude a asumir que esto no está pasando realmente.

Se levanta del sofá y le lanza el móvil a Roberto. Sale escopetada y Roberto la sigue. Los cuñados los miran sorprendidos, sin saber muy bien qué está pasando, aunque intuyen que nada bueno. Clara, la hermana de Roberto, los escucha discutir en el dormitorio, así que en ese momento asume la gestión de la crisis. Después de tantos años, Julia es como una hermana más para ella, por lo que tiene la confianza suficiente como para permitirse abordar esta situación, sobre todo por el bien de los niños, que son pequeños. Manda a su marido a comprar el postre con ellos y luego envía un mensaje a sus padres y a los de Julia. No quiere alarmarlos, por lo que les dice que todo está bien y que mañana les cuenta, pero que la cena se anula. Así, el primer envite de la crisis queda resuelto. Por lo menos ha evitado que los niños escuchen una discusión incómoda entre sus padres o presencien una escena desagradable.

Julia, mientras tanto, sigue fuera de sí. No grita ni discute con Roberto, a pesar de las ganas que tiene de matarlo, pero es que no entiende la situación, no es capaz de procesarla. Necesita descubrir lo que está pasando y que su marido le cuente la verdad, aunque al mismo tiempo le aterra descubrirla.

De pronto, siente que le falta el aire y que le cuesta respirar. Roberto, en cuanto se da cuenta, se asusta y le pide a Clara que llame a una ambulancia.

—Pero ¿qué está pasando, Rober? —le pregunta su hermana alarmada.

Sabe que algo anda mal, pero no se imagina que Julia en estos momentos está sufriendo un ataque de ansiedad. Con todo, llama a emergencias. El médico que la atiende le dice lo que deben hacer y, si en diez minutos sigue igual, que vuelvan a llamar para que envíen una ambulancia.

Al poco Julia sale de la habitación y, con los ojos desorbitados, le dice a su cuñada:

—No llames, Clara, que no venga nadie. Estoy bien.

—Pero ¿qué pasa, Julia? Me estáis asustando…

—Que te lo cuente tu hermano. ¡Que te diga la cerdada que ha hecho! —Esto último lo grita mientras vuelve a entrar.

Roberto está sentado a los pies de la cama y se sujeta la cara con las manos.

—Escúchame, Julia… —intenta decir él.

—Es que nada de lo que digas me va a calmar, eso te lo aseguro —le corta ella—. ¿Qué coño es esto, Roberto? ¿Una broma? Dime que es una broma, por favor…

—Déjame que te explique…

Julia cierra la puerta de un portazo y se sienta en una butaca frente a Roberto.

—Venga, cuéntame. —Se cruza de brazos y lo mira fijamente—. ¿Dónde la conociste? ¿Desde cuándo estás con ella? Vamos, valiente, no te cortes ahora.

—No es tan fácil, Julia. De sobra sabes que tú y yo no estamos bien desde hace tiempo…

—Ah, primera noticia. Me he pasado estos últimos meses preocupada por si estabas deprimido por temas de trabajo, apoyándote y cuidando de los niños para que tú pudieras trabajar tranquilo y solucionar esos problemas, y ahora resulta que los problemas no eran precisamente de trabajo. Te juro que no lo entiendo…

—Quería contártelo, pero al principio no estaba seguro. Y después pasó un mes, luego otro, luego otro… Y cada vez se me hacía más complicado.

—Ah, pero… ¿de cuántos meses estamos hablando?

—Eso no importa.

—Claro que importa. Y mucho.

—No quiero que suene a excusa, de verdad, pero he intentado contártelo un millón de veces.

—Pues he tenido que pillarte yo para enterarme. Qué casualidad.

—¿No estarás insinuando que lo del SMS ha sido a propósito?

—Eso me da absolutamente igual. Aquí lo importante es que no has tenido huevos de poner las cartas sobre la mesa y vete tú a saber desde cuándo llevas con esta mentira. ¿Durante cuánto tiempo has tenido el valor de llegar a casa por las noches, darles un beso a tus hijos y meterte en la cama con tu mujer mientras venías de tirarte a otra? Es muy lamentable todo esto.

Roberto resopla y agacha la cabeza. No tiene nada que defender y le cuenta toda la verdad a Julia. Le explica que llevan casi dos años, que es divorciada con dos hijas y que vive al otro lado de la ciudad. Se conocieron durante un fin de semana que pasaron en un hotel rural. Ella había ido con su madre y las niñas.

—Ah, encima estaba yo presente cuando os conocisteis. Hay que tener huevos, ¿eh? —le espeta.

—Yo no lo elegí, las cosas pasaron así.

—Sí que lo elegiste, sí —le contradice—. Elegiste una aventura y romper tu familia, pero gracias a este SMS se me ha caído la venda. Me he dado cuenta de la mierda que eres y de lo cerdo que has sido conmigo todos estos años. —Julia se levanta y camina hacia la puerta—. Menudo egocéntrico asqueroso.

Va a la cocina a servirse un vaso de agua. En el salón está su cuñada, que le pregunta:

—¿Todo bien, Ju?

—No. Todo mal con tu hermano, que parece que nos ha engañado y es un tremendo hijo de puta.

—Pero ¿qué pasa? —quiere saber Clara—. Julio se ha llevado a los niños y nuestros padres ya no vienen, les he dicho que cancelamos la cena. ¿Te parece bien?

—¡Nooo! Que vengan por favor —contesta de forma irónica y dando gritos para que Roberto la escuche—. Así el padre y marido del año podrá contarles a todos sus andanzas.

Regresa a la habitación y le pide a Roberto que se marche a casa de sus padres y que se lleve a los niños. Ella está muy nerviosa y no quiere que sus hijos la vean sufrir o que no pueda atenderlos. Necesita pensar, aunque en realidad lo tenga todo clarísimo desde el minuto uno. En menos de una hora su vida ha dado un giro de ciento ochenta grados y el mensaje ha sido el disparador de muchas cosas de las que va a empezar a darse cuenta a partir de ahora. Siente como si llevara diez años con una venda en los ojos y ese SMS se la hubiera quitado de golpe.

Por la noche solo consigue quedarse dormida después de tomarse una pastilla, ya que su cabeza no deja de dar vueltas y de imaginarse distintos escenarios en los que recuerda detalles que ahora adquieren todo el sentido del mundo. Pero ya no quiere seguir pensando. Es demasiado para la última noche de su treintena.

A la mañana siguiente se despierta teniendo ya cuarenta años, pero en una realidad totalmente distinta, con millones de preguntas y sin ninguna respuesta que le haga sentir satisfecha. Se seca las lágrimas, se maquilla un poco y se marcha al trabajo. Como buena aries que es, va por el mundo siempre firme y con la cabeza alta, por muy rota que esté por dentro. Por la tarde el chat ceramiquero se activa para coordinar la cena de cumple. Cierran la hora y el lugar, pero Julia no cuenta nada, así que en esta ocasión la sorpresa la dará la cumpleañera.

A la hora acordada, las chicas van llegando al restaurante. Primero lo hace Mía con María y al poco aparecen Alicia y Paula en el mismo coche. Se sientan a la mesa que han reservado y esperan a Julia, que ha salido tarde del trabajo y ha dicho que quería pasar por casa para cambiarse de ropa.

El restaurante es tranquilo, con un hilo musical bajito y poca gente, por lo que se puede charlar con tranquilidad. Piden unas copas para recibir a Julia con un brindis y darle el regalo que han comprado entre todas.

Al entrar Julia por la puerta, y según avanza hacia la mesa, las chicas empiezan a aplaudir y a cantar el cumpleaños feliz totalmente descoordinadas.

—Chicas, qué vergüenza. ¡Basta! —dice con una sonrisa en los labios.

—Oye, que no se cumplen cuarenta todos los días —recuerda Mía.

—¿Me habéis pedido algo de beber?

—No, para que no se calentara —dice Alicia.

—Bueno, pues te robo un sorbo. —Julia agarra el gin-tonic de Paula y le da un trago largo.

—¡Vamooosss, esa cumpleañera! —grita María mientras la aplaude al ver las ganas con las que ha bebido.

—Mira, lo voy a decir sin anestesia ni nada: Roberto lleva dos años con una tía. —Vuelve a beber—. Ale, ya lo he soltado.

En la mesa se hace un silencio sepulcral. Todas la miran fijamente a la espera de que diga que es broma, a que haga un comentario irónico o a cualquier otra cosa que desmienta lo que acaba de soltar. Pero no. No sucede nada de eso.

—¿Qué dices, Juli? —le pregunta María incrédula.

—No me lo creo... ¿Qué? —dice Paula.

—Qué fuerte... —espeta Mía.

Alicia se queda callada porque, de abrir la boca, soltaría un «te lo dije, yo sabía que había algo ahí».

—Lo que estáis escuchando. Ayer, mientras esperábamos a que mis padres y mis suegros llegaran para la cena de mi cumpleaños, fue a enseñarme una foto en el móvil y le llegó un SMS. El número no estaba grabado, pero, vamos..., el mensaje lo decía todo.

—¿Y qué decía? —pregunta Mía indiscreta.

—No sé qué de que ojalá pudieran estar juntos y que lo quería mucho.

—Qué hijos de puta. ¿Ella está también casada? —pregunta María.

—Divorciada y con hijas.

—Pero... ¿cómo? No entiendo... ¿Lo confesó todo? —Paula se siente confusa.

—Si no le quedaba otra —se entromete Alicia—. ¡Lo pillaron con el carrito del helado!

—Yo se lo pregunté todo. Digo yo que, después de dos años, me merecía saber la verdad. Si no llega a ser por el mensaje, vete a saber cuánto tiempo más hubiese estado viviendo una mentira.

—¿Y qué hiciste? ¿Lo echaste de casa? —quiere saber Alicia.

—Mis cuñados se llevaron a los niños y él se fue a casa de su madre. No lo quería ni ver. Os lo juro. Menuda sensación de repulsión tenía en el cuerpo.

—Pues claro... —la apoya María.

—A mí me cuesta procesarlo... —dice Mía—. ¿Roberto? Pero si se pasa el día trabajando, tú misma decías que no tenía tiempo para nada.

—Pues mira cómo sacaba tiempo para lo que le interesaba... —se lamenta Julia.

—Si yo te lo dije. Me estaba oliendo la tostada. —Alicia no aguanta más. Al menos ha podido contener su opinión un par de minutos—. Roberto no tenía pinta de deprimido ni a palos.

—Bueno, quizá sí estaba deprimido, pero por este tema —intenta entender Mía—. Por estar jugando a dos bandas y sin saber qué hacer...

—Perdón, pero sí sabía qué hacer —toma ahora la palabra Julia—. Otra cosa es que no quisiera. O no tuviera huevos, como es el caso. A mí que me dejen no me importa. Me jode, lloro y me recompongo. Pero que te engañen así durante dos años... Eso es de mala persona. Y darte cuenta de que llevas tanto tiempo casada con un cabrón es duro. Durísimo. Un engaño doble.

—Sin lugar a dudas —dice Alicia—. Lo que más te duele es eso.

—Obviamente es todo un follón: la casa, los niños, los gastos... —reflexiona Julia en voz alta—. Ni siquiera he podido ponerme a pensar en eso. Estoy procesándolo todavía.

—Pero... ¿cómo estás tan entera? —se sorprende Paula.

—Hombre, ya vengo llorada de casa, no te vayas a pensar.

—Di que sí, ahora solo para arriba —intenta animarla Mía.

—Además, todas las mujeres que conozco que se han divorciado han sabido organizarse perfectamente. Así que ningún problema —añade Alicia.

—Mírame a mí —dice María—. Al principio se me hacía bola todo, pero poco a poco he ido encontrando la manera. Es cuestión de adaptarse.

—Mejor adaptarse a pagar facturas a medias que vivir con tremendo cabrón. Porque es un cabrón, ¿no? En eso estamos todas de acuerdo —afirma Alicia.

—Bueno, y ella tres cuartos de lo mismo... —interviene Paula—. Meterse en medio de una familia...

—Perdona, pero eso no es así —la interrumpe Mía—. Ella no le debe nada a nadie. Podemos cuestionar su actitud, que nos parezca mal que una mujer le haga algo así a otra mujer. Pero ella no ha roto nada. El que tiene que rendir cuentas a Julia es él y solo él.

—Eso es verdad —le da la razón Alicia—. Pero yo, como mujer, me alejo si veo que está casado. O le pido que la deje. Lo que nunca voy a permitir es que juegue a dos bandas. Mira Jorge. Tú saliste de ahí en cuanto viste el pastel.

—Por supuesto —se reafirma Mía—. Yo no quería estar ahí en medio, por mucho que me costara.

—Yo es que estoy flipando todavía —interviene de nuevo Julia—. Tengo hasta el estómago cerrado. Y no quiero ni pensar en el momento en que los niños me pregunten y me ponga a llorar delante de ellos. No quiero que esto les afecte.

—Julia, los niños son listísimos y los que mejor se acaban adaptando a estos cambios —la anima María—. Se lo podéis explicar entre los dos, hablar con un psicólogo infantil…

—Pero lo primero es que tú estés bien —remarca Alicia.

—Ahora mismo no lo veo —insiste Julia.

—Pero pronto lo verás… —la anima Mía.

—¿Y si nos vamos la semana que viene de escapada *detox*? —se le ocurre de pronto a María.

—Uf, yo lo tengo fatal… —se lamenta Paula.

—Venga, no me digas que no te puedes organizar… —le dice Alicia.

Paula mira a Julia, que tiene los ojos vidriosos y está a punto de llorar, y se le ablanda el corazón. Se identifica mucho con ella, porque está viendo su futuro en el reflejo de esa mirada. Lo de la relación abierta no está resultando ser la mejor apuesta y sus miedos comienzan a asomar, aunque también sus fortalezas.

—Venga, voy a intentar hablar con mi madre para que se quede con los niños… —claudica Paula.

—¡Vamos! —se emociona María—. Yo no tengo a la niña ese finde.

—¡Yo soy libre como un pájaro! —dice Mía.

—Pues venga, ya estamos todas —concluye Alicia—. Yo me encargo de organizar. Habla con Roberto para que se quede con los niños y vaya viendo la que se le viene encima.

—Porque tú tendrás que dividir gastos, pero él va a tener que aprender a cuidar de los niños. Eso seguro que no le parece tan excitante como tener una amante...

Se pasan la cena haciendo catarsis sobre el tema. Pasan de hablar de las mentiras a los cuernos aislados y de los cuernos aislados a los engaños de dos años y luego a la tercera en discordia. Esta noche la conversación se centra únicamente en Julia y, cuando llega la hora de despedirse, la convencen para que Alicia y María se vayan a dormir con ella. Paula no puede unirse porque tiene que estar temprano en casa para llevar a los niños a fútbol y Mía debe prepararse para la boda del sábado. Así pues, se despiden en la puerta del restaurante.

—Nosotras la cuidamos como una reina —las tranquiliza María.

—Mañana os cuento qué tal la boda —dice Mía cambiando de tema.

—Con un poco de suerte hasta pillas resopón —la anima Alicia divertida.

—No creo..., ¡pero os mantengo informadas!

—¡Disfruta tú que puedes! —se lamenta María.

—¡Hasta que te la claven por la espalda! —añade Julia un poco borracha—. ¡No te fíes!

—Anda, vamos a dormir, que te has tomado tres gin-tonics y vas como Las Grecas —le regaña Alicia mientras tira de ella en dirección al coche.

# 36

A la mañana siguiente, tras una ducha para despejarse, Mía se prepara para la boda. Decide no ponerse el vestido que había comprado, sino otro que aún no ha estrenado. Es sencillo, de satén verde, que deja al descubierto tanto la espalda como los brazos. Hasta ahora ha tenido la oportunidad de lucirlo y piensa que si Jorge va a la boda es la mejor elección para hacerlo sufrir un poquito. De todas formas, anoche él le dijo que seguramente no llegaría porque estaba de viaje en Madrid y el vuelo de regreso lo tenía a mediodía.

Mía llega a la ceremonia vestida para triunfar, con un maquillaje y un peinado naturales, aunque ya sabemos que a ella no le hace falta mucho más para brillar. No ve a Jorge en la iglesia, por lo que se convence de que no asistirá. Tampoco ve a ninguno de los jefes.

Tras la ceremonia, los invitados se trasladan al castillo de estilo inglés muy elegante rodeado de unos jardines espectaculares donde se celebra el banquete. Mía y un grupo de compañeras disfrutan del aperitivo mientras terminan de llegar el resto de los invitados.

Después de un rato conversando con unos y con otros, Mía se acerca a la barra a pedir algo de beber.

—¿Alguien quiere algo? Voy a la barra —dice gritando para sobreponerse al barullo de música y conversaciones.

—Yo sigo con la birra de momento —le contesta Claudia.

—¿Me traes un mojito? —le pide una compañera.

Mientras está esperando a que le atienda el camarero, nota una extraña e inquietante presencia detrás de ella que poco a poco acaba pegada a su oreja y le susurra:

—¿Quieres matarme con ese vestido?

Mía no sabe cómo saludar a Jorge para que no les resulte incómodo y que al mismo tiempo los compañeros de trabajo no sospechen. Así que sonríe nerviosa y sin darse la vuelta le contesta:

—No te esperaba...

—Pude cambiar el vuelo y le he pedido a José Luis que me viniera a buscar porque él venía directo hacia aquí, sin pasar por la iglesia.

—Habéis hecho un Hannover en toda regla, pasáis de la ceremonia y directos al convite.

—Totalmente.

—Tranquilo, no diré nada.

El camarero se acerca por fin y Mía pide las bebidas. Jorge, a su lado, hace lo mismo. Mientras, Claudia observa cómo charlan y se lanzan sonrisas. Cuando Mía vuelve al grupo, ella le advierte:

—Disimulad un poco porque se os ve bastante el plumero.

—¿En serio? —le pregunta Mía sorprendida.

—En serio, dice. Es que no sabes las miraditas que os echáis... Están todos los jefes aquí, además de media empresa —la regaña—. Bueno, yo no sé qué rollo lleváis, pero si no queréis que nadie lo sepa... andad con ojo.

—No, no quiero, porque ni siquiera sé lo que somos. Estamos viendo. Pero, vamos, que ni lo he saludado, Clau...

—Bueno, bueno..., vosotros sabréis —sentencia Claudia. Luego le da un sorbo a la cerveza y vuelve con el resto.

Mía y Jorge se sientan en mesas distintas y apenas cruzan miradas. Después de la cena, Mía se decide a disfrutar del animado ambiente de la boda. La música resuena en la carpa mientras ríe y charla con sus amigas en la pista de baile.

Cada poco tiempo presiente los ojos de Jorge clavados en ella desde uno de los sillones bajos que se han colocado alrededor de la pista. Está charlando animadamente con el resto de los jefes, pero la intensidad de su mirada comunica, como viene siendo costumbre, mucho más que lo que las palabras podrían decir. Hay una tensión palpable entre ellos, un deseo contenido que se alimenta de la necesidad de mantener la relación en secreto. Por lo menos durante esta noche.

Jorge quiere acercarse a Mía, acariciar la espalda desnuda que el vestido deja a su disposición y oler su aroma, pero la clandestinidad añade una chispa de emoción y excitación al encuentro, y cada mirada furtiva se convierte en un flirteo salvaje. Ella se contonea para Jorge en la distancia y él la mira con descaro. Incluso en medio de multitudes y formalidades, consiguen encontrar su mundo propio. Uno solo para ellos.

Mía sale de la pista para ir al baño, situado fuera del salón principal. Aprovechando la confusión de la gente que va y viene por la sala, Jorge se levanta también y marcha en la misma dirección. La espera en la entrada del castillo fumándose un puro.

—¿Todavía se reparten puros en las bodas? —le pregunta ella cuando sale del baño.

Jorge le responde lanzando el humo por la boca de forma sensual.

—Acompáñame un rato, que no puedo más con esta música reguetonera —le suplica Jorge.

—¿Qué dices? Si solo ponen temazos. Lo que pasa es que tú eres un rancio que no baila.

—Es que si me pongo a bailar te como en medio de la pista —le suelta él mientras comienza a caminar frente a la fachada del castillo.

—Perro ladrador… —lo reta ella.

Pasan delante de un ventanal rodeado de grandes plantas de buganvilla y, aprovechando el recoveco, Jorge la empuja hacia él y la agarra de la cintura para besarla con pasión. Apoya a Mía en el alféizar al mismo tiempo que la coge de la cintura con una mano y le acaricia el cuello con la otra. Ella le sujeta la cara para que no deje de besarla así. Jorge pasa de su boca a su cuello y le acaricia la espalda. Luego continúa bajando y ella aprovecha para meter las manos por debajo de su americana. Le agarra fuerte la espalda.

Él sigue recorriendo el cuerpo de Mía delicadamente con la yemas de los dedos. Sube por su pierna y pasa el límite de la seda del vestido para seguir ascendiendo hasta la zona prohibida. Mía se sorprende un poco, ya que están al aire libre y cualquiera los puede ver, a pesar de que se ocultan tras la tupida vegetación. Pero enseguida olvida su preocupación y se deja hacer. Las copas ya han afectado esa parte de la vergüenza y de los límites sociales, así que no impide que Jorge la masturbe con los dedos. Él la mira fijamente, a pocos centímetros de su cara, mientras ella jadea, al igual que él.

—¿Vamos a mi casa? —le pregunta.

—No puedo…, duermo en un hotel aquí al lado, con las chicas.

—Busca cualquier excusa…

Mía se lo piensa un instante, aunque al final se mantiene en su negativa, por mucho que le cueste. Y cómo no le va a costar con los besos que él le sigue dando en la oreja y el cuello.

Mía gira la cabeza y ve a lo lejos a dos chicos. De repente se asusta por si los han podido ver, así que le da a Jorge un empujón y ella se acomoda el vestido lo más disimuladamente posible.

—¿Nos han visto? Qué vergüenza… —dice con la respiración todavía agitada.

—Si no saben quiénes somos… ¿Qué más te da?

—Volvamos dentro, anda. Entro yo primero.

Jorge, que había dejado el puro en la ventana, lo coge de nuevo y se apoya en el alféizar con las piernas cruzadas. Esperará un rato para que a Mía le dé tiempo a entrar y, ya de paso, a que a él se le baje un poco el calentón. Sujeta el puro con dos dedos, los mismos con los que minutos antes estaba masturbando a Mía, y luego le da una profunda y placentera calada. Esta noche no tendrá más remedio que conformarse con este vicio.

# 37

El martes Julia decide ir a clase de cerámica un rato antes para contarle el drama del fin de semana a Nunchi. Como ha ido con tiempo suficiente, han charlado tranquilas. Julia está entera, animada y con todas las energías puestas en sus hijos. A pesar de no poder dejar de pensar en la traición, tiene ganas de empezar la nueva vida que le espera.

Cuando llegan el resto de las chicas, les cuenta que ha hablado con una abogada amiga de su madre para que se encargue del papeleo. No están casados, pero llevaban once años de convivencia y tienen a sus dos hijos, de los que ahora van a tener que repartirse la custodia. Aunque intentará poner todo de su parte para que sea una separación pacífica, sabe de sobra que hasta en los mejores divorcios la cosa empieza a complicarse cuando se entra en los temas de dinero y de los «quién paga qué».

—A mí me parece genial que os organicéis —opina Alicia—. No se ha encargado de los niños en todo este tiempo, así que ahora se va a enterar de lo que has hecho tú durante estos años.

—Siempre te has echado la familia a los hombros —añade María—. Ahora te toca vivir a ti.

—Todavía estoy procesándolo todo, pero estoy segura de que este finde fuera me va a venir genial —asegura Julia—. Pero bueno, cambiemos de tema, que estoy harta de hablar del señor ombligo del mundo.

—¡Cuéntanos cosas de la boda! —le pide Paula a Mía.

—Eso, eso —se suma Alicia—. Hubo mambo, ¿no? Qué envidia estar en esa fase. Es la mejor.

—Un poquito sí, pero se nos cortó el rollo —resume Mía—. Y esta semana no creo que coincidamos porque yo tengo viajes y él también, así que ni nos cruzaremos. Y el jueves ya nos vamos a nuestra escapada de chicas.

A Mía le viene a la mente uno de los intercambios de mensajes durante esos días en los que no pudieron ni verse.

J

**Jorge**
¿Puedo tener más ganas de verte?

M

**Mía**
Moría por escribir lo mismo.
CONECTADOS.

J

**Jorge**
Hoy me tienen secuestrado aquí con los balances de resultados. Voy a salir a las tantas y conociendo al jefe…Va para largo.

M

**Mía**
No te preocupes, hoy salgo temprano y aprovecharé para hacer piezas en casa.

J

**Jorge**
¿Te veo mañana en la ofi? ¿Sala de fotocopias?

**Mía**
Estás loco de verdad…

**Jorge**
Loco por ti.

**Mía**
Anda, no seas zalamero, que estás jugando con fuego. En la ofi no, que al final nos pillan. Y tú llevas cinco minutos en la empresa.

**Jorge**
¿Y?

**Mía**
¿Quieres que te despidan?

**Jorge**
Si no puedo verte todos los días, por ti renuncio.

**Mía**
Anda, anda…

**Jorge**
En serio… ¿Mañana?

**Mía**
No me tientes, que contigo tengo la mecha corta. Pero en la ofi no. ¿Nos vemos después?

J

**Jorge**

Por favor. Te dejo, que me reclaman. En esta empresa todos a golpe de pito, ¿no?

**Mía**

No lo sabes tú bien…

La voz de Nunchi le hace regresar al presente.

—¿Dónde van? —les pregunta su amiga.

—A Tarifa —contesta María.

—¡Planazo! —Alicia está emocionada.

—Mientras vayamos a sitios donde no haya hombres… —deja caer Julia.

—¿¡Qué dices!? —le grita Alicia—. ¡Si es el paraíso de los *kitesurfers*!

—Madre mía, cómo me habéis liado… —se lamenta Paula—. Y yo sin ropa que ponerme…

—Por cierto, ¿qué tal por Tinder? —le pregunta María.

—¿Perdona? —Mía levanta la vista de su pieza y las mira extrañada.

—Ay, claro, es que tú te has perdido el último capítulo… —le aclara Alicia—. ¡La señora relación abierta tiene una cita!

—¿Cómo? Eso tampoco lo sabía yo —interviene Nunchi—. ¿Con quién?

—¡Con el amigo feo de Alonso! —responde Alicia meada de la risa.

—Se llama Marcos. Y no es feo, solo poco fotogénico —aclara Paula con cara de indignación.

—Estoy flipando mucho —dice Mía—. ¿Has hecho *match* con el amigo feo de tu marido?

—Todo fue culpa de estas dos, que me liaron —dice señalando a María y a Alicia.

—Le hicimos un perfil de Tinder y, bueno…, digamos que empezamos a toquetear —se excusa de forma irónica María.

—Y al final yo quedé con él para tomar un café y explicarle la situación con Alonso —añade Paula—. Pero no en plan cita, sino como amigos. Imagínate la cara que tuvo que poner cuando me vio en Tinder... Le dije que no contara nada, que yo se lo quería explicar primero.

—¿Y? —pregunta curiosa Alicia.

—Fue supermono, la verdad. Estuvimos como tres horas charlando.

—¡Una buena cita, vamos! —resume María.

—No era una cita... —insiste Paula—. Pero si hubiera sido una..., sí, habría sido una de las buenas.

—¿Y vais a volver a quedar? —pregunta Mía.

—Ay, no sé... Me da un poco de apuro. Ya me daba cosa pensar en tener citas estando casada..., como para encima tenerlas con su amigo. Eso ya es demasiado.

—Las reglas fueron claras, en ningún momento se habló de la selección de candidatos —argumenta Alicia.

—¡Eso es verdad! —la apoya María.

—¡Uy! ¿Retomaste la taza? —le pregunta de pronto Nunchi a Mía cuando la ve sacar de la bolsa la taza que empezó a hacer para Jorge hace unas semanas.

—Voy a darle otra oportunidad, ¿no? —responde Mía.

Nunchi le acaricia el hombro en un gesto de complicidad cuando comprende que habla de la pieza, pero también de su relación con Jorge.

—Muy bien —la apoya Nunchi—. A veces las segundas oportunidades son las mejores.

# 38

El jueves, aprovechando que el viernes es festivo, vuelan a Jerez. Desde allí, alquilarán un coche a Tarifa. Ya están todas en el aeropuerto, menos Mía, que ha escrito en el grupo que va de camino en un taxi. Pocos minutos después aparece corriendo desesperada y con la maleta de mano prácticamente en el aire.

—Tranqui, que llegamos bien —la tranquiliza Paula.

—¿Qué ha pasado? ¿Has dormido esta noche con el jefe o qué? —le pregunta Alicia.

—¡Qué va! Que me he quedado dormida. Es alucinante que me haya pasado esto a mí. Y ya que preguntas, os informo de que no nos hemos visto en toda la semana.

—¿Venimos en modo drama? —predice María—. Tranquila, que no lo pierdes. El vuelo, digo.

—Qué graciosas nos hemos levantado hoy, ¿no? —le recrimina Mía mirándola de reojo.

—¿Os acordáis cuando Paula y yo perdimos el vuelo de Londres y os fuisteis las tres sin nosotras? —recuerda Alicia.

—¡Que tuvimos que dormir en el aeropuerto! —añade Paula.

—No se os olvida, ¿eh? —dice Mía.

—¡Tenéis que superarlo ya! —les aconseja Julia divertida.

—Uy, eso sí que no. Ese día se nos ha quedado enquistado en el inconsciente amiguil para siempre. ¡Qué hijas de puta! —advierte Alicia.

—¡Pero si cerraron la puerta de embarque! —se defiende Mía.

—Bueno, movámonos —corta Julia la discusión de golpe—. A ver si vamos a volver a vivir la escena de Londres y es demasiado temprano para dramas.

Las cinco se encaminan a los mostradores de facturación para intentar que les toque juntas en el avión y así ir más entretenidas. Julia está animada y con ganas de desconectar. Sin embargo, Paula parece que va a regañadientes, se siente un poco culpable por dejar a sus hijos tres días a cargo de su marido, al que no ve capaz ni de preparar un arroz blanco. Para curarse en salud, ha pedido a sus padres que echen una mano a Alonso el sábado y así aligerar el estrés de tener a los críos metidos en casa.

Al final van separadas porque Paula hizo el *check in* antes de volar y parece que su amistad no es tan importante como para pagar diez euros más para sentarse juntas. Así que se despiden en la puerta del avión y cada una se dirige a su asiento. De todas formas, y gracias al madrugón, les cuesta muy poco quedarse dormidas. Julia es la única a la que el sueño no tienta, así que se pone a mirar fotos antiguas y a hacer limpieza en el móvil. Le cuesta borrarlas, porque son recuerdos que para ella tanto han significado, pero ahora que sabe la verdad todo le parece una mentira.

Las fotos le ayudan a entender momentos y situaciones que ahora cobran mucho más sentido. Las noches que llegaba tarde, los acontecimientos familiares en los que no participaba o aquellos a los que sí acudía, pero parecía ausente. Se topa con una del momento en que nació su hija y sonríe. Luego bloquea el móvil. El fondo de pantalla, una instantánea de ella con sus dos hijos, le saca una sonrisa. Deja el teléfono sobre la mesita plegable y cierra los ojos en un intento por acompañar a sus amigas al mundo de los sueños.

Recién aterrizadas en Jerez, se dirigen a la oficina de alquiler del aeropuerto para recoger el coche que han reservado.

—¿Quién conduce? —pregunta Mía.

—¡Yo ni loca! —dice Paula rotunda.

—A mí me dieron el carnet por pena... —advierte María.

—Pues solo nos queda Alicia... —señala Mía.

—Uy, sin problema, yo encantada. —Alicia recoge la petición—. Ya sabéis que me flipa conducir. Eso sí, que alguien se encargue del GPS, por favor.

—Venga, yo responsable del GPS y DJ oficial del coche —se autoproclama Julia.

—Me fío. —Alicia da el visto bueno.

El coche que les entregan viene con maletero bastante pequeño. Se quejan, pero no tienen más remedio que apañárselas como pueden porque no quedan más coches disponibles. Al final logran encajar cuatro maletas cual tetris y la quinta encima de ellas; les cuesta un poco cerrar el maletero. Con todo, y aunque las maletas vayan como sardinas en lata, el coche es perfecto para cinco amigas y tres días de playa.

Lo primero que hacen es poner la música a tope. Julia reproduce una lista de Spotify que tiene preparada para los momentos especiales; suena una canción de Juan Luis Guerra. Cantan a pleno pulmón el estribillo mientras el sol de la mañana entra por los cristales. Bajan las ventanillas para sacar los brazos y para que sus voces se escuchen afuera, en los campos de trigo que separan Jerez de Tarifa. Están pletóricas.

Tras una hora de charla, canciones e intentando no perderse, llegan a su destino, un bonito dúplex frente al mar con una pequeña pero acogedora terraza que da a la playa. Las chicas se sorprenden, ya que no les pareció caro cuando lo alquilaron y la ubicación es inmejorable.

—¡Eres la mejor buscando gangas, Ali! —la felicita María—. ¿Cómo consigues estas joyas?

—En Airbnb, hija —le contesta—. ¡Si os la mandé! Pero vosotras ni caso...

—¡Yo sí lo vi! —aclara Mía—. Pero no llegué a la parte de las vistas. ¡Son brutales!

La casa consta de tres dormitorios dobles, así que se los reparten en parejas y, como son impares, Paula se queda con la tercera habitación. Ella siempre pide dormir sola cuando se puede porque es muy especial con los ruidos y le cuesta mucho volver a coger el sueño si se desvela.

—Bueno, ¿quién quiere playita? —pregunta María impaciente.

—¿No deberíamos ir antes al súper? —advierte Paula.

—Podemos ir un rato a la playa, comer en el chiringuito y ya por la tarde vamos a hacer la compra —propone María.

—Yo necesito gin —avisa Julia.

—Eso siempre —se cachondea Alicia.

—Y yo granola para el desayuno —añade Paula.

—Hija, qué desmotivación de desayuno —le regaña María—. Dame un *avocado toast*, unas tostadas francesas..., pero... ¿granola?

—Ya me he acostumbrado a desayunarla con fruta y frutos secos —se justifica Paula—. Necesito fibra para ser regular.

—Yo también la necesito, pero un buen desayuno me tira mucho —interviene Mía.

—Yo no necesito nada de eso. Voy al baño cada mañana como un reloj —dice satisfecha María.

—Yo no tengo envidia de la gente rica o guapa, yo tengo envidia de la gente que hace caca todas las mañanas en su casa a la misma hora. —Se ríe Alicia.

—Amén —la apoya Julia.

Tras la conversación escatológica, se cambian de ropa. Para llegar a la playa tan solo tienen que cruzar un paseo tranquilo flanqueado de palmeras, siempre a merced del viento del sur, tan habitual de Tarifa.

Colocan la sombrilla, las toallas y los bolsos, y se disponen a disfrutar de una mañana en la playa sin ninguna presión ni responsabilidad. Tan solo quieren hablar de tonterías y superficialidades, justo lo que necesitan. Esta escapada ha sido la excusa perfecta para sacar a Julia del torbellino de emociones que está viviendo a causa de su abrupta e inesperada separación, pero, al final, todas estaban deseando escapar un poco de la rutina.

Alicia se quita la camisa y se va directa al mar. María se tumba bocarriba, al igual que Julia y Mía. Paula hace lo mismo, pero debajo de la sombrilla.

—La verdad es que tendría que aprovechar para que me dé un poco el sol, que estoy blanco Iniesta —dice Paula.

María se incorpora y le avisa:

—Pues, hija, con ese burquini que llevas te van a quedar unas marcas…

—No quiero llevar biquini, estoy gordísima. Mira qué barriga… —Se agarra el abdomen con las dos manos.

—¡Qué tontería! —le replica Mía.

—Mira quién habla, la que está tallada por los dioses y merienda dónuts cada día —le recrimina Paula.

—Eso sí que es una injusticia —se queja Julia.

—Con los embarazos mi cuerpo cambió —continúa diciendo Paula—. Está todo caído y me siento mucho más segura con bañador.

Alicia, que vuelve mojada de la orilla, escucha la última frase y le contesta mientras se tumba bocarriba:

—No te engañes, no es un tema del bañador…

Alicia es mucho más alta y corpulenta que Paula, pero su seguridad es arrolladora. Lleva la ropa, los biquinis o lo que haga falta con el poderío de una modelo de Victoria's Secret. Y esa confianza que siente por dentro le sale afuera, por lo que la gente queda atrapada como un imán.

—No todas tenemos la seguridad que tienes tú... —le dice Paula.

—Yo solo digo que tienes un cuerpazo después de haber dado a luz a tres seres humanos —aclara Alicia.

—Y además de cesárea.

—Eso da igual... —interviene Julia.

—No, no da igual —contraviene Paula—. Que el cuerpo se recupera peor.

—Lo que sea —corta Alicia—. Pero no es un tema físico, es algo que va por dentro. La seguridad la tienes que trabajar tú con tu actitud. Mañana mismo empezamos con las clases de autoestima. Yo te dejo un biquini.

—¿De los tuyos? Ni de coña. Si eso parece un hilo dental.

—Pues te dejo uno mío —se ofrece Julia—. ¿No hemos venido a este viaje a superar traumitas? Pues o follamos todos o la puta al río.

De repente Alicia, para dar ejemplo, se saca la parte de arriba del biquini y se lo tira a Paula a la cara, que frena el golpe con las manos. Todas se ríen por el gesto de su amiga y por el refrán de Julia, que no acostumbra a ser muy mal hablada en público, pero esta vez le ha salido de forma espontánea. Siente que si puede colaborar a que sus amigas también sanen algún tema pendiente en este viaje, va a poner todo de su parte para conseguirlo. En algún sitio ha leído que está demostrado de forma científica que los viajes con amigas son sanadores, ya que pasar rato con tu gente más cercana puede aumentar la producción de oxitocina, la hormona de la felicidad. Ella sabe que eso, felicidad, es lo que sienten cada vez que se juntan.

Romper con la rutina, alejarse de los dramas del día a día, cambiar de escenarios y lanzarse a lo desconocido les sienta a todas especialmente bien.

Está convencida de que quien acuñó eso de «quien tiene una amiga tiene un tesoro» era un sabio. O una sabia más bien, porque seguro que esa frase salió de la boca de una mujer. Para ella, sus amigas son su refugio.

Comen en el chiringuito con un par de sangrías y unas vuelven al coqueto apartamento, tan blanco y luminoso, para descansar un rato. Alicia y Paula, en cambio, prefieren ir al súper a hacer algunas compras básicas: el desayuno, algunas cervezas y fruta para llevarse a la playa.

Al atardecer, cuando el calor empieza a dar una tregua, las chicas se arreglan y salen a recorrer las calles de Tarifa. María propone ir a cenar a un restaurante local que le ha recomendado un amigo. Aunque no tienen reserva, se arriesgan y cruzan los dedos para que haya una mesa libre.

Cuando llegan al sitio, se encuentran con un lugar acogedor de ambiente animado. Además, la comida, que se supone que tiene que ser lo más importante en un restaurante, tiene una pinta deliciosa. Consiguen una mesa en la terraza de una de las encantadoras calles empedradas de Tarifa. Antes de empezar con el vino blanco piden una ronda de cervezas mientras disfrutan de la agradable música de fondo.

Tras la cena, deciden continuar la noche en un chiringuito a orillas del mar de Cádiz. El lugar está iluminado con luces de colores y suenan temazos españoles de los años noventa que invitan a bailar con los pies enterrados en la arena.

Entre risas, confidencias, bailes y copas, las amigas disfrutan de una noche de junio inolvidable. Algunas más que otras, claro. Paula, por ejemplo, está irreconocible. Los mojitos han anulado cualquier tipo de sentimiento de culpa que tuviera cuando se subió al avión y está totalmente desinhibida, bailando con una copa en la mano y salpicando a todo el que se acerca a ella. Mía la acompaña en la pista para no perderla de vista, mientras que Julia, Alicia y María están acomodadas en la barra. Cuando les sirve otra ronda, el camarero se acerca al oído de María y le dice:

—Estáis invitadas por el chico de blanco que está en la esquina de la barra.

María gira la cabeza para mirarlo y le da las gracias levantando la copa, dedicándole un brindis. Luego se vuelve hacia las chicas y les dice:

—¡Copas gratis, chicas! ¡Hemos triunfado!

—Madre mía, qué vergüenza... —dice Julia tapándose la frente con la mano.

—Mary, es monísimo. Ve a hablar con él —le casi ordena Alicia.

—Sí, hombre —contesta María empoderada—. ¡Que venga él!

—Serás rancia... —le recrimina Alicia. Luego abre mucho los ojos, mira por encima del hombre de María y suelta—: ¡Hostia!

—¿Qué? —pregunta María con cara de susto.

—¡Que vienen!

—Yo me voy a la pista... —avisa Julia y echa a andar—. Aquí os quedáis.

Julia no quiere ni ver a un hombre. Y menos a uno que trate de ligar con ella, porque el pobre saldría escaldado del intento. Así que, para evitarse problemas, se une a los bailes de Paula y Mía.

Los chicos se acercan a María y Alicia. Según les cuentan, también están de escapada, aunque deportiva, ya que practican *kitesurf*. Son seis, vienen de Sevilla y dos, por lo menos, son solteros, el fichaje de María y otro más. El resto sigue sin confirmar su estado civil.

Viendo que no paran de charlar animadamente junto a la barra, Mía, Paula y Julia se unen al grupo. Paula, para sorpresa de todas, se pone a bailar con uno de los chicos sin haberle preguntado siquiera el nombre.

—Parece que alguien quiere darlo todo esta noche... —dice Mía mientras se acerca a Julia y Alicia.

María se ha alejado un poco para charlar con más calma con Felipe, su conquista. Tiene toda la pinta del típico señorito andaluz, clasicorro pero muy salao. Tiene cuarenta y cinco años, es divorciado y está dispuesto a dormir fuera esta noche. María, por supuesto, se deja querer. Primero con unos chupitos en la barra, después con unos bailoteos de salsa muy pegaditos y finalmente con algunos besos tontos en la pista de baile.

Paula sigue con su particular show y las otras tres desparejadas no pierden detalle de los bailes que se está pegando con el sevillano. De repente él empieza a bajar las manos por la cadera sin dejar de bailar bien arrimados. Ella se las quita y mira a sus amigas con cara de sorprendida, como preguntando: «¿Qué está pasando aquí?». Las chicas le responden en la distancia haciéndole señales para que aproveche y disfrute el momento, pero Paula se acerca a ellas y deja al chico solo en la pista.

—¿Qué pasa? ¿Qué me hacéis con las manos? —les pregunta.

—Madre mía, vas mal, ¿eh? —le dice Alicia—. Te estamos diciendo que tires p'alante, que lo tienes loquito.

—¿Qué decís? Anda ya, vosotras sí que estáis locas.

—¿Y por qué no? —pregunta Mía.

—¡Pues porque no! No voy depilada y encima llevo una braga faja, que con este vestido se me marca todo.

Paula se va ofuscada al baño. Ella no se da cuenta, pero el sevillano la sigue y se queda esperando a que salga. Se sorprende cuando lo ve y, un poco asustada, le sonríe. Él se acerca y le dice:

—Pensaba que te ibas ya... ¡Qué disgusto!

Luego la rodea por la cintura. Paula no lo rechaza, aunque sigue con cara de sorpresa. Entonces el sevillano la besa. Ella vive el momento embriagada por el sonido del bar, la bachata, las luces del chiringuito y, por supuesto, las copas de más. Se besan durante unos minutos hasta que Paula vuelve en sí y se aparta. Sin decir nada, se da media vuelta y se marcha.

Llega a la barra y un tanto desconcertada les dice a sus amigas:

—¿Nos vamos? Estoy muerta.

—¿Muerta? —pregunta Alicia extrañada—. Si hace diez minutos eras la reina de la pista... ¿Qué ha pasado?

—¿Te ha hecho algo ese tío? —quiere saber Julia.

—¡Qué va! ¡Si es monísimo! Pero me he agobiado y me ha dado el bajón.

—Esperad, que aviso a María a ver qué hace ella... ¡Aunque yo creo que se queda! —vaticina Mía.

María está acaramelada con su ligue y casi ni se da cuenta cuando Mía le dice que se van. Le da una copia de la llave y le pide que le escriba en un rato para saber qué hace. No conocen de nada a los chicos y les da un poco de miedo dejarla sola.

—Tranquila, que duermo en casa —le dice María—. Me quedo un rato y voy para allá. Cualquier cosa, te escribo.

—Si cambias de opinión, me llamas y me mandas ubicación, porfi —le pide Mía.

Un par de horas más tarde, María vuelve al apartamento y se mete en la cama en silencio. Avisa a Mía de que ha llegado sana y salva, y esta le pregunta medio dormida qué tal se lo ha pasado. Cuando María le contesta, Mía ya se ha vuelto a quedar frita.

# 39

A la mañana siguiente Julia se despierta temprano. A pesar de haberse acostado tarde ya tiene los horarios muy marcados por los niños y madruga sin necesidad de alarmas. Además, está acostumbrada a prepararlo todo y es tan atenta que siente la necesidad de hacer algo especial para sus amigas. Prepara huevos, tostadas francesas, pan con tomate, quesos y una variedad de frutas cortaditas a la perfección como si de un cinco estrellas se tratara. Cuando las otras hacen su aparición, se sorprenden ante el despliegue culinario y se sientan a la mesa con la emoción de unas niñas que abren sus regalos el día de Reyes. Y es que nadie aprecia más un desayuno posfiesta que las mujeres resacosas de cuarenta. Eso es una realidad indiscutible.

Mientras disfrutan de los manjares charlan sobre la noche anterior. María les cuenta que le encantó el sevillano y que hoy las ha invitado a salir a navegar en un barco que han alquilado.

—Pero ¿cabemos todas? —pregunta Alicia.

—Sí, sí —confirma María—. Nos han invitado a todas. Así me lo dijo.

—¿Seguro? Me muero de vergüenza si nos plantamos allí y no nos esperan —insiste Julia.

—No, no, no. Yo no puedo ir —dice Paula rotunda.

—¿Se puede saber que pasó ayer? —Mía empieza a mosquearse ante la actitud de su amiga.

—Nada. No pasó nada —contesta Paula mientras mira su plato cabizbaja y le da un bocado a la tostada.

—¿Seguro? Conozco esa cara… —dice Alicia.

—Bueno, nos dimos un beso. Él me dio un beso, mejor dicho.

—¿Quééé? —Alicia da un grito que retumba en la terraza—. ¡Serás perra! Y no cuenta nada, la tía.

—Muy mal, ¿eh? —la regaña Mía.

—Pero ¿cómo fue? ¿Y con quién? ¿Con el otro sevillano? —indaga María.

—Si yo no me acuerdo de nada —dice Paula—. Lo veo hoy y ni siquiera sé si lo conocería.

—Pues lo vas a ver… —confirma María.

—Que no. Que ya te digo yo que no voy —sentencia Paula enérgica.

Una hora más tarde, las cinco van de camino a uno de los muelles del puerto de Tarifa cargadas con sus bolsos de playa. Paula lleva un sombrero XL para protegerse del sol, crema de pantalla total en la cara y un poquito menos de dignidad.

Cuando llegan al punto de encuentro, los chicos las saludan con efusividad y las invitan a subir a bordo. Ellas llevan champán, ginebra y ron a modo de cortesía para preparar algunos cócteles en el barco. Se sienten muy cómodas con el grupo, excepto Paula, que está muerta de vergüenza. En su naturaleza no está comportarse de ese modo tan desinhibido, por lo que le preocupa lo que puedan pensar de ella o cómo la puedan juzgar. María, al contrario que Paula, se siente en su salsa. Está muy cómoda con este tonteo que se trae con Felipe, que parece el de dos novios adolescentes.

El resto disfruta de una charla entretenida, bromas, baños en alta mar y alguna que otra copa. Paula descubre que su sevillano se llama Agustín y que gana en las distancias cortas. Ha tenido una relación larga, pero ahora está soltero. Se apuntó a este viaje a última hora sin grandes expectativas, que ya han sido superadas al conocerla a ella, según le dice. Paula se sonroja, pero se siente muy halagada con sus palabras, le devuelven una confianza y un poder femenino que creía haber perdido o que había permanecido oculto durante mucho tiempo en lo más profundo de su ser. Cada vez se encuentra más cómoda con los sevillanos, incluso se atreve a hacer bromas y a lanzarse al agua desde el barco. Las chicas, que la conocen, no dejan de mirarla sorprendidas ante esa nueva actitud de su amiga.

El día pasa volando y lo acaban disfrutando de un precioso atardecer. Al caer la noche, regresan al puerto y se despiden. Por el muelle, de camino al coche, Mía dice:

—Pues nada, chicas, está claro que Paula ya ha conocido a su hombre salvavidas.

—¿Mi qué?

—¡Claro! Todas tenemos uno. ¡O varios! —se adelanta Alicia—. Cuando estás mal después de que alguien te deje o de algún desengaño amoroso, siempre hay un tío que te hace reflotar y volver a ti.

—No tiene por qué ser importante en tu vida, pero ha venido a cumplir una misión —añade Julia.

—Existen personas que te salvan y no se enteran —continúa explicando Mía—. Esas son las personas salvavidas.

—No, si está claro que con vosotras nunca me acostaré sin saber algo nuevo. —Se ríe Paula, que no puede evitar intuir algo de verdad en las palabras de sus amigas.

# 40

Nada más llegar el domingo a Barcelona, Mía escribe a Jorge para avisarle de que está de vuelta. Él la invita a su casa y le ofrece un plan de cena y peli, que en el idioma de una pareja incipiente significa: «excusa para tener sexo». Mía no sabía que su nuevo amante tuviera dotes culinarias, pero parece ser que el chico se guarda unos cuantos ases bajo la manga, a cuál más interesante.

¿Te gusta el salmón?

Sí, mucho. Además, vengo de fritos y de tapas hasta arriba. Qué ganas de un pescadito sano

¿Y el aguacate?

Sí, lo único que no me gusta es la cebolla

Oído cocina

Según una ley no escrita en la biblia de citas de Mía, no se come cebolla o ajo ni antes ni durante una cita. Ha tenido alguna mala experiencia al respecto, y cuando se trata de besos y distancias cortas, toda precaución es poca.

Antes de ir al apartamento de Jorge, deshace la maleta, pone una lavadora y se da una ducha. Se viste informal, pero siempre con ese toque que la diferencia del resto. Hoy lleva una camisa fina muy ancha con los botones abiertos que dejan a la vista un top escotado y un pañuelo en el cuello. Ella siempre es elegante, pero sus looks tienen un punto hippie-chic muy característico.

Coge el coche y aparca en una calle cercana. Sube en el ascensor y, cuando llega al último piso, Jorge abre la puerta con un trapo de cocina en el hombro.

—No te puedes ir tanto tiempo —le dice Jorge exagerando una expresión de pena y abriendo los brazos para recibirla.

—Estoy de acuerdo contigo. —Ella le sigue el juego.

Se dan un beso que empieza tierno, pero que, a medida que se va alargando, agita la respiración de ambos. Jorge le da la mano y la lleva hasta la cocina, una isla en medio de un loft amplio de diseño minimalista y con muchos detalles masculinos.

—Mira lo que estoy preparando.

Pero ella, antes de mirar la comida, se fija en el culo que le hacen los tejanos. Los ha combinado con una camiseta básica blanca y está descalzo. A Mía le encanta cuando viste de manera informal, acostumbrada como está a verlo siempre con traje. Se pregunta qué estilo le favorece más. No tarda en darse cuenta de que no puede decidir, aunque lo que sí tiene clarísimo es que tiene un culo increíble con los vaqueros.

—Madre mía, pues va a ser verdad eso de que estás hecho todo un cocinillas —dice Mía mientras observa el *mise en place* sobre la isla.

—Prueba esto… —Jorge le mete una cuchara en la boca.

—Pero ¿cenamos tú y yo o viene tu familia? ¡Es muchísima comida!

—No te creas, son solo varios platos para que los pruebes.

Mía apoya la espalda en la encimera mientras observa a Jorge moverse como pez en el agua entre los fogones.

—Y también hay postre —avisa Jorge, que se dispone a sacar unas frambuesas de la nevera.

Le mete una frambuesa en la boca. Aprovecha para rozar con la punta de los dedos sus labios, que se tiñen momentáneamente de rojo por el jugo de la fruta. La besa para probar la frambuesa de su boca, así que lo que en un primer momento empieza con un inocente juego acaba convirtiéndose en apasionados malabares con las lenguas que van caldeando cada vez más el ambiente. La agarra de la cintura y la sienta sobre la encimera. Aunque Mía es delgada y él está en forma, la soltura con la que ha realizado el movimiento la sorprende. Y encima sin dejar de besarla.

Le desabrocha los botones de la camisa y se la quita. Ella le responde sacándole la camiseta blanca. Lo observa con un poco de distancia para poder admirar su torso de piel morena. Él le baja los pantalones con delicadeza, arrastrando sus manos por sus piernas hasta sacarlos por los pies.

Empieza a besarla de nuevo, sujetando ahora su cara con ambas manos mientras ella recorre la espalda de él con las manos. Jorge va bajando por el cuello con pequeños besos hasta llegar a sus pechos. Los acaricia lentamente. Aparta algunos platos y la reclina sobre la isla. La besa en el vientre y llega al pubis. Mía se enrosca a las caderas de Jorge con las piernas, como si no quisiera dejarlo escapar, pero lo suelta en cuanto él acaricia su sexo y la penetra con los dedos. Arquea la espalda sobre la encimera y emite un suave gemido que acompaña al sonido de los húmedos besos de Jorge en su vientre al mismo tiempo que no deja de masturbarla. Le acaricia la cabeza y lo empuja hacia abajo con suavidad dando a entender con sutileza que se baje al pilón. Así que él, como buen entendedor que es, desciende lentamente mientras le quita las braguitas, que caen al suelo. Mía gime de placer, se agarra la tela del top con una mano y hunde la otra en su pelo. Mantiene las piernas en el aire hasta que Jorge la levanta de la mesa. Una vez sentada, ella vuelve a abrazarlo con las piernas y a acariciar su musculosa espalda.

—Ven aquí —le dice Jorge mientras la coge en brazos con la misma facilidad con la que la subió a la isla.

Ella lo besa y hace fuerza con las piernas y los brazos para sujetarse a él mientras la lleva al dormitorio. La coloca sobre la cama y se tumba sobre ella. Mía siente el miembro erecto bajo el tejano clavándose contra su cuerpo y se excita todavía más, por lo que se apura en desabrocharle el pantalón. Todavía lleva el top, que deja intuir sus pechos: pequeños, perfectos y sin un sujetador que los cubra. A Jorge le excita mucho ver cómo sus pezones se marcan a través de la tela fina. De repente, uno de los tirantes del top se escapa de su hombro y se asoma un pecho. Eso pone todavía más cachondo a Jorge.

Enseguida comienza a penetrarla con delicadeza y poco después acelera la marcha acompañada de los gemidos de Mía y la respiración acelerada de Jorge. En un momento dado, ella toma la iniciativa y se pone encima de él, que queda tumbado a la vez que la agarra por las caderas y hunde las yemas de los dedos en su piel como si quisiera moldearla. Ella se mueve con agilidad, lo que provoca que el orgasmo llegue con rapidez y que ambos tengan la sensación de tocar el cielo.

Después del subidón, miran al techo e intentan recuperar el aliento.

—Bueno, pero ¿al final hay cena? —pregunta ella con la cabeza apoyada en el brazo de Jorge.

—Ah, así que lo único que te importa es la comida, ¿no? Serás interesada… —le contesta él de forma divertida.

—Bueno, no solo la comida... —le aclara ella mientras lo besa y se echa sobre él.

—Ah, ¿sí?

Jorge vuelve a darle la vuelta y la tumba en la cama con fuerza, haciéndole cosquillas y besándole el cuello.

—¡Cosquillas no, por favor! —dice ella entre risotadas—. ¡No las aguanto!

Mía se retuerce para intentar escapar del ataque. Aunque le cuesta, consigue liberarse y sentarse en el borde de la cama. Se cubre con la sábana.

—En serio, tengo hambre —dice ella.

—Pues creo que lo que tenía en el horno debe estar ya incomible —piensa él en voz alta—. Pero tranquila, que improviso algo.

—Oye, pero antes... —Mía le hace una seña hacia la sábana con la que se tapa, como indicando que necesita algo para cubrirse. Su camisa, sus pantalones y braguitas han quedado tirados en el suelo de la cocina.

Jorge abre el armario y saca una camisa de lino blanca y se la acerca.

—No es tu talla, pero seguro que te queda perfecta —le dice mientras la ayuda a ponérsela. Él opta por unos shorts de pijama.

Mientras Jorge retoma la cena interrumpida por el polvo, ella se pone las braguitas y deja la ropa que había en el suelo encima de una de las banquetas de la cocina.

—Bueno, ¿piensas colaborar o qué? —le recrimina él en tono de broma.

—¿Yo? ¡Si lo único que sé hacer es calentar cosas en el microondas! —le aclara ella.

—Madre mía, lo que me espera... Acércate, anda.

Se sitúa delante de él, frente a la encimera, donde siguen los alimentos tal y como los habían dejado. Él la abraza por detrás y le indica cómo tiene que cortar cada ingrediente. Su cara roza el pelo de Mía, por lo que él aprovecha para olerlo y besarlo suavemente mientras la ayuda con las preparaciones.

Sin embargo, Jorge enseguida toma el mando de la situación para poder cenar a una hora decente y le pide que saque un bol. Ella abre el armario, pero como los recipientes le quedan muy arriba, se pone de puntillas, apoya la mano en el mármol y alarga su otro brazo para alcanzar el bol. Al hacer ese gesto se le levanta la camisa, que le queda bastante grande, y deja a la vista su ropa interior. Jorge se gira para observar con ternura los esfuerzos de Mía por alcanzar el bol a la vez que no puede evitar excitarse con la imagen de ella descalza, en braguitas y con su camisa cubriendo su delicado cuerpo. Al notar la mirada clavada en ella, Mía se gira y le sonríe.

—¡Eh! Tú a lo tuyo... —le ordena.

Mientras terminan de preparar la cena, van picando y probándolo todo. Cenan de manera informal en las banquetas altas de la cocina. Charlan de la vida y disfrutan de la compañía mutua con una confianza inusual, pese a lo poco que hace que se conocen.

Cuando ya están con el café, Mía mira la taza de Jorge y le dice:

—¿Sabes que te estoy haciendo una taza en la clase de cerámica?

—Mentira.

—Te lo juro. La dejé a medias, pero la he vuelto a retomar.

—Qué suerte la mía —celebra él—. ¿Y cuándo la voy a poder tener?

—Uy, la cerámica ya sabes que lleva su tiempo. Primero hay que hacer la forma de la taza con la arcilla húmeda. Luego hay que dejarla secar dentro de una bolsa durante varios días para poder afinarla y hacerle los detalles que falten. Y una vez que se ha secado de forma natural, hay que cocerla una primera vez en el horno, que se llama bizcochado. Cuando sale de ahí, ya se puede pintar o esmaltar. Y ya, por último, se tiene que volver a hornear para que se fijen los colores del esmaltado.

—Madre mía, un año para hacer una taza. Me siento halagado.

—Yo no tardo tanto porque tengo un minitaller en casa, pero la empecé en el taller grupal y ahí se quedó. Y encima siempre se trabajan varias piezas a la vez.

—¡Ah...! ¿Estás haciendo más tazas entonces? —le pregunta Jorge algo celoso.

—Más tazas no... Estoy con un jarrón, pero es para mí, estoy probando una nueva técnica. Un día si quieres te doy una clase.

—¿Así que tienes un taller en casa?

—Bueno, taller, lo que se dice un taller..., no sé si puede llamarse así. Tengo una habitación para trabajar con el barro y un torno. Pero no soy especialmente fan del torno.

—¿Entonces no vamos a vivir un momento *Ghost*?

—No te creas todo lo que ves en las películas... Ya te digo que la cerámica no es tan sexy. Eso sí, sanadora sí que es.

—Hace falta mucho barro para curarme a mí.

—Demasiado...

—Creo que la cerámica no es lo mío... —confiesa Jorge—. Demasiado tiempo de espera y yo soy muy ansioso. No sería capaz de tener tanta paciencia por nada.

—Esperar es lo peor del mundo, pero no para la arcilla. Con ella entiendes que el tiempo es parte del proceso. —Mía se queda pensativa unos segundos y luego añade—: ¿Te has dado cuenta de que lo más triste de la vida es esperar? Esperar a que una persona reaccione, a que nos trate como queremos, a que cambie, a que nos respete. Esperar amor, esperar cambios que nunca llegan o esperar a que nos valoren. Sí, definitivamente esperar es la parte más triste de la vida. Pero, insisto, no con la arcilla.

—Yo siento haber tardado tanto tiempo en llegar aquí. —Jorge se acerca a ella y le acaricia la cara con la palma de la mano. Luego enreda los dedos entre su pelo.

—Bueno, yo me tengo que ir… —dice Mía cortando el momento romántico.

—¿Ya?

—Mira qué hora es…

—Te veo mañana en la ofi, entonces.

—Sí, pero no me mires raro, a ver si la vamos a liar…

—¿A raro te refieres a imaginarte desnuda?

—Imagina lo le quieras, pero que no se te note.

# 41

El martes las chicas vuelven a reunirse en clase de cerámica. Saludan a Nunchi con efusividad, que las recibe con la noticia de que el mes siguiente empezará el tratamiento de fertilidad. Lo celebran con vítores y aplausos.

—Y mañana tengo turno con la iridóloga que me recomendasteis.

—¿En serio? A ver qué te dice... —comenta Alicia.

—¡Y el jueves nos lo cuentas todo! —le pide Mía, emocionada.

—Bueno, yo estoy en proceso de embarazamiento, pero vos... ¡de enamoramiento! ¡Contá cómo va el romance!

—¡Eso, eso, que hay que sacarte los cotilleos con pinzas! —se queja María.

—¿Qué os puedo decir? Pues es la típica relación de los primeros meses. Sexo perfecto y conversaciones interminables. El domingo me cocinó y me comió...

—¡Calla, marrana! —la corta María—. No queremos saber más.

—Venga, ahora que alguien cuente una desgracia o un drama para compensar —pide Alicia—. No aguanto tanto empalagamiento.

—Creo que Mía ya ha tenido suficientes dramas en los últimos años, ya le iba tocando un poco de romance, aunque sea molesto para el resto —dice Paula con retintín divertido.

—Bueeeno, te perdonamos —concluye Alicia—. Pero ahora en serio... Paula, *update*, *please*.

—Pues yo he quedado luego con Marcos —responde esta.

—¡No jodas! —exclama Alicia—. ¿Lo sabe Alonso?

—¿Estás loca? Por supuesto que no. Además, ya te he dicho que solo somos amigos. Charlamos de la vida y esas cosas, pero hay cero interés sexual por parte de los dos.

—Bueno, pero quien juega con fuego... ¡puede acabar quemándose! —le avisa Alicia.

—Anda, calla y sigue con lo tuyo, que veo que te estás peleando.

Alicia lleva un rato intentando afinar una pieza que le ha quedado algo torcida, así que está puliendo uno de los lados y añadiendo material al otro para compensar.

—La verdad es que se me está haciendo bola...

—Dejala secar un tiempo y empezá con otra cosa, así también salís del bucle —le aconseja Nunchi.

—Es verdad. Voy a hacer el set de sushi, que no sé cuánto tiempo hace que no me pongo con uno.

—Vale, pero no cambies de tema —dice María—. ¿Dónde es la cita?

—Madre mía, qué hartura... —se queja Alicia mientras mira al techo.

—No quiere contestar. ¡Eso es porque sí es una cita! —Se ríe Mía.

—En un restaurante... —suelta de carrerilla—. ¿Contentas?

—¿Lo veis? Una cita oficial. Lo que yo decía —se regodea Mía.

—No pienso contaros nada nunca más.

—¡No seás mala onda! —dice Nunchi—. ¡Si nosotras apoyamos esta relación!

—Pero ¿qué relación? —se enerva Paula—. Estáis mal, de verdad...

—¿Y vos, Juli? —cambia de tema Nunchi—. ¿Cómo vas?

—Pues voy. Por lo menos me libro de hacer mudanza, que no es poco. De momento me quedo yo en el piso. Los niños van a pasar tres días con cada uno y los findes alternos.

—Organizarse es lo mejor, así puedes aprovechar para hacer cosas los días que estás sola —la anima Paula.

—Hay muchas maneras de tomarse esto que te ha pasado —toma la palabra Mía—. Y sin duda alguna, la tuya es la mejor. No hay que dejarse arrastrar.

—Totalmente —la apoya Alicia—. No es un drama, es una oportunidad.

—El otro día leí en un libro que al final sanas y vuelves a ser feliz —añade María.

—Sanas, pero no vuelves a ser la misma —la contradice Julia.

—Te pasan cosas y evolucionas —insiste Alicia—. Y en función de lo que te lastimó construyes tu mente para que no vuelva a suceder, aunque el miedo interior siga existiendo.

—Quizá sea que simplemente la felicidad no es para mí y debo aprender a vivir con eso —se lamenta Julia.

—No digas eso —le regaña Mía—. La felicidad para ti no estaba en ese lugar, pero eso no significa que no puedas tenerla. Nadie vive en una felicidad permanente.

—Y, por supuesto, la felicidad no depende de estar o no con un hombre —aclara Alicia.

—¿Tú ahora estás bien? —le pregunta Paula a Julia.

—No sé si la palabra es feliz, pero al menos estoy tranquila. Como si me hubiera quitado un gran peso de encima.

—Si su ausencia te trae paz, entonces es que no perdiste tanto —interviene Nunchi, que siempre encuentra las palabras justas.

—*Touché*, amiga —sentencia Alicia.

—Por cierto, yo no os he contado mi última de Tinder... —cambia de tercio María.

—A ver, sorpréndenos... —se cachondea Alicia.

—Empecé a chatear con un *match* que era monísimo. El típico tío interesante con rollo, pero también educado y sensible.

—¿Qué puede salir mal tras esta introducción? —se pregunta Paula sonriendo, a la espera del final de la historia.

—Quedamos para cenar y él me invita. El chico, como os digo, encantador. Bastante maduro, debo decir, y con una conversación interesante.

—Bueno, de momento todo bien, ¿no? —apunta Mía.

—Bueno, pues una cosa llevó a la otra y acabamos los dos en mi casa. Ya nos habíamos dado unos besos tontos en el coche y todo pintaba bastante bien. Pero cuando llegó el momento de pasar a mayores, se puso nervioso y empezó a sudar, a temblar y a decir que no se encontraba bien...

—Uy, esto me huele a gatillazo —predice Alicia.

—Por supuesto, gatillazo máximo. No hubo manera de nada. Me dijo que le dolía la tripa, que se había descompuesto, que a lo mejor la cena le había sentado mal... Vamos, todo un repertorio de excusas baratas.

—¿Y se fue? —quiere saber Paula.

—Ahí es donde empieza lo heavy. Me dijo que mejor nos abrazábamos y nos dábamos cariño...

Las risas generalizadas interrumpen el relato de María. Cuando se calman las carcajadas, lo retoma.

—Que no digo yo que no me guste el momento cariño, pero la verdad es que esperaba algo más de este *match*... Y, desde luego, menos visitas al baño por su parte...

—¿Y cómo acabó entonces la noche? —pregunta Nunchi.

—Pues yo durmiendo en el sofá y él roncando en mi cama.

—No me lo creo —suelta Alicia incrédula.

—Y espera, que eso no fue lo peor. Al día siguiente no había quién lo echara de casa. Ni con agua caliente. Por suerte me llamó Lola y le dije que tenía que irme inmediatamente a buscar a mi hija.

—El combo de romanticismo y flatulencias fue demasiado para ti… —Se ríe Alicia.

—Esto es muy fuerte. ¡Ya no deberías escribir un libro con tus historias, sino hacer una película! —le recomienda Julia.

—Sí, claro. No tengo yo otra cosa mejor que hacer —sentencia María, que no sabe si reír o llorar con las cosas que le pasan en el inquietante mundo de Tinder.

# 42

Después de clase, Paula se marcha a su cita con Marcos. Lleva el pantalón algo sucio de arcilla y se le ha olvidado ponerse las lentillas, así que va con las gafas de diario puestas. Entra muy relajada al restaurante donde han quedado, ya que no contempla este encuentro como una cita, sino más bien como una cena con un amigo que la está aconsejando en este momento de su vida. Por eso no le da la más mínima importancia a su aspecto. Se siente cómoda con él y no necesita ni fingir ni arreglarse.

Marcos ya la está esperando. Se saludan de forma cariñosa. Sin darse cuenta, las horas pasan volando. No hay silencios incómodos ni preguntas comprometidas en sus conversaciones. Por eso Paula se siente segura. Le encanta la forma de ser de Marcos, cómo la acompaña y le aconseja de forma amable, sin juzgar. Con él se siente en calma y se da cuenta de que algo en ella cambia cuando están juntos. Es más ella misma que nunca.

Vuelve a casa dando un paseo con una gran sonrisa dibujada en el rostro. No sabe qué está pasando en su interior, pero algo se ha activado. Se siente diferente y no puede escapar de esa nueva sensación de confort que la colma cuando está con

Marcos. Decide que a partir de ahora solo quiere estar en aquellos lugares donde pueda ser ella misma.

Al llegar a casa recibe un mensaje de María:

¿Cómo ha ido? Cuenta solo si quieres, ¿eh? Cero presión

O sea, claramente no era una cita. Iba con las gafas y recién salida de cerámica con barro en la ropa y en el pelo. Pero me lo he pasado bomba con él. Todo el tiempo me he estado riendo. Tiene una conversación ingeniosa y un humor superácido

Eso es lo que yo llamo amor a primera risa

¡Tú tienes nombres para todo! Pero este me gusta...

Entre la aventurilla con el sevillano y ahora esto... Estás irreconocible

Solo que no es nada serio. NO SON CITAS. Repito

Pero te gusta un poco

No me gusta, he dicho que estoy a gusto con él y que me hace sentir bien. De ahí a gustar hay un rato

Pero es un rato entretenido. Déjate llevar y que la vida te sorprenda por una vez. Quítate las cadenas que tú misma te pones

Sí, sí, lo que tu digas. Buenas noches, amiguita

Buenas noches, ligona

## 43

El jueves las chicas se saludan con abrazos y se ponen los delantales, aunque siempre acaban con alguna mancha de barro en la ropa. Unas sacan sus piezas de las bolsas de plástico y otras inician nuevos proyectos y cogen arcilla del bloque que Nunchi siempre tiene encima de la mesa.

Se encuentran expectantes por saber qué tal fue la cita de Nunchi con la iridóloga y qué le dijo para lograr quedarse embarazada. La argentina trae un brillo especial en la mirada, mezcla de ilusión e incredulidad por este tipo de terapias alternativas, puesto que ya ha probado muchas de ellas sin éxito. Sin embargo, ha elegido confiar una vez más. Tal vez en esta ocasión se sienta más relajada porque tiene también la cita para la *in vitro*, un proceso más conservador y, por tanto, con muchas más probabilidades de llegar a buen puerto.

—Bueno, Nunch, cuéntanos —arranca Julia—. ¿Qué te dijo esta mujer?

—Eso, eso —se suma Paula—. ¿Tienes que hacer alguna pócima o algo?

—Es iridóloga, no hechicera... —la regaña Alicia.

—La verdad es que me dejó loquísima —comienza Nunchi—. Lo primero que hizo fue mirarme a los ojos y me preguntó el motivo por el que iba a la consulta. Yo le dije que quería quedarme embarazada. Me miró de nuevo a los ojos y me dijo: «Tenés que tener relaciones los días 20, 21 y 22 de este mes».

—¡Qué suerte la tuya! —interrumpe María divertida.

—Yo le dije que esos no eran mis días fértiles —continúa Nunchi—. A ver, en mi caso los días fértiles son cruciales para tener más chance de quedarme. Y ella me respondió: «No importa, tenés que hacerlo esos tres días».

—Qué fuerte. —Alicia sigue sorprendida con todo esto—. ¿Y nada más?

—Me dijo también que comiera muchos cacahuetes. Yo me quedé muy loca, pero, total, no tengo nada que perder. Si ya tengo cita para la *in vitro*.

—Entonces ¿no podéis tener relaciones hasta el día 20? —pregunta Paula.

—Joe, que estamos a 17... —dice María—. Yo creo que tres días serán capaces de aguantar, ¿no?

—¡Mira quién fue a hablar! —interviene Alicia.

—Perdona, pero yo estoy ahora mismo a puntito de que me renueven el voto de castidad —aclara María irónica—. Y después de mi último *fail* de Tinder... ¡Ni te cuento!

—Exagerada... —interviene Mía, que hasta ahora ha estado totalmente concentrada en su pieza.

—La verdad es que no lo ha detallado, pero prefiero esperar y darlo todo esos días —aclara Nunchi.

—¡Esa es la actitud! —aplaude Mía.

—Tenía una especie de círculo en una hoja de papel, como si fuese mi iris, y allí iba escribiendo cosas.

—Alucino con estas cosas —confiesa Julia—. ¿No te daba miedo? Era en plan bruja, ¿no?

—No, nada de miedo —contesta Nunchi—. Además, la sesión fue supercorta, de no más de media hora. Y ella, encantadora. —Se acerca a Paula y le da una cuchara de madera para que vacíe un poco el cuenco en el que está trabajando—. Eso está muy grueso.

—Pero luego se reduce mucho en el horno, ¿no? —pregunta Paula—. No quiero que se rompa.

—No, vas bien, pero hay que afinarlo un pelín —le aclara la profesora.

—Por cierto, Ali —cambia de tema Julia—, ¿qué sabemos de Top Gun?

—¿Os podéis creer que todavía no hemos quedado? —Alicia deja de trabajar en su pieza para mirar a Julia—. Chateamos de vez en cuando y me ha dicho de vernos varias veces, pero al final por una cosa o por otra nunca concretamos nada.

—¿Y no será que estás cagada? —se aventura Mía.

—La verdad es que me impone mucho, nunca me había pasado. Y mucho más después de la foto que me mandó de los aparatejos que tiene en su cueva del amor.

—Del sado, querrás decir —aclara María.

—Bueno, eso —le da la razón Alicia.

—Pero ¿a ti te apetece? —le pregunta Julia— ¿O ya se ha enfriado un poco el tema?

—No, no, para nada. Ya sabéis que yo me apunto a un bombardeo y él me encanta. Además, me pone muchísimo este rollo desconocido y dejar la situación en sus manos.

—Vamos, salir de tu zona de confort —resume Mía.

—Pero sin pasarse —advierte la siempre precavida Paula—. Tú ten el móvil cerca por si tienes que hacer la llamadita de emergencia.

—Que sí, pesada. No seas ceniza —se queja Alicia.

# 44

Pocos días después, Alicia recibe un mensaje de Top Gun, la invita a cenar. Ella está en el hospital pasando consulta y acepta quedar después del trabajo. El wasap la ha puesto un poco nerviosa porque sabe que seguramente hoy sea el día en el que culminará el tonteo que se traen y que los chats porno se hagan realidad. La verdad es que se muere de ganas de probar las mieles del soldado que la lleva calentando unas cuantas semanas y también, por qué no, de lanzarse a un mundo desconocido para ella. Ella siempre ha disfrutado mucho del sexo y desde su adolescencia ha estado abierta a todo tipo de propuestas, pero nunca ha tenido la ocasión de adentrarse en el sado. Así que se toma esto como una oportunidad para probar cosas nuevas y, quizá, descubrir pasiones ocultas.

Una vez que termina con el último paciente se quita la bata, la cuelga en el perchero y coge su bolso para irse pitando a casa, darse una ducha y prepararse para el encuentro. Top Gun la ha citado en un restaurante del Barrio Gótico en el que se alternan las mesas altas con las bajas, hay poca luz y el ambiente, con la música alta, es bastante animado. Al ser viernes, han podido reservar un poco más tarde, así que cuando Alicia llega ya está muy concurrido, con todo tipo de clientes, desde parejas hasta grupos de amigas tomando copas, pasando por alguna que otra cena.

Nada más entrar, allí lo ve, tan guapo como siempre y con esa aura de chico malote que puede llevarte a tocar el cielo en un abrir y cerrar de ojos. Se saludan con dos besos y él aprovecha para rozarle las comisuras de los labios. Se acaban de encontrar, y el soldadito ya ha sacado la artillería pesada.

La cena transcurre entre conversaciones banales y miraditas que prenderían fuego a un bosque entero. Cuando acaban de comer, se toman un par de copas que los animan todavía más. Finalmente, llega el momento de decidir: ¿ir o no ir a su casa? Top Gun vive muy cerca del restaurante, así que cuando él le pregunta si quiere acompañarlo, ella asiente sin pensárselo.

Mientras caminan por la calle, él le acaricia la cadera y baja hacia el trasero. De pronto, ella se frena, le clava la mirada y se lanza a besarlo con pasión. En mitad del fragor, Alicia no deja de pensar si esta es la decisión más acertada. Tiene ganas de probar cosas nuevas, sí, pero también le da un poco de respeto ir a casa de un chico al que apenas conoce.

Cuando Top Gun le mandó la foto de sus cachivaches y le propuso participar en un juego de las suyos, Alicia se informó en internet sobre este tipo de prácticas sexuales. Ella tenía la falsa creencia de que en el sadomaso se unían el dolor y la perversión hasta tal punto que lo consideraba una desviación que rozaba el maltrato físico. Al informarse descubrió, sin embargo, que nada más lejos de la realidad, ya que implica un consentimiento mutuo de las partes implicadas mediante contratos pactados y palabras de seguridad para detener la sesión cuando se crea necesario. Los límites están marcados antes incluso de empezar y eso, siendo virgen en este sentido, es clave para ella, ya que no tiene ni idea de hasta dónde puede llegar Top Gun.

Al entrar en casa, los dos amantes siguen besándose y manoseando los cuerpos sin sentirse capaces de controlar su tumultuoso ímpetu. Ella, no obstante, consigue observar algo del piso de Alejandro mientras él le besa el cuello. Es un apartamento muy masculino, es decir, sencillo y con pocos muebles, aunque bastante ordenado. Él no le ofrece nada para beber, ya que han arrancado con los preliminares nada más entrar y se van directamente hacia la habitación; han perdido la capacidad de contenerse. Alejandro es muy apasionado y excitante. Se nota que tiene experiencia, que, unida a la de Alicia, hace que se intuya una prometedora noche de lujuria compartida.

Él la sienta encima de la cama y abre un armario del que extrae un gran cajón lleno de juguetes sexuales muy bien ordenados. Ella lo observa a lo lejos con cierta incertidumbre, pero sin dejar de disfrutar del momento. Se acerca a ella mientras se desabrocha la camisa y deja al descubierto su torso ancho, musculoso y sin vello. Alicia acerca la mano a su abdomen y sube hacia el pecho. Él sigue de pie y aprovecha para quitarle la blusa lentamente mientras le acaricia los brazos. Se arrodilla frente a ella para besarle los pechos, baja al ombligo y le desabrocha el pantalón. Se lo baja con su ayuda, que levanta el trasero de la cama. Se incorpora, se baja el pantalón y se queda totalmente desnudo, con el miembro erecto ante la cara de su amante. Es tal y como lo recordaba en los vídeos, aunque en directo impacta más. Él le acaricia el rostro y ella se acerca para metérselo en la boca, pero él la frena, le da la mano y la lleva hacia un banco que hay a los pies de la cama. Luego le da la vuelta y la inclina a cuatro patas sobre el banco. Gustosa, ella le ofrece espontáneamente el culo a su soldado durante ese momento de preliminares. Postrada en el banco, se aparta una nalga con una mano, expone su sexo y le susurra que desea su miembro dentro de ella.

—¿Eso es lo que quieres? Todavía no…

Acto seguido se lanza sobre ella presuroso y, como si fuera un perro hambriento, le lame el sexo con ansia. Alicia lanza un gemido de placer. Top Gun se recrea sin descanso y con intensidad en el sexo de Alicia y consigue que casi llegue al clímax en varias ocasiones. Sin embargo, se detiene en los momentos exactos y luego retoma el ritmo para continuar alargando su placer.

Súbitamente, la toma del cabello de una forma suave aunque algo violenta, y ella emite un leve chillido. La levanta con fuerza del banco y le susurra al oído:

—¿Quieres más?

Ella asiente con la cabeza. Mientras se dirige hacia el armario, Alejandro dice:

—Rojo será la palabra clave. Si quieres que me detenga o si algo no te gusta, di la palabra y yo pararé. ¿Está claro?

Ella contesta que sí con la cabeza mientras lo espera desnuda y excitada. Él se acerca con una serie de artilugios y le muestra unas esposas. La esposa al cabecero de la cama y le tapa los ojos con un pañuelo de seda negro. Sin ver y sin moverse, Alicia se deja llevar, agudizando el resto de sus sentidos.

Alicia es penetrada en diferentes y emocionantes posiciones, siempre con los ojos tapados. Top Gun le introduce todo tipo de juguetes sexuales, de diferentes tamaños y formas, o al menos eso intuye ella. Por momentos lo hace por la vagina y el ano de forma simultánea mientras él le narra sensualmente lo que le está haciendo. A Alicia nunca le ha gustado que los hombres hablen durante el sexo, pero en este caso le da seguridad y la excita todavía más.

Al cabo de un rato la libera de las esposas y le quita el pañuelo de los ojos. Luego la coloca del revés, con la cara contra el colchón, y le hace presión sobre la espalda para curvársela y que su trasero quede levantado. Ella nota unas cosquillas en las nalgas y, de repente, le sorprende un azote con tacto de cuero. Aunque Alicia no lo ve, es un látigo con varias cintas, como los que usan los jinetes para golpear a los caballos. Después de varios latigazos, él la embiste con su miembro erecto de forma salvaje, hasta que ambos acaban convulsionando de placer y Alicia se corre mordiendo la almohada.

La levanta de nuevo de la cama, le ata las manos a la espalda con una cuerda que ha dejado en el banco y la arrodilla en el suelo. Le pregunta si le molesta estar en el suelo en esa postura, ella le responde que no. Entonces le agarra el pelo y le introduce el pene en la boca mientras va moviéndole la cabeza hacia adelante y hacia atrás. La respiración de Alejandro se va acelerando al mismo tiempo que le pellizca con la mano que le queda libre los pezones con la fuerza necesaria como para que se ella se retuerza levemente.

Tras más de dos horas de juegos y sexo, al final acaban agotados sobre la cama, retozando entre fluidos y sudor e intentando recuperar el aliento. Exhausta por la actividad nocturna, Alicia no tarda en quedarse dormida, no sin antes pensar en cuándo será la próxima vez que pueda volver a disfrutar de esta nueva y excitante práctica recién descubierta.

# 45

El grupo vuelve a reunirse en clase de cerámica después del fin de semana y, antes de comenzar a trabajar en sus piezas, deciden ponerse al día. Julia explica su drama con Roberto a la hora de organizarse con los niños. A pesar de estar las aguas más calmadas, no puede negar que ese resentimiento hacia su actitud y sus actos sigue latiendo fuerte dentro de ella. En realidad, siente que se ha quitado un peso de encima y se ha dado cuenta de que no estaba viviendo una vida feliz, aunque el dolor del ego no es tan fácil de sanar, sobre todo cuando una es mujer y te traicionan de esta manera. Aunque se supere la ruptura, el corazón tarda mucho más tiempo en recomponerse.

Nunchi continúa nerviosa por la *in vitro*, aunque con muchas esperanzas. De momento, sin regla y sin síntomas después de su visita a la iridóloga. Eso sí, está dispuesta a acatar las pautas que le marcó y anda siempre con una bolsa de cacahuetes en la mano. Tiene claro que, si al final se embaraza, los cacahuetes no se le antojarán.

Mía cuenta que está muy a *full* con Jorge, dejando ya bien claros sus sentimientos hacia él. Sin embargo, todavía llevan la relación en secreto. Ella no quiere que se enteren en el trabajo por miedo a perder oportunidades o incluso a que la despidan. Jorge, por su parte, está en la misma situación, ya que hace muy poco que entró en la empresa. Es por eso por lo que organizan sus citas en la intimidad de sus apartamentos. Siempre solos, pero disfrutando de los primeros meses de una relación secreta y excitante gracias a la sensación de estar haciendo algo prohibido.

Por otro lado, Paula sigue chateando con Marcos. Sin que lo sepa su marido, por supuesto. Alonso sigue con su plan de relación abierta y el secretismo en casa es el pan de cada día. Cada vez están más alejados y ya casi se han convertido en dos desconocidos que comparten cama. Y a veces ni eso.

Alicia, que llega tarde a clase por culpa de un paciente que se ha retrasado, es la verdadera protagonista de la jornada. Así que en cuanto entra por la puerta, las chicas le dan la bienvenida sin poder esperar a los detalles de la cita con Top Gun.

—¿Y? —rompe el hielo María—. Queremos que nos lo cuentes todo.

—Muy fuerte... —resume Alicia.

—¿En serio? —pregunta Mía.

—Es que no doy crédito —irrumpe Paula moralista—. ¿Cómo puedes atreverte a hacer algo así?

—¿Qué pasa? —María defiende a Alicia—. Probar cosas nuevas está genial.

—No, no... Si ya os digo yo que valió la pena —vuelve a decir Alicia.

—¡Pero contá detalles! —ordena Nunchi.

—Yo al principio estaba un poco cagada, la verdad, pero él fue encantador. Muy claro en todo y, por supuesto, una máquina sexual.

—Vamos, un soldadito de plomo —se cachondea María.

—¡Ni que lo digas! No sabéis qué fuerza tenía para levantarme, para moverme de un lado a otro... Y ni hablar de la experiencia. Se nota que le va la marcha.

—Pero ¿era onda *Cincuenta sombras de Grey*? —quiere saber la profesora.

—Totalmente. No tenía una habitación, pero sí un cajón lleno de juguetes y aparatos de todo tipo.

—¿Te ató? ¿Te pegó? —pregunta Julia.

—Madre mía... —espeta Paula.

—Me esposó a la cabecera de la cama y luego me tapó los ojos con un pañuelo. Pegar... no de forma literal, pero sí con látigos, tirones de pelo, azotes... Esas cosas.

—Hombre, tampoco ibas a dejar que te pegara, ¿no? —dice Mía mientras mira a Alicia esperando su respuesta.

—Hombre, hay que estar metida en la situación. Si te duele, puedes pedirle que pare. Pero la verdad es que todo lo que me hacía me gustaba. Eso sí, acabé a-go-ta-da.

—Hombre, es que eso no es follar. ¡Es hacer *crossfit* en bolas! —bromea María.

—Ali, tú porque estás en forma del gym, pero me pilla a mí Top Gun y me disloca un hueso. Eso seguro. —Se ríe Nunchi.

—Os digo que no fue tan heavy como parece. Supongo que al ser la primera vez y al no estar puesta en el tema, se mostró cauteloso. Lo que más me sorprendió fue la finura y delicadeza que tenía al coger los juguetes del cajón, como si fueran tesoros, y luego lo rudo y bruto que era al follar. Parecía que me estuviera acostando con dos personas diferentes a la vez.

—Pero ¿cuántos juguetes tenía? —indaga Paula cautelosa.

—No los vi todos porque tuve los ojos vendados la mayor parte del tiempo.

—¡Hala! —grita Paula, espontánea—. ¡Ni loca, vamos! ¡Qué miedo!

—¡Qué dices! Si eso es lo más excitante —la contradice María—. Yo tuve un ligue al que le encantaba vendar los ojos y a mí me flipaba eso. La sorpresa, la incertidumbre...

—No sé, chicas, yo soy del *team* «si me la van a meter, que sepa por dónde viene» —interviene Julia.

Todas se ríen del chiste y durante un rato trabajan en silencio, concentradas en sus piezas. Mía ya casi tiene terminada la taza para Jorge, la acaba de esmaltar y ya solo le queda mandarla a hornear por segunda vez.

—Bueno, ¿y Julita se anima con el Tinder? —pregunta Nunchi rompiendo el silencio creativo.

—Deja, deja… —reniega Julia.

—¡Pues a Paula mira qué bien le ha ido! —Ríe María.

—Déjate de bromitas, anda… —le recrimina Paula.

—Yo ahora que me he separado lo tengo claro, sola estoy genial —dice Julia—. A no ser, claro, que venga uno con la cartera bien llena. Ahí mi interés empezará a aumentar…

—Materialista… —la acusa Paula.

—Hombre, a partir de los cuarenta una ya no solo busca amor —reflexiona María—. Aquí todas somos autosuficientes, pero no está de más liarse con alguien acomodado. Que nos lleve de viaje, nos compre cositas monas…

—Y caras… —puntualiza Alicia.

—Al final siempre acabamos con algún gilipollas —asume Paula—, así que por lo menos que sea un gilipollas con la cartera llena.

—A ver, hablando del dinero y el amor…, lanzo un tema polémico. Una pregunta a la que todas tenéis que responder —desafía Alicia.

—Qué miedo… —murmura Julia.

—Si os dieran un millón de euros… ¿Os acostaríais con un viejo decrépito?

—Pero bueno, ¡sí tú lo hacías gratis! —bromea María.

—¡Hija puta, el fiscal no tenía ni sesenta, no noventa! —se defiende Alicia.

—Yo, sí —afirma María categórica—. Pero antes con el millón encima de la mesa.

—Ostras, yo no sé… —titubea Paula—. Es mucha pasta, pero el trauma que te queda…

—¡Pues inviertes parte del millón en el psicólogo! —le aconseja Julia divertida.

—Yo con la memoria que tengo seguro que a los tres días se me ha olvidado y adiós trauma. Y, hala, a disfrutar del millón —dice María.

—Yo tampoco lo sé... —interviene Mía—. Tampoco me parece tanto dinero.

—Nooo, ¡es una banda de plata! —le contradice Nunchi.

—O sea, entendedme, es mucho un millón, pero no te da para tanto —aclara Mía—. Te compras un piso y cuatro cosas más, pero tienes que seguir trabajando. No te soluciona la vida.

—La mía te aseguro que sí —afirma Julia—. ¡Yo por esa pasta le hago hasta la cucharita al acabar!

—¡Mimitos al viejo! —Se ríe Alicia.

—En resumen, todas tenemos un precio, ¿no? Más alto o más bajo, pero lo tenemos —concluye María.

—Bueno, yo digo que primero tiene que venir el viejo con el millón y que quiera ofrecérmelo, claro —insiste Alicia.

Se cachondean con las frases ocurrentes, pero acaban viendo que todas valorarían la posibilidad de ese encuentro sexual por dinero. Mucho, eso sí. Luego tendrían que verse en la situación, pero con la propuesta encima de la mesa la estudiarían por lo menos.

—Por cierto, Nunchi, el jueves no vengo —dice Julia—. ¿Me puedes hornear estas dos piezas para la próxima clase?

—El jarrón está bizcochado, ¿no? —le pregunta la profesora.

—Sí.

—Este lo podés esmaltar ya y lo horneo —continúa Nunchi—. Y la bandeja si querés te la esmalto yo.

—Gracias, Nuncheli.

—¿Qué tienes la semana que viene? —le pregunta Mía a Julia.

—Tengo reunión en el cole y justo me la han puesto a esta hora.

—¿Vais los dos? —indaga Paula.

—Sí, nos han citado a los dos. Supongo que para hablar con la psicopedagoga.

—Eso es normal —le aclara María—. A nosotros también nos llamaron cuando nos separamos para abordar el tema en el cole.

—Así que tranquilidad —concluye Alicia—. Que no cunda el pánico.

# 46

Después de la clase de cerámica, Paula llega a casa y saluda a los niños, a los que no ve desde la mañana. Esto es algo poco habitual, ya que normalmente los va a buscar ella al colegio. Sin embargo, hoy ha tirado de canguro y han estado con Alonso.

Después de la cena acompaña a sus hijos a la cama. Aprovecha para charlar un ratito y preguntarles qué tal les ha ido el día. Cuando se quedan dormidos, baja al salón y se encuentra a Alonso viendo la tele en el sofá.

—¿Qué tal todo? —le pregunta él.

—Bien... Sin novedades en el frente. Hoy tenía cerámica, que siempre es un planazo. Nos hemos reído un montón.

—¿Y el resto? ¿Todo bien?

—¿Qué me estás queriendo preguntar, Alonso? —Paula se pone a la defensiva de forma inmediata—. Porque, según tú, las normas son no hacer preguntas, ¿no?

—Solo te he preguntado qué tal, ¿eh?

—Vale, vale. —Paula baja las armas y luego añade en un tono más amable—: La verdad es que tenías razón, conocer a otra gente me ha despejado mucho la cabeza y empiezo a verlo todo de otra manera.

Alonso aparta la mirada y la dirige de nuevo hacia la televisión. De pronto acaba de sentir cierto temor a que Paula haya descubierto una nueva vida y ahora quiera alejarse de él para siempre. Aunque no es capaz de dejar de pensar en eso, también entiende que no puede reclamarle nada y que quizá sea demasiado tarde para pedirle que vuelvan a ser lo que eran.

De forma lenta pero inexorable, el arrepentimiento empieza a hacer mella en su interior.

# 47

Mía ha invitado a Jorge a su casa. Tal y como le ha prometido, le va a dar una clase de torno en su taller, esa habitación que tiene reservada para dar rienda a sus dos grandes pasiones, la cerámica y la pintura. En el taller de Nunchi hace cerámica de mesa, pero en su casa practica con el torno, que le sirve sobre todo para desconectar. En ese lugar se queda a solas con sus pensamientos y a veces también con rock de los ochenta que pone como música de fondo. Una vez terminadas, deja las piezas expuestas en un estante que tiene dedicado a ello o se las regala a sus amigas. Esa habitación es su refugio, el lugar en el que más segura se siente y donde más puede ser ella misma. Nunca ha invitado a nadie a ese santuario y suele mantenerlo cerrado para que el polvo no inunde el resto del piso, también para esconder el desorden que oculta ese rincón: barro, herramientas sucias, trapos, piezas envueltas en plástico y lienzos a medio pintar.

Jorge toca en la puerta y, al abrirla, Mía se lo encuentra apoyado en la pared con un café para llevar en cada mano y con las gafas de sol algo caídas sobre su recta y prominente nariz. No puede colocárselas bien hasta que Mía coja uno de los cafés y le deje una mano libre.

Ella lo recibe con una sonrisa y un cariñoso beso mientras lo abraza con cuidado para no tirarle el café encima. Los dos tortolitos llevan ya unas cuantas semanas de intensa relación en las que han compartido risas, complicidad y momentos juntos. Eso sí, siempre en la clandestinidad. Esta tarde de sábado han decidido probar algo nuevo que a Mía también le servirá para abrirse un poco más a Jorge, ya que le va a descubrir su gran pasión y lo va a dejar entrar en su pequeño lugar sagrado.

Antes de ponerse manos a la obra, se toman el café en el diminuto balcón en el que apenas caben una mesa y dos sillas de madera, aunque, eso sí, hay muchas plantas. Mía no es buena en la cocina, pero con la jardinería no tiene competencia. Su balcón llama la atención en todo el barrio. Este es otro de sus rincones mágicos en los que disfruta de los desayunos, de las charlas con amigas, de los vinitos a media tarde y de los libros que devora.

—¿Estás listo para tu primera clase?

—Bueno, la verdad es que no tengo absolutamente ni idea de lo que vamos a hacer.

—No te preocupes. Yo te voy a guiar...

Mía se pone de pie y le alarga la mano para ayudarlo a levantarse de la silla.

Jorge lleva hoy un polo y unos pantalones chinos verdes mientras que ella ha decidido ponerse un vestido midi en color crudo. Para no manchárselo, se ha colocado un delantal sucio que tiene colgado detrás de la puerta.

Nada más entrar en el minitaller, Jorge se queda sorprendido por la luminosidad del lugar, ya que el ventanal tiene salida al balcón, al igual que el salón. En este preciso instante, justo cuando está empezando a atardecer, la luz ha adquirido un tono anaranjado que dota a la escena de más magia, si cabe.

—Yo empiezo para que veas la técnica y después te quedas solo ante el peligro —le advierte Mía.

—A ver, esto no puede ser tan difícil, ¿no?

Mía coge un trozo de arcilla sin contestarle y lo tira con fuerza sobre el torno. Luego se sienta en el banquito y empieza a tornearlo pisando el pedal para que gire al ritmo que ella desea. Mientras tanto, le va explicando lo que está haciendo y él la mira con atención.

Una vez hecha la demostración, ella se coloca de pie detrás de él y lo rodea con sus brazos dulcemente para guiarlo en el torno. Como necesita controlar sus manos, los cuerpos de ambos están muy juntos y las caras se rozan al ritmo del torno. Poco a poco la arcilla empieza a tomar forma entre sus dedos húmedos y manchados de barro, algo que a él parece hacerle especial ilusión.

A medida que la pieza se va moldeando, la excitación crece, compartiendo miradas cariñosas y sonrisas de complicidad. Tal es la seguridad de Jorge ante el torno, que Mía lo deja solo y aparta sus manos para que pueda disfrutar de su momento creativo. Al poco, Mía llega a sentir por un instante celos de la arcilla y vuelve a coger las manos de Jorge, con las que sigue jugando.

Manchados de barro y con el corazón latiendo con intensidad, ella empieza a acariciar de forma más sugerente las manos de su alumno y a subir por sus brazos. Como las caras están casi pegadas, Jorge se gira suavemente y sus labios se encuentran en un beso apasionado, algo que no les impide seguir atendiendo el barro. Ella está de pie, pero algo agachada, y mantiene una rodilla apoyada en el banco para poder llegar con el brazo a los de Jorge.

De repente, la intensidad del beso les hace soltar el barro y apartar los brazos del torno. Tienen la necesidad de tocarse y acariciarse para acompañar el beso, pero se lo impiden los dedos manchados de arcilla, así que se crea una tensión invisible en la que solo pueden luchar los labios. Se ponen de pie con algo de dificultad y Mía se limpia las manos en el delantal, pero no consigue quitarse todo el barro, y, cuando lo agarra por la cintura, le ensucia el polo. No obstante, poco parece importarle a él, ya que ni se inmuta y luego hace lo mismo: se limpia como puede en un trapo que hay encima de la mesa y le agarra la cara dejándole restos de barro en las mejillas. Por la ventana apenas entra luz, puesto que ya casi es de noche. Y entonces, en ese pequeño santuario escondido de los ojos del mundo, los dos enamorados le dan un nuevo sentido al concepto de hacer cerámica. Uno que, sin duda, les está encantando.

Acaban enredados en el taller, rodeados de piezas y junto a un torno con barro a medio moldear. Se tiran al suelo sin parar de besarse y se quitan la ropa con la urgencia que da el deseo. Con los cuerpos manchados de arcilla, Jorge apoya la espalda en una de las paredes del taller y Mía se sienta a horcajadas encima de él. Le desabrocha el pantalón y él se lo baja un poco, mientras ella se levanta el vestido y se quita la ropa interior para introducirse el miembro palpitante de Jorge. Luego empieza a moverse con suavidad a la vez que hunde sus manos llenas de barro seco en el pelo de su amante. Sus respiraciones, frente a frente, se convierten en una.

Entre gemidos de placer, Jorge, que no deja de moverse bajo la cadera de Mía, le dice:

—¿Qué me estás haciendo? Me he vuelto adicto a ti. Mis ganas de disfrutarte no se van, se acumul...

Mía no deja que acabe la frase y lo calla con un beso. Ella siente lo mismo, pero también hay en su interior un miedo atroz que no la deja abrirse del todo.

Cuando acaban se abrazan, y ambos miran al mismo tiempo hacia el torno, donde su creación inacabada e inerte ha sido testigo mudo de su momento de pasión.

—Hombre, pues muy bien no nos ha quedado, ¿no? —dice Jorge divertido.

Mía se ríe mientras apoya la cara sobre la cabeza de él.

—Yo creo que tú lo puedes salvar.

Mía le propone a Jorge que se dé una ducha para así quitarse el barro. Por su parte, ella se queda acabando la pieza en el torno. Disfruta de esa soledad repentina, tan solo acompañada de sus pensamientos. Una vez que termina la pieza, coge una bolsa y la tapa.

Jorge se ha vuelto a poner el polo manchado y se acerca a Mía al tiempo que se peina el pelo mojado con la mano. Ella no puede evitar derretirse un poquito más.

—¿Así te vas a ir? —le pregunta observando el polo.

—No me queda otra... La próxima vez tendré que usar delantal...

—Dame, anda. Directo a la lavadora.

—Déjalo, da igual... —le replica él.

—No pasa nada. Además, mientras tanto podemos poner una peli y así te retengo un rato más. —Lo mira traviesa y le guiña un ojo.

—Si yo no me quiero ir. Por mí ponemos la lavadora, la secadora y todo lo que haga falta.

Finalmente, los planes de sofá y película llegan a buen puerto. La cita para hacer cerámica se ha convertido en una noche de cine, cena y, por supuesto, buen sexo.

Pasan la noche juntos. Es fin de semana y no pueden estar más a gusto en ese micromundo que se están construyendo poco a poco. Al día siguiente disfrutan de una bonita mañana de domingo en la cama. Sin presiones, sin prisas y sin planes. Tan solo ellos dos y la tranquilidad de una relación que empieza a hacerse cada vez más sólida.

# 48

Días después de la conversación con Paula, Alonso sigue con el runrún en su cabeza. Cada vez está más seguro de haberse equivocado al plantear la relación abierta. Él, después de un par de citas fallidas y dos polvos tontos, se ha dado cuenta de que realmente no es lo que quería, sino que tan solo estaba agobiado por el matrimonio, los niños y la monotonía. Ahora que lo ve claro, encuentra a Paula tranquila, independiente y más viva que nunca. Ante esta situación, se plantea si a lo mejor el asunto se le ha ido de las manos.

El viernes por la noche se quedan solos. Los niños se han ido a casa de sus primos para hacer una fiesta de pijamas y tienen toda la casa para ellos.

Alonso le propone cena y película porque están agotados del trabajo, pero también porque pretende aprovechar que están sin niños para sugerirle volver a la normalidad. Darse una nueva oportunidad, pero esta vez de verdad. Colaborar en casa, ser un padre y un marido más presente, además de quererla y respetarla como se merece. Nunca es tarde para darse cuenta de lo que se puede perder. O al menos eso cree él, porque a veces en la vida, si se llega tarde, se acaba perdiendo el tren.

Alonso pide sushi y prepara la mesa. Cuando Paula entra en el salón, se sorprende al ver el despliegue, ya que ese tipo de detalles no son habituales en él. La velada transcurre de forma relajada, charlando sobre temas del trabajo, comentando la situación de Julia o hablando de las notas de los niños. Un poco de todo.

Una vez que han recogido la mesa y se preparan para ir al sofá a poner la película, Alonso decide que es el momento de soltar la bomba.

—Escucha, Paula —le dice—. Llevo unos días pensando...

—No hace falta que me lo digas —le corta—, lo he notado. Ya te dije el otro día que te veía raro. Como ausente.

—Pues es que he estado pensando mucho acerca de nuestra nueva situación y..., bueno, siento que quizá me equivoqué con el tema de la relación abierta. No sé, me gustaría volver a intentarlo. Tú y yo. Solos. Bueno, con los niños, claro.

Paula se queda inmóvil sin poder apartar la vista de él. Se da cuenta de que al escuchar esta frase en voz alta no se ha sentido ni aliviada ni esperanzada. Todo lo contrario. En este momento habría preferido escuchar de boca de su marido que la relación no da para más y que se rinde. Hasta ahora no ha considerado que Alonso se arrepintiera de la decisión y que se diera cuenta de que lo que realmente quiere es estar con ella. Sin excusas. Sin pereza. Con toda la carne en el asador.

Pero la cabeza de Paula ya ha hecho clic. Ese clic, tan necesario como invisible, que hace que se reaccione tan solo cuando se activa. Como un punto de no retorno. No solo ha empezado a sentir cosas por Marcos, sino que ahora es una mujer diferente, poderosa y libre. ¿Será difícil empezar de cero? Seguro. Pero no quiere quedarse con las ganas de vivir de verdad. En poco tiempo ha visto que esto no es lo que necesita y que, aunque estar sola le da vértigo, sabe que merecerá la pena si al final consigue encontrarse a sí misma y volver a su esencia. Esa que Paula ha perdido al lado de un hombre que nunca la ha hecho brillar.

Así que está claro que no solo es por Marcos, al fin y al cabo hace poco que ha llegado a su vida, sino que es un proceso que se inició después de la propuesta de Alonso y que, apenas percatarse de ello, la ha ido cambiando por dentro. En las últimas semanas ha vivido una transición interna que la ha empoderado y ahora es una mujer más atrevida que nunca. Porque una mujer valiente no es aquella que nunca siente miedo, sino aquella que a pesar de sentirlo sigue adelante.

—Mira, Alonso, las cosas han cambiado mucho en este tiempo…

—Paula…

—Y tú lo sabes —le corta categórica—. Quieres rescatar algo que ya no existe. Hace mucho que no somos eso que fuimos y, al igual que yo, lo percibes. Otra cosa es que te duela. A mí también me duele.

Alonso agacha la cabeza y la mete entre las piernas mientras resopla y se agarra el pelo en un gesto de desesperación. Al fin y al cabo, no tiene más remedio que aceptar que todo esto ya es una realidad.

—Ya he aprendido a sonreír sin ti —sentencia Paula.

—Esto no puede estar pasando… —Se queda en silencio durante unos segundos y luego quema su último cartucho—. ¿Recuerdas cuando querías lo que tienes hoy?

—Eso no ha cambiado. Siempre seremos una familia. Y estaremos unidos hasta la muerte por nuestros hijos. Eso es lo que de verdad importa.

El resto de la noche la pasan separados. Paula duerme en la habitación y Alonso se queda despierto en el salón, no consigue pegar ojo. A pesar de la tristeza que lo invade, acaba entendiendo que esto es algo que no se puede alargar más. La relación que empezó cuando eran adolescentes, en la que han madurado juntos y les ha regalado tres hijos maravillosos, ha llegado a su fin. Como la de muchas parejas. Sin drama, sin peleas y... sin amor. O con otro tipo de amor. Ese que se reinventa con el tiempo, los hijos, la rutina y los años. Que se transforma y que no tiene por qué romper familias, sino reformularlas.

# 49

Toca clase, y las chicas, como siempre, se ponen al día de sus dramas y novedades. Paula cuenta que ha dado por terminada la relación con Alonso y que, al contrario de lo que pensaba, está tranquila, ya que era la crónica de una muerte anunciada. Y no solo para ella, sino para todo el grupo, que ya se lo estaba imaginando. Las chicas la apoyan por la valentía de haber tomado la decisión de lanzarse a emprender el vuelo sola. O quizá acompañada, quién sabe, porque confiesa que esta crisis interior le ha hecho darse cuenta de que quiere sincerarse con Marcos. Al escucharla todas se sorprenden, puesto que no es la actitud habitual de Paula, siempre tan comedida, discreta y precavida. Se nota que la transformación interior está dando sus frutos, y este tipo de actitudes son el mejor ejemplo de ello.

En un momento dado, María y Paula coinciden en la sala del horno, aquella que utilizan casi de trastero. María, sin mediar palabra, le da un abrazo a Paula y luego le susurra al oído:

—Qué orgullosa estoy de ti y de la mujer que eres ahora. —Luego se separa y añade, ahora en voz más alta—: Ya te lo dije hace tiempo, Pau, pase lo que pase y estés con quien estés, tienes que inspirarte paz mental, no cansancio emocional. Recuérdalo siempre.

Como Nunchi las avisó de que llegaría tarde, las chicas están cada una a lo suyo. Se sienten como pez en el agua en la clase. Nunchi siempre las guía, pero ya son muy autónomas. Algunas podrían incluso enseñar. Julia es la que más lleva y tiene un talento especial para crear piezas divertidas y únicas que siempre llaman la atención de todo el mundo. Desde hace un tiempo le ronda en la cabeza la idea de crear una colección y venderla, pero nunca ha tenido el coraje necesario para ponerla en marcha. Eso sí, recibe muchos encargos de amigos y conocidos, sobre todo de su mítica taza cruasán, una taza blanca con el asa en forma del dulce que le da nombre. Es el regalo perfecto y siempre acaba haciendo varias a lo largo del mes.

—Si empezaras a vender tu taza cruasán, te forrarías, Juls —le dice Paula.

—Te juro que estoy pensando en crear un molde —le contesta—. Lo puedo hacer con silicona de una taza que ya tenga hecha y produzco en cadena. —Se queda pensativa unos segundos y añade—: Ay, me encantaría hacer una colección de desayunos.

—¡Pues ya estás tardando! —la anima María.

—Con el lío que llevo últimamente, no sé yo si ahora es el momento. ¡Pongo un circo y me crecen los enanos!

—La gente dice que nunca es buen momento para tener un hijo ni para poner un negocio. Y luego ves a todo el mundo con sus retoños en el parque… —interviene Alicia.

—¡Y con negocios! —añade Paula.

—Pues eso, que solo hay que lanzarse a la piscina —la anima Alicia—. Ya encontrarás el tiempo para hacerlo. ¡Si tú disfrutas con esto!

—Todo lo que se hace disfrutando tiene que salir bien a la fuerza. Eso es ley —afirma Mía.

Nunchi abre de forma apresurada y cierra de un portazo, asustando a las chicas. Luego se queda apoyada en la puerta.

—¡Muy fuerte! —dice dando un grito.

—¡Vaya cara! —Mía se asusta—. ¿Qué pasa?

—Estoy de los nervios. Este mes estaba mucho más relajada con el tema del ciclo porque ya me hicieron las extracciones y tan solo estaba pendiente de la fecha de la *in vitro*, así que no le di mucha bola a la regla.

—¿Y? —pregunta Alicia.

Nunchi se quita el bolso y lo cuelga en el perchero.

—Pues que acabo de hacer cuentas y llevo tres días de retraso.

—¿En serio? —pregunta Mía.

—No me jodas, Nunch. ¿Has contado bien? —le pregunta María para cerciorarse de que no es un malentendido.

—Sí, sí, estoy segura. No me quiero emocionar y llevarme otro palo..., pero son ya tres días.

Nunchi está como una niña en la mañana de Navidad, sin parar de moverse de un lado a otro del taller.

—¡Paren todo! —grita Nunchi de nuevo, atacada—. ¿Me compro un test?

—Bajo yo a la farmacia y te lo haces en el baño de aquí —se ofrece Alicia.

—¡Eso! ¡Háztelo ya! —le aconseja María.

—Hala, pero no seáis burras. Dejad que se lo haga con su marido en la intimidad del hogar —les regaña Julia.

—Tiene razón —dice Nunchi.

—Pues claro —se regodea Julia al haber puesto el punto de cordura de la tarde.

—Pero es que no puedo esperar —rectifica Nunchi—. Oliver no llega de viaje hasta pasado mañana y yo puedo morirme tan solo de pensar que tengo que vivir dos días con esta ansiedad.

—Yo también voto por el test de embarazo en *streaming* —opina Paula.

—Estoy atacada —avisa Mía—. Nunchi, si lo vas a hacer, que Alicia se vaya ya.

—Me lavo las manos y bajo volando —dice Alicia.

Mientras la doctora hace una escapada exprés a la farmacia que hay en esa misma calle, las otras chicas esperan en el taller, ansiosas por conocer el resultado del test. Todas han estado junto a Nunchi en este proceso. Han vivido la angustia, la desmotivación y las infinitas pruebas con resultado negativo, así como las inyecciones de hormonas y las incontables terapias alternativas. Y precisamente en una de ellas es donde tienen puesta la esperanza, en la iridóloga.

—Qué fuerte, tengo la *in vitro* en pocos días —recuerda Nunchi para romper el silencio tenso que se ha instalado en el taller.

—Por eso, sin presiones —puntualiza Mía—. Si no sale, no te agobies. Tienes que estar con toda la energía puesta en eso.

—Cuánto tarda Alicia, ¿no? —se impacienta Julia.

—¡Pero si acaba de irse! —Se ríe Paula.

—Uf, es que estoy yo más nerviosa que Nunchi. Así te lo digo.

Mía se acerca a la profesora, que se ha apoyado en la mesa con las dos manos e intenta respirar para calmar la ansiedad. Le aparta el pelo de la cara para hacerle una caricia y sin querer le mancha la mejilla de barro, que se mezcla con una lágrima que se le acaba de escapar.

—No llores, amor, que todo va a salir bien —intenta calmarla—. Estoy segura de que lo que habéis luchado tendrá su recompensa tarde o temprano.

—Pero no quiero esperar más —le replica—. No creo que pueda soportar otro resultado negativo.

Nunchi se limpia la cara con la manga del jersey y Mía le responde con un abrazo a medias. Los abrazos a medias en cerámica son muy comunes, ya que, como se suele tener las manos manchadas de barro, no se puede abrazar con el ímpetu que a una le gustaría, por lo que las chicas juntan los cuerpos y dejan siempre las manos en el aire para evitar manchar a la otra persona.

A los pocos minutos, Alicia entra por la puerta con el corazón en la boca y el test en la mano. Se hace un silencio sepulcral. Se lo acerca a Nunchi como si le estuviera dando un cáliz sagrado.

—¿Voy? —pregunta Nunchi dubitativa.

—Tú sal cuando estés lista. Y si necesitas algo, nos avisas —la tranquiliza Mía.

—Tómate tu tiempo —añade Paula.

Nunchi entra en el baño y, cuando apenas ha pasado un minuto, vuelve a salir.

—¿Qué? ¿Ya? —se sobresalta Alicia.

—No puedo verlo sola. Quiero hacerlo aquí, con vosotras.

Nunchi deja el test sobre la mesa, entre piezas a medio hacer, arcilla y utensilios, y todas se quedan inmóviles. Paula se tapa la boca con las manos, Mía y Alicia se abrazan a Nunchi y el resto ni siquiera se atreve a mirar. Eso sí, en lo que coinciden todas es en las ganas que tienen de que pasen los tres minutos de espera y de que suceda la magia. El pequeño milagro de la vida, que a veces cuesta tanto.

Después de apretarlos con fuerza durante los tres minutos, Nunchi abre los ojos y acerca la cabeza a la mesa, donde sigue el test. Cuando ve el resultado, se aparta de golpe hacia atrás y empuja sin querer a Mía y a Alicia, que hacen el mismo amago de acercarse. Luego se miran y Alicia coge la prueba con las manos mientras pega un grito. Mía se tapa la cara y abraza a Nunchi, que está inmóvil y en shock. El resultado es positivo. Entonces todas se apresuran a unirse en un gran abrazo y dejar a su querida profesora en el centro, que no puede dejar de llorar de la emoción. Nunca un abrazo a medias había sido tan especial en este taller. Porque está claro que, por muy difícil que lo ponga el universo, cuando la vida tiene que llegar, encuentra el modo de hacerlo.

# 50

Días más tarde, Mía recibe una llamada mientras vuelve del trabajo. Es su madre, así que decide parar el coche a un lado de la carretera para charlar con más calma. Con voz temblorosa, le anuncia que su padre está muy enfermo. Le han detectado un cáncer fulminante y no le queda mucho tiempo de vida. Su madre también le pide que viaje a Argentina, donde su padre lleva viviendo más de veinte años, para despedirse y arreglar todo lo relacionado con la herencia, las autorizaciones y demás papeleo burocrático.

Mía se ha quedado en shock. ¿Cáncer?, ¿herencia?, ¿viajar a Argentina? Demasiada información por asimilar. Y más teniendo en cuenta que lleva media vida sin saber nada de su padre. Para ella es ya casi un extraño, aunque siempre haya sentido que un lazo invisible los une en la distancia. No obstante, esto nunca lo dirá en voz alta, porque odia reconocerlo y ni siquiera podría explicar exactamente qué es lo que la mantiene tan unida a él, a pesar del rechazo y la indiferencia de él durante tantos años.

—Tienes que ir lo antes posible… —insiste su madre.

—Mamá, yo no puedo irme a Argentina así como así —le contesta Mía—. Ni siquiera recuerdo a esa persona. ¿Qué quiere de mí ahora?

—Hazlo por mí. Si no vas a despedirte, te arrepentirás para siempre. Ya es hora de perdonar y de dejar que te pidan perdón.

—¿No es capaz de levantar un teléfono en veinticuatro años y ahora yo me tengo que cruzar medio mundo para verlo? No es justo. —Mía hace como que no le importa, pero tiene bien contados los años que han pasado desde que su padre las dejó.

Después de colgar, Mía se queda un rato paralizada en el arcén de la carretera, aunque enseguida retoma el camino porque ha quedado con Jorge en su casa y ya va tarde. La relación entre ambos es cada vez más seria e intensa, incluso se ven fuera de sus casas de forma esporádica, a pesar de no haber blanqueado la situación en el trabajo. Si la cosa sigue avanzando, que es lo que parece que va a ocurrir, se lo contará a los jefes para evitar problemas en el futuro, puesto que seguir ocultándolo ya es prácticamente imposible.

Ya en casa intenta respirar hondo y tranquilizarse un poco. Llama a Jorge para contarle lo ocurrido y anular la cita, ya que no se encuentra con ánimos.

—¿Seguro que no quieres que vaya? —le pregunta él.

—Hoy prefiero estar sola... Espero que no te importe.

En alguna de sus noches en las que se sinceran y abren sus corazones ella le ha hablado de su padre, pero no ha entrado en detalles. A pesar de no ser muy dada a expresar las emociones y a no aportar demasiada información acerca de la relación, Jorge siente que a Mía le duele esta situación. Su mirada cambiaba y la voz se le rompía. Por eso mismo ahora sabe que este es un momento difícil para ella, por mucho que intente disimular que esa persona a la que llama padre ya no le importa.

Jorge ha cambiado mucho en estas semanas. Mía lo nota más presente y entregado a la relación. Ha soltado el lastre que lo ataba a su antigua relación y a todo lo que implicaba estar unido a ella. Ahora se siente con ella más libre que nunca.

Mía se da una ducha para relajarse un poco y ponerse cómoda. Luego se dirige con los ojos un poco llorosos al congelador para sacar un helado y, cuando está a punto de coger una cuchara del cajón, suena el telefonillo.

—Soy yo. ¿Puedo subir? —dice Jorge al otro lado.

Lo espera apoyada en el marco. Él le da un abrazo tan intenso que hace que se le salten las lágrimas que lleva conteniendo desde la llamada de su madre. Luego la acompaña hasta el sofá abrazándola por detrás.

—¿Por qué has venido? No quiero que me veas así, estoy horrible...

—Tú nunca estás horrible. Ven aquí, anda.

Jorge la acomoda en el sofá y se sienta junto a ella. Mía se agarra las rodillas y se hace una bolita, protegida por los brazos de él, que rodean su delicado cuerpo. Se siente vulnerable, pero a la vez protegida después de mucho tiempo. Acostumbrada a lidiar siempre con relaciones tóxicas, le resulta complicado creer que es posible que alguien la trate bien. Le cuesta sentirse merecedora de un amor sano y bueno y de poder estar en una relación sin el miedo constante a que le hagan daño o la abandonen. Ha necesitado bastante tiempo para volver a confiar en el amor, a querer y a dejarse querer, pero por fin siente que está en el lugar correcto.

—¿Y qué vas a hacer? —le pregunta Jorge mientras le acaricia el pelo.

—Voy a ir —sentencia Mía mirando al vacío.

# 51

Una nueva tarde en el taller de Nunchi. Las chicas charlan de su semana, aunque en esta ocasión se centran más en Julia, a la que aconsejan para que pueda sacar adelante su colección de cerámica. Sobre todo, sus ya muy demandados sets de desayuno.

—Lo primero es crear la marca y registrarla —le dice Mía.

—Sí, eso se lo he pedido a una compañera del bufete y me lo está gestionando.

—Perfecto, entonces —se alegra Mía—. Yo te ayudo con el tema digital. Tengo un compañero que te puede hacer una web. Es muy rápido y no te cobrará mucho.

—¡Y nosotras somos tus modelos! —María se apunta al plan.

—¡Pero si son tazas! —le replica Julia.

—Bueno…, ¿y qué? Una, que quiere colaborar…

Julia lleva mucho tiempo haciendo cerámica, pero nunca se había planteado la idea de compaginar su trabajo de abogada con crear piezas y venderlas. En los últimos meses ha producido una gran cantidad de piezas, ya que a través de la cerámica está intentando sanar y encontrarse a sí misma tras la separación. Además, las ha estado guardando para tener stock si al final se acaba materializando la idea de venderlas. Quizá no llegue a ser un negocio fructífero, quién sabe, pero al menos le ayuda a desconectar y a encontrarse con su parte más creativa. Y es que para ella no hay nada mejor que trabajar con la arcilla después de haberse pasado el día peleando en los tribunales y en el bufete.

—Por cierto, Mía, ¿cuándo te marchas? —le pregunta Paula.

—No puedo creer que te vayas a Argentina... —le dice Alicia antes de que ella responda.

—He comprado el billete para dentro de dos semanas —contesta Mía—. No podía irme antes, tengo que cerrar unas cosas urgentes en el trabajo y he pedido las vacaciones sin antelación. Mi jefe casi me mata.

—Pero ¿y tu padre? ¿No está muy mal? —quiere saber Julia.

—No tengo muchos detalles, la verdad. Pero, vamos, ha estado veintipico años sin aparecer, digo yo que podrá aguantar dos semanas.

—No seas así..., que es tu padre, al fin y al cabo —la regaña Paula con cariño.

—Pues ya lo podría haber demostrado —replica María.

—No calientes más el tema, anda —le pide Mía.

—¿Quieres que te acompañe? —se ofrece María—. Me tomo unos días o trabajo online desde allí.

—¿Estás loca? Tengo el contacto de un primo lejano que me ha escrito para ponerme al día, así que no estaré completamente sola. Pero mejor cambiemos de tema, que no quiero darle más vueltas. Hablemos de algo diferente.

—Yo... pasopalabra —dice Paula.

—Y una mierda que pasas palabra —le replica Alicia—. Cuenta, anda.

—¡Siempre igual, oye! Presionando al personal... —se queja—. Pues nada, que he quedado con Marcos esta semana y creo que voy a decirle que me gusta de verdad.

—¿Quééé? Muy fuerte todo —dice Julia, sorprendida.

—Es que no te reconozco. ¿Quién eres y qué has hecho con la antigua Paula? —Se ríe Mía.

—Bueno, esa es la idea. Luego ya que me atreva o no es otro cantar.

—Pues claro que sí, eres la nueva Paula —la anima María—. ¡La que puede con todo!

Está claro que Paula ha tenido un cambio radical de actitud gracias a que se ha liberado de una relación que la estancaba y la hacía pequeña. Por fin siente que puede volar sola, sin miedos ni ataduras. Y además siendo ella misma.

—Oye, ¿y tú con Top Gun? —le pregunta Julia a Alicia—. ¡Nos tienes secas!

—Qué os voy a contar. Acojonante —se sincera la doctora—. Os juro que toda esa mierda genera adicción y no sé si podré volver a tener sexo normal. Voy a sentir que nada me sorprende.

—Por eso yo nunca dejaré que me metan cosas raras por ahí —recuerda Paula a sus amigas—. Y menos sin ver ni lo que son.

—Pues tú te lo pierdes... —le advierte Alicia.

—Si es que el que no conoce a Dios, a cualquier santo le reza —dice María.

—Pero ¿es sostenible en el tiempo? —se interesa Mía—. Quiero decir, ¿es solo sexo o tenéis una relación?

—A ver, han sido cuatro encuentros puntuales.

—Y solo para mmm mmm —dice Julia exagerando un orgasmo, muy al estilo Charlotte de *Sexo en Nueva York*.

—No lo llamaría relación —aclara Alicia—. Pero congeniamos mucho. Y sinceramente, chicas, ahora no necesito más que eso.

—¿No habéis tenido nunca una cita oficial? Rollo cine, cenita... —pregunta Paula—. No sé, un algo más allá del mete-saca.

—Pero ¿por qué me queréis complicar la vida?

—¡Eso digo yo! —la apoya María—. Dejadla disfrutar de Top Gun sin remordimientos.

—¡A ver si el pobre se va a enamorar! —la advierte Mía.

—¡Qué va! Si eso ya lo hemos hablado. Está todo claro entre nosotros. Lo pasamos bien y, si se empieza a complicar por alguno de los dos lados…, se acabó. Hay que ser sinceros y claros. Responsabilidad afectiva, *babies*.

—Dejad las cosas claras. Eso siempre —resume Paula.

—Y no solo en el sadomaso, amigas —ironiza María.

# 52

Paula ha asimilado la difícil decisión que ha tomado, que ha dejado a su marido tras doce años de relación. A pesar del dolor y la incertidumbre inevitables, sabe en lo más profundo de su ser que es la mejor opción. Necesita con todas sus fuerzas un nuevo comienzo, una oportunidad para ser fiel a sí misma y buscar la felicidad y el amor genuino que tanto ha anhelado siempre.

En medio de este torbellino emocional ha aparecido Marcos. Aunque lo conocía bien y lo apreciaba mucho, nunca llegó a verlo como algo más que un amigo. Ahora, por el contrario, está bastante presente en esta nueva etapa clave, y complicada, de su vida.

Nunca se ha considerado una mujer atrevida o impulsiva, pero la separación la ha transformado. Ha descubierto una valentía que desconocía, una determinación férrea para luchar por su propio bienestar. Así que, decidida a no rendirse sin intentarlo, ha encontrado el momento adecuado para hablar con Marcos.

Han quedado en una cafetería en el centro de Barcelona después del trabajo y a plena luz del día. Frente a dos cafés con leche y con el corazón en la mano, Paula se lanza a confesarle a Marcos todo lo que siente por él, sin reservas ni miedos. Le habla de sus sueños, de sus deseos y de la conexión especial que ha surgido entre ellos en estas últimas semanas, algo que ninguno de los dos puede entender, pero tampoco obviar. Es una realidad innegable. Marcos, con el corazón encogido por la sinceridad y la vulnerabilidad que ha demostrado Paula, no tiene más remedio que decir en voz alta algo que nunca le hubiera gustado pronunciar. Y es que, a pesar de que él también siente algo por ella desde hace mucho más de lo que le gustaría confesar, la lealtad hacia su amigo pesa en su conciencia. No puede traicionar una amistad de años, aunque eso signifique renunciar a estar con la mujer a la que quiere y que, por fin después de tanto tiempo, le corresponde.

—No sabes las veces que he soñado con este momento —le confiesa Marcos—. Pero nunca imaginé que saliera de ahí, de mis sueños. Y ante la remota posibilidad de que ocurriera, sabía que nunca iba a poder ser.

—No entiendo tu actitud —le replica Paula—. Yo ya no estoy con Alonso.

—Pero no puedo hacerle esto. Es uno de mis mejores amigos y todo es muy reciente. Si tú y yo empezáramos algo, lo destrozaríamos todavía más. Y no estoy dispuesto a ello.

—¿Insinúas que yo soy la responsable?

—Yo no he dicho eso. —Marcos agarra la mano de Paula con cautela—. Pero no quiero ser la causa de un sufrimiento mayor.

Paula le quita la mano y se tapa la cara en un intento por ocultar la vergüenza que está sintiendo ahora mismo al ser rechazada; la respuesta que esperaba era otra. Si lo hubiera sabido, no se habría sincerado con él. Puede que esta nueva Paula sea más valiente, pero nunca una suicida.

—No me lo puedo creer, qué bochorno... —susurra clavando los ojos en el suelo y esquivando la mirada de Marcos.

—No digas tonterías, mujer. ¡Eh! Mírame. Soy yo. —Le agarra la barbilla y le levanta la cara—. Claro que quiero esto. No te imaginas todo lo que me gustaría hacerte y decirte. Pero ahora es imposible. Es demasiado pronto. Yo he esperado muchos años esto, y tú no tenías ni idea. ¿Crees que ahora podrás esperar un poco tú?

—No sé... Supongo que sí...

No lo dice muy convencida, pero en el fondo reconoce que todo esto es un poco locura. Romper con Alonso y empezar algo con Marcos sin dejar sanar las heridas de uno y de otro es un suicidio emocional que tan solo puede llevarlos al fracaso. Sin embargo, no puede evitar que, al acabar la cita, sienta el ego un poco herido, algo que no hace ningún bien a un corazón un tanto debilitado con la separación. Así que ahora toca aprender y no apartar la mirada del camino que quiere recorrer de ahora en adelante.

# 53

Julia ha quedado en casa de Mía para hablar acerca de su futura colección online de cerámica y, a la vez, para apoyar moralmente a su amiga en el que sin duda será el peor viaje de su vida. Y es que Mía siente una mezcla de agobio, nervios y furia cada vez que piensa que va a estar frente al hombre que tanto dolor le ha causado.

Mía prepara una limonada y las dos se sientan frente al ordenador para dejar listas las redes sociales antes del viaje. Julia señala con la cabeza la maleta vacía en mitad del suelo del salón y dice:

—¿Cuándo vas a empezar con la maleta? Te vas en nada…

—No lo sé, la verdad. Si total, voy a echar cuatro cosas. Aunque me he comprado billete con la vuelta abierta y no tengo ni idea de cuánto tiempo me voy a quedar allí. En el curro he pedido dos semanas. Eso es lo único que sé.

—Ya verás que no será tan malo como te imaginas. Además, te vendrá bien cambiar de aires y dejar el trabajo a un lado por unos días. Siempre estás con tu jefe detrás, que no te deja vivir. Trabajas en la ofi, trabajas en casa… ¿Cuánto hace que no haces nada en tu taller? Aprovecha y desconecta. Y si te llama, no contestes. Son vacaciones.

—No sabes los pollos que dejo en la ofi. Si no me despiden por esto, me despiden cuando se enteren de lo de Jorge. Por una cosa o por otra, ya estoy fuera.

—No digas eso, mujer. Y si te despiden, que les jodan. A ti se te rifan en el mercado, nena.

—No sé yo…

—Ahora me siento más en deuda contigo después de saber la que tienes liada. Si no fuera por ti, este proyecto nunca vería la luz.

—No me tienes que dar las gracias. Lo hago encantada porque estoy segura de que vas a triunfar. Ojo, que si fuera una mierda te ayudaría igual. Pero en este caso confío en tu talento.

Julia le acaricia la mano a Mía, que está sobre el ratón del ordenador. Esta le responde regalándole una sonrisa.

—Por cierto, ¿cuándo te despides de Jorge? —le pregunta Julia.

—Se supone que mañana hemos quedado en su casa para cenar.

—¿Ya os habéis mostrado en público?

—Qué va. Y menos ahora, estando el patio como está con mi jefe. En la empresa son muy jodidos con el tema de las relaciones. Una mierda todo.

—Tampoco vais a estar toda la vida así, ¿no? Si la cosa se acaba poniendo seria…, ¿qué más da que seáis compañeros de trabajo? Tampoco os vais a poner a follar en el despacho, digo yo. Será una relación cordial de compañeros de oficina y punto. Que no somos animales.

—Ya lo sé, pero es algo que no está bien visto por los jefazos. La cosa también está tensa con sus padres y con la ex. Al parecer, le siguen presionando.

—¡Qué pesadilla! Que dejen vivir tranquila a la gente. Si no quiere volver, pues no quiere volver.

—Dímelo a mí. Siempre con el runrún. Para una vez que estoy segura de lo que quiero y que encima siento que me corresponden, parece que el universo sigue sin querer que tenga una relación estable normal.

—Es que tú no eres normal. Eres extraordinaria, chica. Ya verás cómo todo se va acomodando poco a poco y lo acabáis solucionando.

Mía sonríe a Julia y luego devuelve la mirada a la pantalla.

—¿Mañana entonces vas a cerámica? —le pregunta Julia.

—Sí, y cuando salga me voy directa a su casa. Así que tengo que dejar la maleta lista esta noche sí o sí, porque ya voy al aeropuerto desde allí.

—Genial, así nos despedimos mañana en clase.

Luego Julia le da un abrazo a Mía y apoya la cabeza en el hombro de su amiga.

# 54

Mía deja la mayoría de las tareas solucionadas en la oficina. Se ha pasado el día esquivando a Jorge para no delatarse ante sus jefes. Sigue sintiendo ese cosquilleo cada vez que lo ve, aunque ni siquiera se crucen las miradas. Es tan fuerte lo que siente que está segura de que el resto de los compañeros lo tienen que notar. La energía que hay entre ambos es demasiado intensa como para poder retenerla en dos cuerpos. Claudia lo notó prácticamente desde el minuto uno y siempre le dice a Mía que es inevitable que alguien más se dé cuenta. O que en algún momento ellos se relajen un poco y todo explote. Es verdad que no pueden negar que eso de que sea una relación clandestina es un aliciente muy sexy. Todo es mucho más emocionante cuando es secreto, está prohibido y se hace a escondidas. Transcurrido un tiempo, no obstante, esa sensación suele cambiar y tornarse más negativa, con la percepción de que se está haciendo algo mal. Y es probable que ellos estén entrando ya en esa fase. Eso a Mía le preocupa bastante.

Por la tarde, en clase de cerámica, Paula cuenta entre lágrimas que Marcos la ha rechazado.

—No te ha dicho que no quiera estar contigo, te ha dicho que todavía no puede —la consuela Alicia.

—Es normal, Paula, son amigos de muchos años. Yo tampoco me atrevería —le confiesa Julia.

—Pensadlo bien. ¿Vosotras lo haríais? —reflexiona Mía.

—Bueno, no sé... ¿La idea no es perseguir la felicidad? —se pregunta Paula.

—Pero no a costa del sufrimiento del otro —puntualiza María.

—Alonso lo va a superar y él también empezará a salir con alguien. —Nunchi, como siempre, quiere ver el otro lado—. Pero es cierto que ahora lo acabarás de romper.

—No entiendo por qué lo defendéis —dice Paula—. Os recuerdo que fue él quien propuso lo de la relación abierta. Yo estaba bien así.

—Error. No estabas bien, pero no tenías huevos para salir de ahí —la corrige Alicia—. Y te agarraste a un clavo ardiendo.

—Él te lo ofreció y tú aceptaste —le recuerda María—. Y ahora has hecho bien alejándote. Pero de ahí a empezar una relación con su compañero de trabajo que también es amigo...

—¿Tú estás segura de todo esto? —le pregunta Mía—. ¿No será un capricho para vengarte un poquito?

—¡Qué dices! —se ofende Paula.

—Yo solo digo que la situación es heavy y que de aquí puede salir dañada mucha gente —razona Mía—. Y tú la primera.

—No te recomiendo ponerte a malas con Alonso ahora que os separáis —le aconseja Julia.

—Eso es cierto. —María apoya a Julia—. Por eso, si realmente estás segura de lo que sientes, aguanta un poco. Marcos te esperará.

—¡Si lo está deseando! —señala Alicia—. ¿No te dijo que llevaba enamorado de ti mil años?

—Sí...

—Qué mono, ¿no? —se emociona Mía.

Paula, ajena a lo que le están diciendo sus amigas, sigue amasando con rabia el barro del que surgirá una pieza nueva entre sus manos.

—¿Y qué vas a hacer? —le pregunta Nunchi.

—Pues no sé. Supongo que esperar, claro.

—¡No, boluda! ¿¡Qué vas a hacer con eso!? —le dice señalando la arcilla que tiene entre las manos.

—¡Aaah! —A Paula se le escapa una carcajada vergonzosa—. Pues creo que ese jarrón que te enseñé en Pinterest. El que era como una figura decorativa.

—Paciencia entonces, porque tendrás que hacerlo en varias fases. Te llevará tu tiempo.

—Aquí parece que todo el mundo necesita tiempo —ironiza Paula—. Hasta la arcilla.

—Ya sabes de sobra que el tiempo y la paciencia son las claves de la cerámica.

—¡Eso! ¡Aplícate el cuento, guapa! —le regaña cariñosa Alicia mientras le tira una bola de barro a la cara.

—Nunchi, por cierto, ¿y cómo reaccionó tu señor esposo a la buena noticia? —le pregunta María.

—Casi se desmaya. Pensó que le estaba gastando una broma. Y cuando le enseñé la prueba se llevó las manos a la cabeza y se le llenaron los ojos de lágrimas —dice Nunchi mientras lo imita con gestos—. Se arrodilló y me abrazó por la panza. Un amor. Se merece esto. Con todo lo que sufrió. Va a ser un gran papá.

—Eso tenlo claro —afirma Alicia.

## 55

Tras un buen puñado de citas, Alicia se da cuenta de que, a pesar del buen sexo y de la conexión física que tiene con Top Gun, no acaba de sentirse bien. Estar con un hombre solo por el sexo no la satisface, tal y como ella pensaba en un principio. En realidad, y acaba de caer en ello, busca algo más, un vínculo que trascienda lo físico. Alicia conoce bien su coraza y para no sufrir se escuda en relaciones vacías y frívolas, algo que hasta este momento le había funcionado a la perfección. Ahora necesita algo más. No sabe qué es, pero le gustaría descubrirlo. Lo que sí tiene claro es que esta relación fácil no le sirve, donde los dos están siempre disponibles y no hay discusiones porque no hay ataduras ni sentimientos profundos que los puedan poner contra las cuerdas. Así podrían pasar años, a medio gas sin llegar nunca a llenar el depósito. Lo tiene claro: no es lo que quiere.

Ha quedado con Alejandro en un bar, por fin fuera de su apartamento. Él ya se imagina cómo va a acabar la cita, y no es precisamente en la cama. Su relación pocas veces ha salido de entre las sábanas, y siempre ha sido para acabar en el sofá o en la ducha.

Alicia se sincera con Alejandro. Lo pasan muy bien juntos, pero ella busca algo más. Que no puede seguir sin implicarse en las relaciones por miedo a que le hagan daño y quedándose solo en lo superficial para no sufrir. Darse cuenta de esto a sus cuarenta años ha sido un trabajo interior bastante duro. Está decidida a aprender a amar y a conseguir a alguien que la complete.

Esa tarde, en el taller, Alicia les cuenta su minidrama con Top Gun. En realidad es más chisme que drama. Pero esta relación exprés le ha servido, sin duda, como detonador para darse cuenta de que no la llena seguir con relaciones vacías simplemente por miedo a ser lastimada. En la vida se juega o se juega. No hay otra. O no debería.

—Aquí estamos todas a pecho descubierto, Ali —dice Paula.

—Exacto, siento que nos hemos encontrado en medio de nuestros dramas, pero todas saliendo de nuestra zona de confort —la corta Mía.

—Algunas por obligación —interviene Julia mientras esboza una media sonrisa.

—No nos queda otra, querida —confirma Mía.

—Lo importante, chicas, es que estamos luchando por algo, creciendo y atreviéndonos a hacer cosas que jamás habíamos imaginado. En serio. Mírense —les indica Nunchi—. Todo esto es un montón —sigue diciendo sin dejar de hacer aspavientos con las manos.

—La verdad es que somos todas un poco circo, ¿no? —añade Alicia.

—Chica, es que las mujeres sin tormentas no dan para cuentos —concluye María mientras las demás la miran con complicidad.

# 56

Después de despedirse de sus compañeras y amigas, Mía se sube al coche y se dirige hacia el piso de Jorge para disfrutar de la última cena juntos hasta dentro de, por lo menos, dos semanas.

En cuanto Jorge abre la puerta del apartamento, la abraza y le da un beso en la frente, en *mood* de novio protector. Él ha notado que no está pasando una buena época con todo esto y la siente apagada. Se muestra cariñosa, pero la percibe un poco distante, como si todo el rato tuviera la cabeza en otra parte.

—¿Estás nerviosa? —le pregunta mientras le coge la maleta—. Trae, que te ayudo.

—Estoy agobiada, la verdad. Irme dos semanas así, a lo loco. No sé ni adónde voy. Solo tengo la dirección de un hospital y el contacto de un primo lejano. Es un suicidio todo esto.

—Yo creo que si no te hubieras decidido a ir, te habrías quedado con eso dentro. Y no es fácil curar algo así. Ni siquiera con la arcilla.

—No te creas... La cerámica lo cura todo.

Jorge la abraza con ternura, le quita el abrigo y lo deja encima del sofá con delicadeza. Luego le agarra la cara y la besa con una suavidad y una dulzura con la que nunca lo había hecho. Ella le responde pegando su cuerpo al de él y aumentando la intensidad del beso. Suena música suave de fondo que ella no reconoce, Jorge se acerca al altavoz para subir el volumen de la canción.

—Baila conmigo.

—¿Y eso? No te pega nada. —Mía se ríe.

—Por lo menos he conseguido escuchar tu risa después de varios días. Ya ha valido la pena. Pero te lo digo en serio... —lo dice ofreciéndole la mano.

Empiezan a moverse lentamente por el salón, muy pegados. Él le da una vuelta sobre sí misma y la besa. En ese momento la gira, la abraza por detrás y le mordisquea el cuello con dulzura sin dejar de moverse al ritmo de la melodía.

Jorge le baja la camisa, dejando al descubierto su hombro, que besa con ternura, lo que acelera la respiración de Mía y los latidos de su corazón. Luego le quita la camisa, que cae al suelo, y no deja de besarle el cuello, lanzando bocanadas de aire caliente sobre su piel. Al inicio lo hace con suavidad y después con más fuerza, como si jamás quisiera separar los labios de su cuerpo. Mía aprovecha para levantar el brazo y acariciarle la cabeza, ya que le excita mucho enterrar sus dedos en el cabello de su amante.

Ella se da la vuelta y continúan el baile, esta vez mezclando el movimiento de sus cuerpos con los besos. Le quita la camiseta de tirantes y le acaricia el pecho con ambas manos hasta llegar al abdomen. Él la empuja poco a poco con su propio cuerpo hasta el sofá, donde la acomoda para tumbarse sobre ella. Apoyado en sus rodillas, no para de besarla mientras le sujeta la cabeza con una de sus manos y usa la otra para agarrarse al respaldo del sofá.

Ambos se dejan llevar por una danza perfecta que sus cuerpos ya saben ejecutar cuando están pegados. Es una conexión total que solo ellos conocen y hoy, cuando van a estar separados durante dos semanas, la disfrutan como si fuese lo último que hicieran.

Pocas veces se saltan los preliminares, pero hoy es diferente. Es como si el tiempo de ambos se acabara y se apresuraran por llegar al punto álgido con mucha prisa, incluso con torpeza. Jorge le quita los pantalones a Mía, que levanta el cuerpo para facilitarle el trabajo, y sin sacarse él los suyos del todo la penetra con premura. Tras unos intensos minutos de embestidas, en los que a Jorge le falta el aliento, acaba dentro de ella más rápido de lo habitual.

—Lo siento, no sé qué ha pasado —se disculpa—. Me has puesto muchísimo, joder.

—Tranquilo, está todo bien —lo tranquiliza Mía con la respiración agitada y las caras, todavía acaloradas por el esfuerzo, pegadas.

Jorge se sube el pantalón y se echa a un lado, dejando libre a Mía para que se ponga el suyo.

—¿Te importa si me doy un baño? —le pregunta ella.

—Ponte cómoda, que estás en tu casa, ya lo sabes.

Luego la agarra mientras ella se levanta. Al alejarse, él le estira el brazo para besarle la mano sin moverse del borde del sofá.

—Relájate y yo preparo algo de cena mientras.

Tras la cena Jorge se sienta frente al ordenador para solucionar un tema de trabajo. Mía le acaricia la cabeza, él gira la cara hacia ella para devolverle la muestra de cariño.

—Me voy a la cama.

—Acabo esto y voy. ¿Me esperas despierta?

Mía sonríe y asiente con la cabeza.

Jorge la encuentra más linda al natural, si cabe. Todavía tiene el pelo húmedo y lleva la cara lavada y una camiseta de algodón de Jorge que le queda grande y que deja al descubierto sus bonitas piernas.

Al cabo de media hora, Jorge cierra el ordenador y apaga la luz de la cocina para dirigirse a la habitación. Al entrar, Mía duerme plácidamente. Se tumba junto a ella y la abraza por detrás. Sostiene ese abrazo durante unos minutos y empieza a acariciarle las piernas desnudas. Mía se despierta, pero se mantiene en silencio. Solo se escuchan sus respiraciones cuando Jorge se mete debajo de las sábanas para quitarle la ropa interior.

—¿Qué haces? —le dice Mía con voz de dormida.

—¿Tú qué crees? —le contesta él mientras baja en dirección a su sexo.

Comienza a besarla y a lamerla hasta que la respiración de Mía se acelera. Se agita y encorva la espalda al tiempo que aprieta la sábana con una mano y acaricia la cabeza de Jorge con la otra. Cada vez le cuesta más no gritar de placer. No deja de gemir y respirar de forma agitada a la vez que se entrega por completo a este sexo oral inesperado, que lo está disfrutando como si fuera el último de su vida. Jorge se sentía un poco mal por no haber conseguido que se corriera, por lo que ha decidido recompensarla de algún modo. Al encontrarla dormida, ha pensado que quizá podía hacerla disfrutar con esta maniobra improvisada. Y no ha sido mala idea, a la vista del resultado. Ella se corre gimiendo de placer. Jorge apoya la cabeza en el abdomen de Mía y recuesta su cuerpo sobre el de ella hasta conseguir recuperar el aliento.

A la mañana siguiente el despertador suena muy temprano. Mía tiene que darse prisa porque en menos de dos horas y media sale su vuelo y ha calculado mal los tiempos.

—Me he puesto la alarma superjusta —dice ella preocupada.

—Yo te llevo —se ofrece Jorge.

—No te preocupes, me pido un taxi.

—No voy a dejar que te vayas en taxi. Te llevo yo.

Ella está sentada en el borde de la cama, Jorge sigue tumbado bocabajo, apoyado en sus antebrazos. Mía le agarra la cara por la barbilla y le da un beso.

El camino hacia el aeropuerto lo hacen en silencio. La incertidumbre flota en el ambiente, como si ambos temieran que las cosas vayan a cambiar en este viaje. Son solo dos semanas, pero la distancia siempre inquieta. Aunque no toda distancia es ausencia ni todo silencio es olvido.

Cuando llegan al aeropuerto, Jorge agarra con suavidad la cara de Mía y la acerca a la suya.

—Todo va a estar bien, ¿vale? —le dice él con un tono rotundo.

Mía siente que esas palabras la reconfortan. Se aleja del coche y deja atrás a Jorge, que permanece inmóvil observando cómo aquella chica que le ha robado el corazón desaparece entre la multitud.

# 57

Mía llega a Buenos Aires después de un vuelo de doce horas en el que ha aprovechado para leer y para volver a ver por millonésima vez *Leyendas de pasión*, una película que no ha dejado de revisitar desde que en su adolescencia se enamorara perdidamente de Tristan, el personaje que interpreta Brad Pitt. Y quién no se enamoraría de él.

Desde el aeropuerto coge un taxi que la lleva hasta La Plata, a una hora de la capital. Allí es donde vive su padre y se encuentra la casa familiar de sus abuelos, a los que nunca conoció. Desde que ha aterrizado la lluvia no ha dejado de caer, por lo que la conducción se vuelve más lenta e incómoda. El taxi la deja a la puerta del hospital.

La tarde se ha teñido de un gris plomizo, como si el mismísimo cielo presintiera lo que se avecina. Leandro, que así se llama su primo, la espera frente a la entrada con las manos en los bolsillos y la mirada perdida en el suelo. Lo acompaña su mujer.

Cuando la ve aparecer, el corazón de Leandro se hunde en la más profunda de las tristezas. Mía camina con paso vacilante y el rostro cansado después del largo viaje.

—¿Mía? —Leandro siente un nudo en la garganta cuando se acerca a ella.

—Sí soy yo. —Da un paso al frente y les da un abrazo rápido a los dos—. Encantada de conoceros.

—Mía... —repite su nombre intentando que la voz suene firme, aunque en su interior esté temblando—. Necesito decirte algo.

Ella se queda inmóvil y la expresión de confusión rápidamente muda a preocupación.

—¿Qué pasa? —pregunta con la voz temblorosa.

Leandro respira hondo y siente que el aire se le atasca en los pulmones. Por más vueltas que le dé, no hay forma de suavizar el golpe.

—Es tu padre... —Las palabras se le hacen pesadas, como si cada sílaba estuviera cargada de dolor—. Ha fallecido hace unas horas.

El mundo parece detenerse de golpe. Mía se queda petrificada y los ojos se le abren con incredulidad mientras Leandro puede ver cómo la realidad comienza a calar en su mente.

—¡No puede ser! —se lamenta—. Pero si le quedaba más tiempo...

—Ha tenido una insuficiencia cardiorrespiratoria y los médicos no han podido hacer nada.

No ha llegado a tiempo. Han pasado veinticuatro años desde que se marchó y ahora todo lo que había quedado sin decir se hace más real que nunca.

—¿Querés subir a despedirte? —le pregunta Leandro—. Hablá con las enfermeras de la planta cuatro, están avisadas de que irás.

—Gracias —acierta a decir.

—Te esperamos para llevarte a casa. Tomate el tiempo que necesités.

Una vez en la planta que le ha indicado su primo, una enfermera muy amable la acompaña a la sala en la que está el cuerpo de su padre. Antes de entrar, la mujer, que tiene los ojos vidriosos, le entrega un papel doblado.

—Me pidió que le ayudara a escribir una carta para su hija —le dice con la voz compungida—. Él estaba ya muy débil y no podía hacerlo, pero consiguió dictarme las palabras. —La enfermera alarga las manos y acaricia suavemente las de Mía—. Lo siento mucho.

La mujer le abre la puerta de la sala y la invita a pasar. Ella cruza lentamente y se sienta junto al cuerpo, tapado con una manta hasta el cuello. No se atreve a acercarse. Nunca ha visto un cadáver. Casi no reconoce ese rostro envejecido que lleva casi un cuarto de siglo sin ver. Aun así, los escasos recuerdos que conserva de su padre vuelven a su mente y decide quedarse con los pocos buenos momentos que vivieron cuando ella era niña.

Traga saliva para aliviar el nudo que le presiona la garganta mientras abre el papel que le ha dado la enfermera.

Querida hija:

Siento que se me agota el tiempo y he decidido escribirte esto con el corazón lleno de emociones y recuerdos. Sé que mis decisiones te han dejado muchas preguntas y quizá un vacío en el alma que no podrás llenar fácilmente. Quiero que sepas que cada día que he estado lejos de ti ha sido un desafío y, aunque la distancia nos haya separado, siempre has estado en mis pensamientos.

Cuando tomé la decisión de marcharme, lo hice con la esperanza de encontrar mi camino, de perseguir ese sueño que siempre he llevado dentro. La vida tradicional y las expectativas de una familia al uso nunca fueron mi lugar. Me costó mucho adaptarme a lo que se esperaba de mí, y en mi búsqueda de la esencia de quién soy, tomé el camino que creí correcto, aunque eso significara dejarte atrás.

Quiero pedirte perdón por los años que hemos perdido, por no haber estado a tu lado en los momentos importantes de tu vida. Sé que no hay palabras que puedan borrar el dolor de esa ausencia, pero quiero que sepas que cada decisión que tomé fue impulsada por la necesidad de ser auténtico, de ser fiel a mí mismo. Espero que algún día puedas perdonarme esta osadía.

Ojalá pueda dejarte alguna enseñanza, a pesar de no haber estado juntos. Ojalá nunca te conformes con una vida a medias. La felicidad no se encuentra en lo que otros esperan de ti, sino en lo que realmente te llena el alma. Persigue tus sueños con la misma pasión con la que yo lo he intentado hacer. No tengas miedo de ser única, de romper moldes y de seguir el camino que te haga feliz. La vida es demasiado corta para vivirla de otra manera.

Espero que algún día podamos encontrarnos en algún lugar y compartir nuestras historias, nuestras luchas y nuestras victorias.

Con todo mi amor,

Tu padre

# 58

Después de firmar un montón de papeles en la recepción, Mía cae en que Leandro y su mujer están en la sala de espera.

—Gracias por esperarme —les dice.

—¿Quieres venir a casa? —le pregunta Leandro.

—Muchas gracias, de verdad, pero tengo un hotel reservado en el centro. No quiero molestar, aunque sí que me gustaría pediros un último favor. —Mía le acerca la carta a Leandro, donde aparece una dirección escrita—. ¿Me podéis llevar aquí?

—Es la casa de tu padre —le contesta Leandro después de leer la dirección—. Tengo las llaves y estos papeles que me dio hace unos días para ti. —Le enseña una carpeta azul que tiene debajo del brazo—. Te llevamos ahora mismo.

—Muchas gracias.

La tormenta ya ha parado y el cielo de la tarde empieza a abrirse con algunos rayos de sol que se cuelan entre las nubes. Huele a tierra mojada, un olor que le recuerda a los veranos en el norte con su madre. Le encanta sentirlo ahora, justo en este preciso momento.

Se suben al coche y Leandro conduce hasta una pequeña finca alejada de la ciudad. Es una casa de campo bien mantenida junto a una especie de garaje cerrado por una enorme puerta de hierro. Mía piensa en esos graneros de techos altos y puertas gigantes que siempre aparecen en las películas americanas.

Sin entrar en la casa, Mía se encamina directa allí, siente como si alguien la estuviera llamando. Abre las pesadas puertas de hierro y, tras ellas, descubre un taller.

—¿A qué se dedicaba mi padre? —le pregunta Mía a Leandro.

—Era escultor —le contesta él sin atreverse a entrar. Sabe que este es el momento de ella.

Se respira olor a madera, a barro y a hierro. Como si fuera una especie de sortilegio que se acaba de romper. De repente entiende muchas cosas. Ahora sabe por qué su padre la dejó atrás. Y en este preciso instante tiene una revelación, tan clara como si una vocecita le estuviera susurrando al oído lo que tenía que hacer. Es hija de su padre y ha nacido para crear cerámica.

# Epílogo

*Dos semanas después*

Las chicas llegan a su clase de cerámica más animadas de lo normal porque hoy Mía vuelve al taller. Llevan dos semanas sin verla y, aunque se han intercambiado algún que otro mensaje en el grupo de WhatsApp, han preferido dejarle espacio para que desconectara en Argentina.

—¡Hola, hola, chicas! —Nunchi las recibe con la misma alegría y positividad de siempre, eso sí, ahora con un brillo especial en la cara tras confirmar mediante una segunda prueba, que esta vez hizo en compañía de su marido, que va a ser madre—. ¿Preparadas para la vuelta de nuestra hija pródiga?

—¡No puedo esperar a que nos cuente qué tal le ha ido en Argentina y su reencuentro con Jorge! —María saca la figura que tiene a medio terminar—. Seguro que han saltado chispas...

—Es que realmente parecen sacados de una película estos dos. Bueno, pero antes que eso, no estaría mal que nos contaras tu cita del otro día, ¿no? Que a nosotras también nos tienes en ascuas y no has dicho ni mu en el grupo cuando te hemos preguntado —le reprocha Julia.

María tiene la mirada clavada en su pieza y ni siquiera la levanta cuando alguna de ellas le tira una bolita de arcilla.

—¡Tsss! ¡Que te estamos hablando! Ahora va y se hace la muda —le dice Alicia.

—Ay, qué pesadas sois. ¿Es que una no puede tener intimidad o qué? —casi grita María.

Todas se ríen a la vez; no dan crédito a que esas palabras hayan salido de la boca de su amiga, ella, que siempre disfruta tanto relatando sus aventuras.

—En este taller no hay intimidad que valga —le recuerda Paula.

—¿A qué viene tanto misterio? —le pregunta Nunchi—. ¿Acaso vos no sos la primera en contar hasta el último detalle de cada encuentro?

—Bueno, pues a lo mejor ha llegado el momento de ser un poco más discreta, ¿no? Nunca es tarde para...

—¡Si la picha es buena se comparte la historia! —la interrumpe Paula, que últimamente está desatada. Desde que ha vuelto a la soltería, las demás casi ni la reconocen.

—¡Ay, que va a ser eso lo que ha pasado! ¡Que le ha gustado demasiado la picha que se ha encontrado! —incide Alicia.

María por fin levanta la vista y las mira a todas con cara sospechosa.

—Bueno, usar la palabra «gustar» a lo mejor es un poco exagerado. —Se la ve visiblemente incómoda con la conversación—. Digamos que el chico me ha hecho gracia en serio.

—Uy, uy, uy —dice Julia por lo bajini—. ¡Peligro, peligro!

—¡Peligro, peligro! —repite el resto imitando a Julia.

—No os pongáis pesadas, que os conozco. Es muy pronto para pronunciarse. Ya veremos cómo va la segunda cita.

Todas lanzan un «¡¿QUÉ?!» tan alto que Nunchi las tiene que mandar callar para no molestar a los vecinos.

—¿Has dicho una segunda cita? —interviene Alicia de nuevo—. Esto sí que no me lo creo. María, ¡nuestra María!, diciendo que va a repetir con el mismo... ¡No doy crédito!

—Bueno, yo no soy la única que hace cosas raras últimamente, ¿eh? ¿Por qué no les cuentas que has dejado a Top Gun porque no te llenaba? Y no me refiero a lo que todas estamos pensando...

Alicia le lanza una mirada asesina y le dan ganas de estamparle en la cara el jarrón que tiene a medio hacer. Aunque siempre con mucho amor de amiga.

—Bueeeno, es que si lo piensas fríamente lo nuestro no iba a ningún sitio. Bueno, sí, yo iba directa al multiorgasmo. —Todas se ríen con el comentario—. Pero es que, a ver, ha llegado un momento en el que me he dado cuenta de que tengo que avanzar, que tengo que superar mis miedos. Y lo reconozco ahora mismo: mi mayor miedo es que un tío me haga daño. Qué digo miedo, ¡terror!

—¡Por fin lo pones encima de la mesa! —le reprocha Julia.

—No querer sufrir es normal. —Paula, que está sentada a su lado, apoya la cabeza en su hombro, ya que no puede tocarla porque tiene las manos llenas de barro—. Pero a la larga es peor. Y si no, mírame a mí. He pasado la mitad de mi vida atrapada en una relación que no me llenaba por miedo a sufrir por la separación. Y con el tiempo te das cuenta de que hay veces que es mejor enfrentarse a las cosas de forma directa. Es como quitarse una tirita. Un tirón seco, y hasta luego, Maricarmen.

—Ya lo sé —le contesta Alicia—. Pero es algo superior a mis fuerzas. La semana que viene tengo cita con una terapeuta que me han recomendado para que me ayude con todo esto. Creo que es la mejor forma de salir del cascarón. Porque, si no, ni p'alante ni p'atrás.

—¡Esa es la actitud! —la anima Julia—. A mí me ha pasado lo mismo. Yo a veces cuando estoy de bajón pienso que quizá hubiera sido mejor no haberme enterado nunca del engaño y haber seguido viviendo en mi mundo de color rosa. Pero luego recuerdo que me merezco ser feliz y sentirme valorada por quien tenga al lado, y se me pasa.

—¡Claro que sí! ¡Brindo por ello! —Nunchi levanta una copa imaginaria—. ¡Y también brindo por tu éxito con tu tienda online, Juli! ¡Cincuenta pedidos en tres días! Es una locura. Lo sabés, ¿no?

A Julia, que está puliendo un plato que acaba de cocer, se le dibuja en la cara una sonrisa de felicidad.

—Ay, sí, chicas, qué ilusión. Como siga a este ritmo voy a tener que pedirme una excedencia en el trabajo para atender todos los pedidos... Aunque, bueno, todavía es pronto para emocionarse. Que muchos pedidos son de amigos y familiares. Supongo que bajarán en cuanto se pase la novedad.

—¡Deja de quitarte méritos! —dice Mía, que de pronto ha aparecido en el taller sigilosa como un gato.

Todas se ponen en pie y se acercan a ella mientras gritan y saltan de alegría. Como ninguna se libra de tener las manos llenas de barro, le dan un abrazo con el pecho, sin tocarla.

—¡Qué bien tenerte de nuevo por acá! —La recibe Nunchi como buena anfitriona que es—. Y encima llegas un poquito tarde para no perder las buenas costumbres.

—Acabo de bajarme del avión. He dejado la maleta y me he venido directa. No podía esperar para veros.

—¡Nos lo tienes que contar todo! —le reclama María—. ¿Has visto ya a Jorge?

Mía lanza un largo suspiro mientras se pone el delantal.

—Ay, chicas, es todo tan complicado... Resulta que he descubierto muchas cosas en Argentina. He estado a punto de quedarme allí y no volver, con eso os lo digo todo. De hecho, estoy planteándome volver.

—Pero ¿qué dices? ¿Qué ha pasado? —le pregunta Paula—. Ya nos dijiste que no te dio tiempo a despedirte de tu padre, pero pensábamos que con eso se cerraba ese capítulo, por muy doloroso que haya sido.

—Pues es que he empezado a conocerlo ahora. Después de no sé cuántos años. Resulta que él también era artista y lo dejó todo para perseguir su sueño, incluso a mí. Me he pasado estas dos semanas viendo su trabajo y conociéndolo mejor. Ahora me arrepiento de no haberlo hecho antes.

—Bueno, querida, pensá que es mejor que lo hayas descubierto ahora a que no lo hubieras hecho nunca —la consuela Nunchi.

—Ya, pero creo que se ha abierto una especie de compuerta en mi interior que ha provocado que me replantee mi vida entera. Y es que de pronto no sé si estoy en el trabajo que quiero ni si estoy viviendo la vida que quiero.

—¿Y qué vas a hacer? No puedes cambiar de vida de la noche a la mañana, ¿no? —le pregunta Paula.

—¿Y por qué no? —interviene María—. No tiene hijos, ni hipoteca, ni pareja. Puede hacer lo que quiera.

—Bueno, eso de que no tiene pareja... —dice Julia—. ¿Y Jorge qué es?

—Ese es mi dilema, chicas. —Suspira Mía—. Yo con él estoy genial y nunca me he sentido tan valorada por ningún tío como con él... Pero luego pienso que la vida solo se vive una vez. Mi padre tenía allá otra familia, y mi hermano, bueno, mi medio hermano, me ha tratado como si me conociera de siempre. ¿Sabéis lo que significa sentir que tienes una familia por fin y lo descubro a estas alturas de mi vida?

—¿Y si le decís a Jorge que se vaya contigo a Argentina? —pregunta Nunchi inocente.

—¿Tú estás loca? —dice María—. ¿A ti te parece normal pedirle a un tío que conoces de unos meses que deje su vida, su familia y su trabajo para irse contigo al otro lado del mundo? Tú has visto demasiadas telenovelas.

—Estoy hecha un lío, chicas. Por lo pronto llamé a mi jefe desde Argentina y le dije que necesito un mes de excedencia, para pensar y decidir qué voy a hacer con mi vida. Y creo que lo único que tengo claro es que no quiero volver a la empresa. Me gustaría dedicarme a lo que realmente amo, la cerámica.

—¡Uy! ¿Y por qué no nos hacemos socias? —le pregunta Juli—. Yo ahora mismo no doy abasto con los pedidos y a lo mejor entre las dos podríamos organizarnos…

—Bueno, ¡se acabó de hablar tanto del futuro! —María se pone de pie y se quita el delantal de un manotazo—. Yo creo que es el momento de vivir el presente y de salir de nuestra guarida para tomarnos unas copitas. ¡Que tenemos a nuestra Mía de vuelta, amigas!

—¡Eso! —la secunda Alicia—. Salgamos a celebrar que pase lo que pase siempre vamos a estar juntas en este tallercito del bien.

—¡Eso! —grita Juli—. ¡Que lo que ha unido la cerámica no lo separe nada ni nadie!

—¡Ni siquiera un charco de diez mil kilómetros! —dice Alicia volviéndose hacia Mía con una gran sonrisa.

Entonces Mía mira a su alrededor y se da cuenta, aunque ya lo sospechaba, de que el amor tiene forma de jarrón, de plato o de taza. Porque lo que se hace con las manos pasa directamente por el corazón. Y el corazón siempre necesita un lugar calentito, seguro y cómodo para sentirse en paz. Como este taller, que tantas sesiones de psicólogo le ha ahorrado, y como estas amigas, que son su lugar seguro, entre herramientas y hornos de cocción. Entre nubes de arcilla.

# Agradecimientos

GRACIAS.

A Ana Lozano, mi editora, por regalarme la idea de escribir este libro y por ver en mí algo que ni siquiera yo sabía que existía.

A Carlos, Silvia y Pepa, por respetar siempre mi esencia y mi visión.

A mis seguidoras, que ya son amigas virtuales, por compartir conmigo la ilusión en este proyecto.

A mis amigas, por ser la vida y la esencia de esta novela con sus historias, charlas y aventuras, que son las que me han inspirado para escribir este relato. Y me siguen inspirando cada día. Esta historia es vuestra.

A mi grupo de cerámica, que ya son amigas gracias al barro, por compartir y querer este proyecto como si fuera vuestro. Sin duda lo es.

A Nunchi, mi profe de cerámica, por enseñarme esta gran pasión y por abrirme las puertas a este maravilloso mundo que tantas cosas me ha dado. Gracias.

A mi familia, por apoyarme siempre en todas mis locuras y por dejarme ser. Cumplir sueños con vosotros es un regalo.

A Pablo, por ser la luz en mis momentos más oscuros y por quererme siempre tan bien. No habría podido escribir este libro sin tenerte a mi lado.

A mi ahijada Alicia, que se muere de ganas por leer este libro. Y lo hará cuando llegue el momento.

A mis hijas, mi inspiración diaria, mi orgullo y mi mayor tesoro. Ojalá podáis crecer libres y felices. Sois la historia más bonita que el destino escribió para mí.